他说，给我一把刀一匹马。
我再见大唐。

唐刀

李成蹊 著

江苏凤凰文艺出版社
JIANGSU PHOENIX LITERATURE AND ART PUBLISHING

图书在版编目（CIP）数据

唐刀 / 李成蹊著. —南京：江苏凤凰文艺出版社，
2020.10（2024. 5重印）
ISBN 978 - 7 - 5594 - 5011 - 1

Ⅰ. ①唐…　Ⅱ. ①李…　Ⅲ. ①长篇小说－中国－当代
Ⅳ. ①I247.5

中国版本图书馆 CIP 数据核字(2020)第 116862 号

唐刀

李成蹊　著

责任编辑　唐　婧
装帧设计　张景春
责任印制　刘　巍
出版发行　江苏凤凰文艺出版社
　　　　　南京市中央路 165 号,邮编:210009
网　　址　http://www.jswenyi.com
印　　刷　三河市兴国印务有限公司
开　　本　880 毫米×1230 毫米　1/32
印　　张　8.5
字　　数　182 千字
版　　次　2020 年 10 月第 1 版
印　　次　2024 年 5 月第 2 次印刷
书　　号　ISBN 978 - 7 - 5594 - 5011 - 1
定　　价　69. 80 元

|目 录|

序

刘旭东

江苏省文联副主席、一级编剧

成蹊将他的小说《唐刀》发给我，要我作序。我既高兴，又为难。高兴的是作为写作者，我能体会他的成就感。一口气写下一部十多万字的长篇，不仅是体力的马拉松，更是脑力的马拉松，足以为之傲骄。为难的是，我对玄幻文学所知甚少，而且也没有多少兴趣，很难对《唐刀》做出切中肯綮的评价。

《唐刀》无疑是一个玄幻故事。其书名具有好小说的基质，让人遐想。一把唐代的刀，一定有着某种神奇的力量或故事，它天然地具有一种引人入胜的力量。正因如此，我浏览了这部书稿。它讲的是一个出生在沙漠的孩子，在沙漠里开了一间茶铺。某日机缘巧合，突然怀着对父亲口中盛唐的宏伟幻想，离开沙漠，背着父亲留下的一把唐刀，就去人世间找盛唐的影子。其后是一连串匪夷所思的故事，有些情节很烧脑。沙漠、都城、茶楼、铁匠铺、古寺、禅房、唐刀、定魂珠、新皇、老僧、大佛、小仙、少女、蚯蚓怪……这些要素组合在一起，光怪陆离，勾勒出一个庞大丰富的虚拟世界，充分展示了作者天马行空的想象力和绚烂华丽、成熟流畅的文字能力以及对世界的强烈好奇。

我理解成蹊是想用这故事来表达他对世界的认知。这里边有哲学的迷思，有某种宗教的情绪。他已不甘于用物质和意识的二元关系来解释世界，而是掺杂了诸如信仰、执念、存在、事物、虚拟空间、庞大实体等等思维的概念。他的思想的冲动和冲动的思想其实还处在一种亢奋而又迷惘的状态。

这可能是一个文学青年成长过程中特有的状态吧。

成蹊的文字是灵动的，语感是鲜活的。文字的画面感极强，这是影视艺术对文学写作的影响所致，这是成蹊文字的特征，也是一代人写作的特征。我们将越来越习惯并喜欢这样的文字。

文学是情感的事业。文学是为人生的。文章乃经国之大业。文以载道。这是我信奉的文学圭臬。成蹊虽然从玄幻入手，但我相信他很快会回到写实的大地上。文学需要天赋，但仅有天赋是不够的。文学更需要生活的历练。敏锐的感觉、潜心的思考、深刻的洞察和独特的发现，是成功的文学和成功的文学家都不可或缺的。

是所望焉。

第一章 出漠

他说，给我一把刀，一匹马。

大漠的风很大，黄色的沙子被掀起来，和他的长头发一起。我看着他，脸上已经有了几道好全乎的伤疤。好了的伤疤不会说话，我看着他，看不见过去。

“先喝碗茶吧，清明后的新茶。”我说。

“给我一把刀，一匹马。”他还是那句话，风沙更大了。打在脸上，怪疼的。我开始考虑，要不然今天就这样了，关了铺子回家。沙漠里的天气瞬息万变，等沙尘暴来了，想回也回不去了。可是，在回家之前，我还是先回答了他。

“沙漠里哪来的马？”

“便给把刀。”

“你一个人，是走不出这沙漠的。”我很笃定。

“不废话，给把刀就好。”他的嘴很笨，来回就这两句话。一句话里一个要求，一个要求被拒绝，他也不纠结，就执着于另一个。我知道，要想回家，总得满足他一个要求。

"只有把菜刀。"我从砧板上拔出自己常用的菜刀，用了它几年了，平日里就切切小菜什么的，锈迹斑斑，很钝，也用不着锋利。他抓在手上，仔细端详。末了又递还给我。

"这刀不行，还得要唐刀。"

我气笑了，"我告诉你，你今日把这沙漠翻个底掉，也就只有这一把菜刀了。爱要不要。"

他就走了。真是个固执又不会说话的人。

在大漠生活几十年了，我果然，看天气准。他刚走，沙尘暴就来了。我忙着后退，却还是抽空回头，看了他一眼。

大自然的模糊里，高大如他也只配有个背影。可是，为什么，我好像看见了那背影里的他竟然——

脚下一匹马。

手里一把刀。

这事我回去和父亲讲了。他比我老得多，也更懂这沙漠里的事。最早，茶摊子就是他来摆的，后来他老了，就由我替了。倒也奇怪，老头在的日子，往来还有人，生意也好，每天都能卖出去不少的茶，可他一走，我就少见着沙漠里有人了。现在想来，说他更懂沙漠的事，不如说他更懂人的事。

"你该给他弄把刀的。"父亲听完竟然这么说。

"拜托，唐刀，他要的是唐刀。这都隔一个朝代了，我去哪给他弄前朝的刀啊。"

"一刀一朝，一朝一刀。"父亲说，"他若说自己姓唐，刀也只能姓唐，这是可以理解的。"

"想来，您腰间这刀曾经也姓唐吧。"我知道，父亲随身带一把刀，在我出生前就有了，只是从来没见那刀出鞘过。

“你是没见过，大唐盛世。”老头儿的眼睛发亮了，盯着那漏风的天花板，像是真就看到了晴天时候的满天繁星。

“您说说？”

“不如亲眼去看。”父亲把腰上那刀解下来，又啪的一下，搁在桌上。

我看向父亲，他也同样看向我。我看清楚了他的意思，他知道我看清楚了他的意思，于是点点头。我没说话，只是接过了那把刀。是把好刀。我不懂刀，甚至没把那刀从羊皮鞘里拔出来看看，因为拿在手上很重，我就认为它是好的。我更不懂唐朝，它都没了，我该去哪儿亲眼见它。不过我看着父亲的眼睛，眼珠子里有光，我相信这光，就没有多问与纠结。先出漠吧，沙漠里生活的人都看天也信天。出了漠，如果真有这么一朝盛世，天自会指路与我看的。

“什么时候动身？”我把刀在自己的腰间系好，用一根平日常用的红色麻布绳儿。“不如，等明日沙尘暴停吧。”

“不如，就现在吧。”父亲说。

好吧，他的“不如”听起来更好些。我耸耸肩，起身，准备走，推开门，漫天黄沙便来了。拍在脸上，怪疼。

“关上门，喝杯茶再走吧。时间已经晚了许多，也不差眼下的三瓜两子了。”父亲一边说着，又一边回头拿他的茶壶。那是套好瓷器，他取了来，又手法熟练地给我弄了一杯。

小碗下窄，口开大。装的水，色青绿，浮面只一叶舟，平的，茶、水、碗口三点平线，船也不漂不荡，水也不扰平静。我举起茶杯，同样小心，尽量不让那水破。

突然，父亲笑了。“自你接了茶铺，好像都未曾考察过你的业务。”

瓷片都贴嘴边了，我还没喝上那茶一口，听他话，就又先放下了。

“风大，漠远，此去就深入，再无落脚处歇息了。不如，喝碗茶再行路呗？”我笑着说。

他摇摇头，“太复杂了。”

“怎么说？”

“不如，喝茶？”

我没说话，他又说，“继续。”

“客官，店里都是新茶，清明后刚上的。”

他又笑了，“骗人了吧。当真都是清明后，刚上的茶？”

“当真是清明后。”我说。

“哪年清明？”

“二十年前。”

“二十年前新？”

“二十年前的清明就不是清明了？再说了，沙漠里的时间不能按常理这么算。要我说，这里的一百年都新，这里的一分钟也旧。”

“那去吧，老人。”他突然冲我大吼道，“不要管我这个孩子，不要回头，走出这片沙漠吧！”

“你呢？”我又打开了门，还是大风沙，却好像比刚才稍微小了一点点，足够听清背后说话的声音。

“我等。”

“等什么？”我不清楚，他有没有听清这句话，因为我的一只脚已经迈出去了。

等着出生。

我出了屋子，在黑色的沙漠里走了十几米。风沙都在，这才是沙漠。天上没有星星，我又走了十几米，背后一声轰然巨响。那瞬间，没有时间反应，我立马就知道发生了什么，是那间年久失修的木屋子倒塌了，事实上，我早就猜到它会倒塌。而我的父亲，相信他也清楚。我们只是没猜到是这一天。总的来说，故事的开始就是这样了。父亲出生，我去死。希望我们都能再见盛唐。一个听着或许有些急促与荒唐的开始，各位接受与否，都不容争辩，这就是我出漠的理由和接下来冗长故事的开始。牵强的理由也是理由。

如果说真有什么遗憾的事，那应该就是我走出沙漠，还没喝上一碗茶吧。很多年后，在繁华的绿洲都市街道，我端端正正地坐在茶楼里。对了，他们这儿更讲究，不管它叫茶摊，而叫茶楼。我坐在一张木桌前，我想桌上还有雕花。我的刀摆在桌子上。

“客官，喝杯茶吗？”

不要。我刚想拒绝，他却又说：“清明后的新茶。”

这是第几个清明了。我想。

茶上来了。有水有茶叶。

我仔细看看，还有沙子，黄色的，大漠的沙子。

我伸出一根手指又去搅那杯子里。水流湍急，翻滚旋转。有变！沙漠里的风就来了。

再搅一搅，风起云涌。哎，这一下不小心，就搅出一个大唐盛世来了。

我大笑三声，把手指滴沥出来，留下三文银就走。

小二大叫：“客官，茶不喝了？可真是节后的新茶啊！”

“便等下一清明吧。”

第二章　茶楼里总有清明

结果却是没到来年清明，我就又来这茶楼了，是与上次隔了几月。记得那日格外天寒，烟雨绵绵了一阵子，人走在街上，只觉得有些冷气往身子、骨头里钻，脑子里便没了其他念头，只想找个遮风避雨的落脚处，喝碗热茶。所有人都该如此想，所以，我进茶楼时，灯火通明，座无虚席。屋子里暖，数不清几十碗茶气升腾，我一时恍惚，像是身处一片迷雾之中。雾中华灯初上，人声沸腾，走马观花，仿佛又见一角盛世。

“客官喝茶吗？”一小二来了。我从雾里抽出自己。只见这小二欠了大半身子，头顶一灰色小帽。小帽后接一诙谐小辫儿，人正咧嘴谄笑，又露一齿歪牙。是那日同一人吗？

“还有空位吗？”我问。进来倒也曾简单抬头环视过这屋，好像人多占位，并无空处。

“客官您这是赶巧了，今日人多，座位大都满了，却剩最后一位。”

“好一个赶巧，赶巧。嗯，便满足了这巧，喝碗热茶。”抬手去吧。

“好咧，客官里面请。”这小子吆喝一声，抖抖肩上落着的白毛巾，一下闪到我身前半个身位，踩着小碎步，领路去了。

七绕八绕，我数不清自己穿过多少桌子，擦肩过了多少奇形怪状之人，最后才找了那座儿。老实说，这位子乍一看是寒碜，在整个屋子的角落，狭小而拥挤。一张不大的桌子，只一头配了椅子，另一头抵着一堆柴火等杂物，看着就有些闹心，也难怪没被人占了去。我犹豫一下，那小二却手快，赶着用手里的毛巾擦干净了桌椅。只好坐下了。

“客官想喝点啥？”

“水里漂叶子的就行。”我在漠里卖茶，都是一碗白水里漂几片叶子。大漠里喝茶，好像图的从来就不是个味儿，喝的是水，解渴。我卖的茶，水都是清水，抬起杯子一眼便能看清杯底的纹裂。水好，便是好茶。

“您说笑了，漂叶子，那茶叶都是叶子。关键是，什么颜色的叶子，什么味儿的叶子，问您的讲究在这儿呢。”

“什么颜色的叶子？”我笑了。人真坐下了，就觉着这位子也不差了。靠窗，与屋外有联系。隔着一层窗户纸，倒也大致能看到楼下景象。这时候，雨自然还在下，青石瓦路上，偶尔有几把纸伞飘过，没多少行人。“说说吧，你这有什么颜色的叶子呢？”

“您随口说，这都有。”还是那笑，这么久该僵硬了，看着却并不难受。

“金色的叶子有吗？”我笑。

“有啊。怎么没有。金色的叶子，黄金叶。便要一碗黄金叶？”

“再随便配点点心吧。”我肚子饿了。

“两块红豆糕？糯米是磨坊今早刚磨好送来的。”

“便这样吧。”我挥挥手，他又笑着退下了。

我坐了一会儿，身边的窗户没关死，总有些小雨和寒气飘进来，倒也没什么，也懒得去关了。屋子里还是热闹，一桌一桌的人坐得满满当当的，欢声笑语。这些平时忙生计的人，也只能拿坏天气当个借口，小小地歇歇脚，暖暖身子，攒点力气再去奔波。我坐了一会儿，看了一会儿，倒也没那么久，茶便上来了。茶上来又没多久，点心也来了。

“您慢用，便不打扰了。”我低头看茶，听到小二说话，还没来得及抬头，人就又没了。好像在茶楼端茶就得有这本事，能在桌椅板凳缝里穿梭，快且无声。若按这规矩评理，他是个好小二。

看这茶，还腾腾地冒热气，茶气淡香，说不清具体什么味道。很淡，几近无味，鼻子却还是有反应，所以才说聊胜于无。茶里漂的果真是金色的叶子，几片，碎碎的，像是一片完整的大的叶子磨搓成了碎渣子。水应该是清的，可是泡了一阵子，就被这碎片弄得有些泛黄，甚至还有几分做旧的感觉。这就让我有些好奇了，是什么茶叶？轻轻地捻了一小撮出来，在手里感觉一下，又仔细用眼瞧瞧，像是脱落生锈的墙纸，又好似初秋的落叶。

不多想，尝尝吧。

我发誓，我发誓，这一碗泛黄的茶。我只喝一口，便天昏地暗，趴在了桌上。

沙漠没季节，一年都是连在一起的，所以总漫长。他开始是骑马，以为从都城到那城也只是骑马便能到的距离。结果马在刚进沙漠时就倒下了，他只能从马上取下一把刀，和一个沉重的布袋，自己一个人向太阳走。水很快没了，却还是看不见黄色的尽头。更可怕的是，沙尘暴这时也起来了，狂风卷着粗糙的沙子，打在他身上，又散了方向。他的视线模糊，跌跌撞撞，就快要倒下。空荡脑子里别无所想，别无所求，只想乞求一壶茶，不，不贪婪，一碗就够了。

身子越发沉重，眼皮打架，即使很努力留出一道缝，却也是窄得不能再窄了。最终会完全闭上，带着整具身体陷入黑暗，相信那也只是时间问题。所以，就到这儿了吗？他想。进这沙漠又倒下的人太多太多，每个不幸人最终也都会有如此想的一刻。

"闭上眼吧，不要挣扎了。"对自己说，他似乎终于接受了自己的结局。

却下雨了。

先是一滴，然后是无数滴。他抬起头，闭上眼，张大了嘴和黑洞，肆意去汲取，去接。这是一场百年难遇的雨，雨水是金色的。顺利走出沙漠之后，他坚持和每一个人都这么说，是一场金色的雨救了自己的命。

"一滴水，比一块黄金。"他说，然后一直随身揣一包黄色的叶子。从此，见水喝水，他都在上面撒一片黄叶，久而久之，这习惯流传开来，就有了黄金叶。

那场金雨过后，沙尘暴停了，他攒了些力气，站起来，推开被雨打散的雾气，就看见了一座黑色的城耸立沙漠之中，森森寒气。

终于，到了。

我也不知道昏睡了多久，一觉醒来推开窗，却见天更放肆地黑了。茶楼里的人却还很多,甚至像没走一人,依旧是刚进来的盛况,灯火辉煌。我揉揉脑袋,只觉得头疼,再去回忆自己倒下的这段时间经历了什么,却是一点儿都想不起来了。总觉得这黄水更像是迷魂汤。坐着清醒片刻,脑子好容易少点晕眩了,我叫来小二,质问。

“你这卖的是茶,还是迷魂汤?”

吓得他连连摆手,“可不管乱说,先生,我们打开门,正经做生意的。可不敢说,在茶里掺蒙汗药。”

“什么蒙汗药?我说的是迷魂汤!”我想直起身子,却又一阵晕眩,往后倒了一点。

“迷魂汤必然也是不敢的。”小二又解释。“只是……按您的年纪喝这茶,确实费劲。”他话说得支支吾吾的,像是藏了什么秘密,让我很难不好奇。

“有屁快放。这茶怎么了?”我放出自己最凶的口气。

“茶太老,您太年轻了。”小二小心翼翼地说。

“茶太老?你是说这茶发馊了吗?”我突然觉得有些恶心,想吐。显然是心理作用。

“不不不。”又是连连摆手,“并非发馊,而是这茶里有时间。瞧您太年轻了,这么干喝一下,难免会醉。”

“头一次听说,喝茶还会醉的。”我倒是笑了,小二便也跟着笑。

“大千世界,无奇不有。”言下之意就是我孤陋寡闻了,这话里有小抱怨,我听懂了,却也懒得去争辩。“这不,所以才让您配点点心吗?”他手一指桌上的红豆糕,我才发现盘子没动。看来这厮是铁不会承认自己在茶里下药的,我就想招招手,让他下去,也好让自己再缓缓精神。脑子里突然又出了一问题。

“这黄叶子是哪儿来的?”

“这可被您问到了,每片叶子的来处都不一样吧,有的是大漠里的沙,有的是深山矿里融水的黄金,又或者是某年秋天的第一片或最后一片树叶,这都不好说。”

“沙子长这样的?”我端起杯子,开口对他。小二却又轻松笑笑。

“所以说,大千世界,无奇不有。客官细品这茶,我且忙去了,有事您只管叫我。”

这次我亲眼见他,转身往地上踩一步,脚还没落地,就好像变戏法似的,凭空消失了。看来,我也真的是喝茶醉了,竟然出了这幻觉。不过不论如何,揉揉眼睛的功夫,人的确是找不到了,这是事实。且不管这茶馆里的名堂了,我捏起一块红豆糕,果真是软软的糯米,上有两颗鲜艳的红豆,周身被一小片荷叶包着,做法精致。这小玩意还没来得及送进嘴里,却又见一个小姑娘站在我面前。

眼睛大大的,水汪汪。这姑娘用红绳扎俩小辫儿,左右各一,一身红衣,绣花布鞋,看着可爱。她倒安静,不说话,眼里只有我手里的红豆糕。料想是哪家馋嘴小孩,偷跑出来,只想尝尝别人手里的甜味儿。

我笑了。要说这姑娘看着是真可爱,再想想这红豆糕于我也仅是混茶下肚的角料,一块足矣,便递给她剩下那块。姑娘看清我的意思,怯怯地接过,又点点头道谢,端着红豆糕走了。我又发了会呆,这才想起那被手间筷悬停在空中的糕儿,就咬那早就该咬的一口。

有一说一,糕点做得是巧妙。雪白的糯米入口即化,轻轻咬一嘴,松软弹润的白豆儿便立马向四周散开。想着那砂糖一定是完全均匀地揉进米里了，所以即使牙齿碾碎，分散去口腔每个部位的甜味，仔细分辨，也都是不偏不倚，一样的程度。红豆得用舌尖从米中勾挑出来，才能完整、圆润。我没刻意去咬破那两颗小圆球儿，只是尽量用嘴里的温度含着，慢慢融化成豆汁儿，味道涩涩的，糙糙的，当然也是甜的。认真说起来，两种甜味不尽相同。白糖的甜是肆无忌惮的，直截了当的甜，于人享受的就是一刻炸开的快感。而红豆收敛，初不觉甜，但留香细品，之后的余味有甜味散发。两种甜包裹交融在一起，再配上清淡的荷叶，抹去溢满多余的杂味，不夸张惊艳，却胜在一个刚刚好。我不由在心底赞叹，这就是老手艺人，岁月教会的手艺。谁开始都爱那新奇，争奇斗艳，老了方知道人生里一个平常和刚好，最难。黑暗里待很久，一直静待余味在口腔舌苔上干净了，我才睁开眼。看四周灯火，恍如隔世，只觉得自己好像经历了一世，瞬间就苍老许多。再摸摸脸，不知何时一行泪已流干了。

于是，食一小口糕点，再嘬几滴茶，淡的甜和淡的苦在嘴里交汇，搭配妥了，便如阴阳相合，融一体。我这样吃喝的方法，虽说不如开始独饮时头昏脑涨了，却也很快就继续恍惚起来，像是温柔地失神入梦。茶饮完，糕食尽，我倚在凳子上，只想好好地睡一长觉，却见那方才要糕的小姑娘来了。

该是来感谢赠予的吧。小姑娘先欠半身子，两个小辫儿在空中轻快一跳，也不言语，就开始跳舞。只见她一身红色，旋转起来便如雨中最鲜艳的纸伞了，这朵红伞转得飞快，也上下灵动。我开始以为舞起来就看不清她的脸了，却隐约见着她藏在一片红色里笑，忽隐忽现，那笑脸，好不天真烂漫。转一会儿，她停住了，却依旧跪在地上，以长袖遮面。我不知道是自己又醉了还是如何，只觉得这小姑娘好像刹那之间，就长大许多。紧紧注视之下，小姑娘婀娜着两只膝盖，很快就到我面前。我永远永远忘记不了，接下来的画面。

她慢慢移开袖子，露出一张世间绝美的女人脸。柳叶眉下，杏眼桃花，呼吸如蝉翼轻动开合，一张樱桃嘴儿比落日夕阳更艳红。她见我呆就笑了，这一笑可好了，世界、时间于我瞬间如一片大湖。她笑如拨弦，轻轻一下就撩动了整片湖面，轩然大波。我张着嘴，想说点什么，却被惊得吐不出半个字来。我这样，她又笑着伸出修长一指，轻轻地点在了我的嘴上。肉体接触那刻，我只觉得她的指尖清凉又好软，甚至比我的嘴唇更软。这一触好像让她害羞了，又慌慌张张退远了去。我不知道她要退到哪去，只是越来越远，甚至快要看不见了。

站起来，去追她。还是头重脚轻，走路也踉踉跄跄的。她先藏在一个柱子后，又探出半个脑袋俏皮看我。我笑了，两个大步奔到那柱子旁，伸手都抓到那轻薄的红纱了，她却又一个轻盈侧身，下一刻就藏在另一处桌底了。我便又去追那桌子，真到那了，她不见。我四周张望，在桌底下找了很久，以为哪里有密道藏了她去。抬头却见她的背影，已经很遥远了，一袭红衣踩在空中，一步一步，飘向远处很深刻的黑暗里去了。

我只能回到座上，不知为何，这追了几步，已经是满头大汗，瘫软无力。想开点窗，却死活也推不动那木头。只能隔着那一小道缝儿，瞥见世界的黑。我大喘气，试图忘掉那个红衣女孩，却听见重重脚步声，又从那黑暗处过来。

屏息等，黑暗里浮现。却一个套着红布的佝偻老太缓缓过来，一头发如白雪，背与地成直角，手里一根枯木拐杖。她一步一步走来，身子看起来很轻，落在地上的脚步却声音很重。我认不出那脸，可记得红布，竟与那小姑娘和美艳女人的是同一块。老太向我走近。

依旧不言语，伸出枯萎一双手，手上什么都没有。我摇摇头，再定眼看，手上就有一块白米糕。她冲我咧嘴笑笑，牙都不剩两颗，瞧着可怕。我不知道什么意思，也不敢接那糕。她就这么一直把手伸着，等我去拿。突然，窗外响起了马嘶剑拔声，接着茶楼就大火，一刻哭号遍地。几乎是场景突变的同时，毫无预兆，我就见，一把刀黑暗中从背后而来，深深地插进了她的胸口。红色的血喷薄出来。很快全身就红了，这老太却笑着，踮起了脚尖，旋转起来。动作当中，她把白米糕往天上一扔，我只能下意识伸手去接。

脚尖旋转了起来，越来越快。这飞速的红色里不断变换，出现了老太的脸，美丽女人的脸，最后当然，还有那个要糕的小姑娘的脸。那团红色的形状越转越小，最后竟成了红色一小球儿，又落在我手里那块米糕上。

又成了一块红豆糕，如最初端给我的那两块一样。

"客官，茶还好吃吗？"小二的声音突然由远而近，像从天边飘来，却一瞬间落到我耳旁。听他话，我这才回过神来，定眼一看。桌上的依旧是两块完整的红豆糕，丝毫没动。再看那茶杯，满满的水，正到杯口，几片黄叶如静面漂舟。

所以，究竟我饮那茶了吗？又吃那口红豆糕了吗？这个问题，或是两个问题，我好像怎么都想不明白了。事实就是，在这茶楼里待着的许久时间里，我突然发现自己已然分辨不出什么是真实的，什么又是假的了，这种感觉糟糕。仓促慌乱之间，头脑昏沉，身子也重。我竟没问这茶和糕点的价钱，只是拍下一串铜钱，料想是够的，便急着出门清醒清醒。

却被拦住了。小二笑吟吟地看我，我该满头大汗。

“客官这是饮好了？”

“钱留下了。”我指指桌子上的铜钱，以为他问的意思是这个。

“看到了，不过多了。”

“多了便多了吧。”我急匆匆只想走，却被他又一把抓住。

“那可不行，之前说过，我们是打开门，做正经生意的。这样吧。”他一边抓着我，一边仔细想想，“便当你预留了一杯清明的茶吧，这里很多人都有这样的请求。”

“清明再来喝茶？”

“是的。”

“那清明不见人呢？”

“便等卜一个清明了。”

“下一个清明也不见人呢？”

“便等下下一个清明了。”

我答应了小二，给我清明留杯茶。我根本没懂他说话的意思，也没有想去弄清的欲望，只是想离开这儿，于是草草答应了他，清明来饮。慌慌张张地穿过无数的人和桌子，我没有端茶送水的灵巧身形，自然也难免碰到几人的肩膀或身子。可是，奇怪，肉体相触的瞬间，却并没有想象中的碰撞，他们的身体好像只是透明的形状一样，竟然能被我简单地穿过去。穿行之间，我的脑子还留空在想，为什么这一屋里的灯火不要钱似的，一直亮着，生生把一座本不该的茶楼也变成了不夜之处。开始进来只觉得灯火暖和，此时只是觉得眩晕，想逃离。突然，一阵巨风刮来，瞬间打开了所有的窗户，风在屋里呼啸，如无数厉鬼哀鸣。我急忙加快下楼，然后跑出了大门。

我在街上跑了很远，才回头看。那茶楼并没有屋里的灯火辉煌，只是混在黑乎乎的一片夜色里，甚至看不清形状。我犹豫了一下，又想折返去看看，那楼竟就轰然倒塌了。吓坏了，我撒腿跑过去，却没有预想之中的尸体，没有破碎的茶壶或是桌椅。只有一片单纯的废墟，砖瓦柴火。楼塌的动静应该很大，可是周围的人家都静悄悄的，没有一个人出门来看，甚至点灯都没有。见鬼了吗？我摸摸胸前的口袋，却是真的少了一串铜钱。

也不知道怎么办，我在废墟里蹲了一夜。第二日一早，路边摆摊的人刚出来，我就跑去问他，这茶楼怎么了。他一脸不解地看我，哪有什么茶楼？就是那间灯火辉煌的茶楼，黄金叶？红豆糕？还有，还有红衣服的小姑娘？我急了，口不择言地解释，手上还有大动作，想来定是吓着了那可怜的老头。

“我一直生活在这街上。自打我记事以来，就没有什么茶楼，这里只是一片柴火和垃圾堆。”他说。看他那不知所措的样子，相信话是真的。

可是，如果他说的是真的，那我昨天所见又是什么呢？那么亮堂的房间，那么多热闹的人，那喝一口就醉的黄金叶，那甜得正好的红豆糕，实实在在的观感、触感，难道都来自虚假的幻想吗？就算是幻想，我在漠里这么些年，从不曾见或梦到过一座茶楼和那些稀奇古怪的人物，难道这幻想真的能凭空出现吗？

“不过，我有一个故事。你想听吗？”我正沉思，忽见那老头歪嘴一笑，咧开满口黄牙。那牙上的一块块污垢斑，也不知道是新的，还是旧的，又到底能不能刮掉。看着，只觉得像发霉的苔藓，坏掉腐烂的时间，都在里面。

“听。”黄牙恶心，可我还是这么说。

第三章　它本不卖茶

传说很久之前，长安只有一座茶楼。可这唯一的茶楼里也不卖什么正经茶，只有一种茶叫“解忧草”。也不要被这名字唬住了，听着玄幻，其实无非是劣质迷幻药罢了。当然了，要说茶楼屹立不倒还有其他原因。除了这草，茶楼也卖些解决麻烦的手段。故事要说那天。

那一刻，茶楼里的人是能有各种姿势的，眼下却都统一不动，像是时间在这里就停滞了。剑拔弩张，最后还是上茶的小二没忍住手抖，落了瓷杯。

“啪。”摔杯为号。只这一声儿，立着，躺着，折叠着的身体们又动作了。

先是李四一个满酒壶砸在张三脑袋上，张三的拐杖横扫了许六的腿。而后许六摔在空中，还不忘用手里的钩子刮住王五的屁股肉。至于王五，他的两只双节棍勒住了李四的脖子。听听，三四五六，这都是些啥名字？不过，倒也别奇怪，其实都和他们主人的命一样,轻而草率。一趟循环的危险动作下,每个人都受伤了。短时间僵持不下,倒了许六,张三头上渗出血,王五下体通风,这些都是动作过去后的结果。只有李四还在经历受苦的过程,持续涨脸通红,甚至连两颗眼珠子都鼓出来了些。王五稍稍松了手,留怀里人一口气,毕竟他的目的也不是杀人。事实上,说句题外话,眼下这屋里的人都没想谁死。不过最后会发生什么,谁也都不知道。

五杯茶上来了。围着那把桌子上的刀,成了一圈儿。

"坐下说话。"小二说。

张三先坐,而后李四王五依次下坐。许六是最后从地上爬起来的。总之,围成了一个圆,让这屋子第一次有了平等高度交流的环境。今天店里没客人,也不知道是因为这几个数字才没人进门,还是这几个数字就是打听好了店里没人才择了这时间撒泼。

"没馒头?"张三是乞丐。

"没酒?"李四是酒鬼。

"没烟?"许六抽大烟。

"没钱?"王五是土匪。

"茶馆只喝茶,老祖宗传下来的规矩。"楼上暗房里飘来人声。不大,嗓子尖,底气却听着挺足。混江湖的四人安静了,低头闻茶,六先喝了口,这一喝就止不住了,不够,又讨了一杯来。

"坐也坐了,茶也喝了,聊聊事儿吧。"酒鬼说。

乞丐:"是该说说了,哪个王八蛋占了我丐帮东四头儿的地?"

"谢谢。"烟枪儿笑眯眯地接过小二新上的茶,转过头,立马狠狠地说,"丐帮弟弟的事儿放放。先弄弄清楚,到底是谁偷了我六房姨太太?"

“笑话，说我丐帮是弟弟……”乞丐脏手一拍桌子，桌子纹丝不动，他的屁股也纹丝不动，做做愤怒样子，压根儿就没想站起来。

“看不住家里婆娘不说，还跑这人多口杂的茶馆里发牢骚。自个儿就不觉着磕碜？”土匪横笑，脸上的肉和疤齐飞。“再说了，偷人事儿小，我这才是大事。你们瞧瞧，这月都好几号了，保护费还没到，让我那山坡上的几千弟兄喝西北风呢？”

四人鸡同鸭讲，各说各话。不大的茶馆儿瞬间闹腾起来。好在口舌多费，一会乞丐酒鬼烟枪儿土匪都渴了。桌上的茶各自一饮而尽。喝茶的时候，倒安静。

“都这么说话，就是没商量了？”也不知道是谁先一把摔了杯子。

酒鬼：“哎，怎么现在就摔杯子了，我的事儿还没说呢。”

“哦哦哦，对不起对不起。”乞丐作揖道歉。“流程不熟练，摔早了。您先说。”

酒鬼不高兴，不过倒也是无可奈何。总不能就因为这小茶杯儿摔早了，大伙儿都得把这整个流程再来一遍吧。虽然说拿酒瓶子给光头开瓢是很爽，但是他也不想再被人勒脖子了。

“家里的酒缸总是不满。”酒鬼说。

三人齐刷刷一起看他。

“家里的酒缸总是不满。”土匪重复了一遍他的话，并在嘴里咀嚼每一个字，像是试图品味出什么藏在字背后的深层意思。可惜不得。“你这事儿在埋怨谁呢？”

“酒……酒缸？”酒鬼也不确定，他抱怨的只是这一件事儿。

“不如，砸了酒缸？”烟枪儿长得就精瘦精瘦的，出的主意也瘦。

“谁砸了我的缸儿，我就和谁拼命。”急眼了。

“那你自个儿说，想要报复谁？”乞丐说。

“非得抱怨谁吗？”

“不然，找谁说理报仇去啊？”

酒鬼想了一会儿，指了指天。其他几个人不作声儿了。

“我怨这天儿，它老不让我满酒缸。”酒鬼说，“好啦，现在抱怨的对象也有了，可以进下一个环节了吧。”

乞丐：“可是，进下一个环节要摔一个茶杯。”

土匪抓住自个儿的茶杯，就要摔，烟枪儿拦住了。

“流程上，进一个环节就该砸一个杯子，而我们之前已经摔过一个杯子了。”

“还不是摔早了吗。那你说，现在怎么办？”

乞丐转了转眼珠子，小黑圈儿在框子里上蹿下跳。终于，有了。他掐住了自个儿的喉结，提着嗓子，学着大叫一声儿。

“啪。”像不像摔杯子，大家也不知道。总之，也只能假装都信了。四个人竖着耳朵，听了一会儿，楼上没动静，也没说什么，摆出一副不置可否的态度。看来，这小仪式算是糊弄过去了。四人急忙浑水摸鱼，继续。

“都这么说，看来是没得商量了。”乞丐终于又说到这句台词了。不过，这次再说，心里倒像是莫名其妙多了不少的底气。这是按流程办事的好处。

“没商量？那大家就八仙过海，各显神通吧。”

话还没说完，烟枪儿就掏出了自己的家伙什儿。不是钩子了，却是一把黄铜大烟枪儿。他伸出一手，只在空中扬了一下。就有火团从这掌心底儿冒出来了，火点枪口儿，一道小烟出来了。待烟枪儿再一猛嗦腮帮，风就来了。一时间，灰尘四起，烟雾缭绕，什么形状都看不见了，能看见的也都依稀，如梦如幻。

紧随其后，乞丐也摸出了自个儿的拐杖。他站在雾里，却不尝试看清什么，反而闭了双眼。像是封印住了光洞，心就敞亮了。去了双眼的乞丐突然伸手一擦杖头，一道绿光幽幽出来。原来是被脏掩盖了，这杖头竟是一块翠绿明珠。乞丐把拐杖往背后一放，人也绿了。他飞舞棒子，扬起的杂物是绿的，自成一股风，风也是绿的。最后，这人画了一方圆，这个圆不用说，也是一个绿色的圆。妖风很大，不可近身。

看着眼前一片绿，刚丢了六房姨太太的烟枪儿更急了，只见他又恶气口出，周遭的环境立刻黑暗了。恰在这同时，酒鬼忍不住发功。仰头一吞茶中清水，过一遍嘴巴、过一遍喉咙，却又吐了出来。水在空中竟然悬挂住了，成了一条横平的水枪。远处闻闻，这水已然不清了，很重的酒气。酒鬼儿像是被自己弄醉了似的，摇摇晃晃地走。前进两步，退一步，所到之处，尽是酒味儿。

最后，土匪吼一声儿，胸前两团肥肉震碎了衣服，露了大膘。身上文了两条变形的巨龙，由肚脐起，左右出，绕过俩奶子，在胸正当中交缠。他吼第二声儿，绑在腰间的钱袋一串儿丁零当啷。第三声，整个房子剧烈摇晃。无数铜钱俱从那小布袋口出，升空，再腾空，在他背后自成了两条金龙。三声过后，他便再不吼了，却金发直立，八字眉，小胡子，杏眼圆睁，不怒自威，仔细听，隐约还有龙吟从那肥肚子出。

一旁，小二叉手腰间，就看着这几个疯子围着桌子，手舞足蹈，胡乱比画。这场景，他倒是见怪不怪了。很简单，茶是迷幻药，任人想象，一会儿，茶的劲儿就过去了。而真到那时，别说手舞足蹈了，这几个货只会如死猪一般，睡倒在地上、桌上。还需要他来收拾。小二叹了一口气，没办法，做的就是这替人分忧的生意。果不其然，很快，过完了幻想的瘾儿，四人就七荤八素地倒在了地上，睡得昏熟。小二简单地把几具身体搁齐了一排，其实也不简单，几人都重。完事靠着桌子，喘了几大口粗气，他才又随手掠掉了桌沿边儿的茶杯。

茶杯口儿雕了蓝色小花，只见那花被抛起来，凌空一下，很快就到地上动静。一声破裂巨响，大一块，小一块，碎得那是真的稀烂。小二叹口气，从柜台后面取了扫帚，把现在和之前的碎片找到，找干净了，然后兜进簸箕里。扫完最后一块碎片，把最后一块碎片丢到簸箕里，他就站起来，拍拍身上的灰，也整理弄好自己的衣袖。

“今天生意可不少。”小二正要拿着扫把出门，楼梯却传来了声音。原来是这茶楼的掌柜。

“都是些寻常小事，赚不了多少钱。去去就回。”

小二拿着扫把就出门了。出门干什么？拿着扫把还能干什么，自然是扫地了。虽说眼下这世道实在是太脏，垃圾成堆成山，扫也扫不完。但总有人非得图个眼前干净，再碰巧兜里又有些铜板，那他就替他们扫地了。要说，茶楼里卖的不是茶，而是替人解决麻烦的办法。那所谓迷魂的茶，也只是为了满足无能人的最后那层面子。真要问那些喝完茶倒在地上的人，是真睡还是假睡，那也只有他们自己知道了。

张三的家在一个垃圾堆边上，他有一张捡来的绿被窝。一直以来他都住得好好的，谁知道这几天垃圾堆来了几条野狗。狗比张三厉害,张三没办法了。小二去了垃圾堆,多年练功,几下就扫走了野狗。虽然,他觉得在这世道生存,野狗也可怜。可是,人总不能比狗还可怜吧,而他也不能和钱过不去吧。

许六开了家小烟馆,他整日在烟雾缭绕里苦钱,看不见自己老婆和对面卖猪肉的厮混开心。许六说离婚,钱和烟草都给你。他哪有什么六房姨太太呀,就一个老婆,老婆还跟别人跑了。不行,老婆说,什么都是我的,小孩我也要带走。他不肯,孩子也不肯,但是卖猪肉的每天磨屠刀。小二去了,扫帚比不上刀快,却更厉害。他带回了许六的儿子,顺带提了两斤切好的碎猪肉。猪肉要配酒下肚,茶太软绵绵,不得劲。

王五自己不是土匪,他只是碰上了一个土匪。一个远房亲戚,欠了自己大把钱不还,母亲病了,王五要钱。他每天站在那人家门口,是个大房子,灯火辉煌,餐餐鱼肉,就是挤不出还他的钱。小二去了,扫空了那家,连本带利都给王五带来了。王五从一些金银首饰里挑拣了些等价的小玩意,然后又托小二还回去。小二摇摇头,收自己口袋里,乱世里做不到比恶人更恶,就难活。

最后,小二见到了李四的酒缸。那是一口很大的酒缸,仰头都看不到边儿。小二抓着自己的扫帚在缸上摸索,终于找到了一个小缺儿。怎么堵住这缺呢?他想了半天,把嘴凑了过去。嗨,好巧不巧,堵上了。一下午,他就趴着,一动也不动。终于,酒缸空了。空了,缸里一点儿酒都没了。这下问题不就解决了吗,没酒的缸哪能叫酒缸呢?连酒缸都没有,又拿什么装满酒呢?

喝醉酒的小二晃晃悠悠。等他回茶楼的时候,天都黑透了。记不得自己是怎么躺床上的,依稀却听见老板在自己耳边叹气。

“世间这么多麻烦，一栋楼哪能装下，一把扫帚又怎么扫干净呀。”

他不管这些牢骚，喝醉了就睡下，睡死过去了。一觉醒来天依旧是黑的。在黑暗里睁着眼，小二总觉得难受，翻来覆去，怎么都不得劲。不知道为什么，那一刻，他就想见光亮，极为强烈的想法，只要见一道光就好，再小和黯淡也行。大醉之后，头还有些晕，他在黑里摸索着，终于抓到了桌边的煤油灯。点火亮了，就笑，满足。看那火苗一会儿，只觉得心里都温暖透了，那些原本空荡荡的，缺失的地方，也被补齐补全了似的，一下子就满了、完整了。他就痴痴盯着那火苗看，好呀，真好，可是看着看着，看久了眼皮也打架。迷迷糊糊，小二又睡去了。他好像忘了自己床边就是一捆一捆的柴木堆，煤油灯抓在手上，睡着了，手也软塌塌松垮了去。不经意，火苗就落在了一根柴上。

是夜，茶楼火光遮天。不是小亮了，黑夜里也实实在在地，大亮。这火烧了足足三天三夜，终于等着停了。屋子里的一切，包括柴火，包括人，包括迷幻药，包括桌椅板凳，也都烧干净了。好像也包括那个乱世和太多太多解决不了的麻烦。

说来也可笑，起火前，这茶楼是整个长安唯一一座。它烧没了，城里却雨后春笋般，一下就冒出了不少的茶楼。这些茶楼不卖唬人的药，不卖办法，卖的都是实实在在需坐下细品的茶。办法没了，麻烦竟然也消失了。乱世变盛世，好像就是一夜之间发生的事，现在听来也简单，一盏煤油灯，一个喝醉酒的鬼，一捆柴就够了。

那是很久以前的事了。久到不仅没活人亲眼见过那场大火，甚至听都没听过有关它故事。不过，也有人说，清明时分，淅淅沥沥的雨下,想找地方避雨的时候,偶尔会走进一座灯火通明,高朋满座的楼,饮杯茶。那高楼温暖,饮得也尽兴,可是一夜过去,睁眼醒来,却惊觉只是一个幻和梦,自己原来躺在湿露冰冷的街上。

“所以,我见到的其实是立于盛世以前,已然消失的一座茶楼。”听了故事,我沉默良久,不知道该说什么,也不知道自己该以何种心情面对。

“与其说是茶楼,不如说,它即使在火烧以前,真真存在的时候,也只是现实里的短暂一幻。昨夜,你所见所闻,其实就是幻里的幻了。”那老头笑着说。

我正想再说几句话,却突然觉得自己腰间一沉,低头一看,一个小孩正拨弄我的刀。我看了眼那小孩,他就立马被自己妈妈拉走了。小孩这一拉像是提醒了我。自从父亲交我手里,那刀就裹在羊皮套里,一直都没抽出来过。不知道为什么,我突然有抽出来看看的冲动。想法来了,也就这么做了。

奇怪的事却发生了。久不用自然生锈,这把刀却锃亮射光,甚至还有一串新鲜的血。记忆里,我一定不曾拔刀杀人,血又从何来?难不成昨天雨夜里,我真做了什么自己记不清楚了?

想不明白,头脑生疼。那摆摊老头又拍拍我。

“是刀坏了吗?沿着这条街直走,尾巴处,有一个铁匠铺。”他的手如一支枯树枝,一直伸展到了街尾,我顺着那方向看去,好像真就看到了热火朝天打铁的人和炉子。

便去吧。如果真的是线索,一定会指引我找到什么。即使不知道那终点是好是坏,我好像也没有多少担心,只要在尽头处,一切的画面都是清楚的，那就好也足够了。天顺我愿，果真有线索，果真我站在了街尾，看见了什么，当然这些都是后话了。至于那栋茶楼，我再也没见到过。它好像只在那个雨夜里来过，那短短的存在也不知道是真实的，还是梦里来过。不过，很多年，很多年之后，我好像又在一个深山里见过那茶楼的小二。那个时候，我老了，他也老了。我不记得自己是去那山干吗的，只见到他正盘腿坐在一块大石头上，对着一面峭壁。

我犹豫了一下还是走了过去。他闭着眼，呼吸，不知道干吗。

“在干吗?”我问。头脑里是想客气，至少更谨慎用词，谁知道话飘出来就是这副样子。说出去的话自然也不好修改了，只待他回复。

“在等一碗茶。”老头幽幽地说，那声音又远又近，像是从近在咫尺的他嘴里说出的，却也像是远远的空谷传音。他说到了茶，我一下就想到了那座茶楼，接着是那杯我付过了钱，说好清明来饮的茶。可惜这么多年，我也再没机会走进一间茶楼，安安心心地坐下，喝一杯茶。

“茶不是做的吗，如何要等呢?”我好奇。

“想喝，或是想知道，便一起坐着等吧。”他从始至终都没睁开眼睛，现在也只是拍拍身边的石头，约我坐下。我便坐了，石头冷屁股，开始坐立难安。我看看他，如老僧坐定，又如老树盘根，就扎在那石头里一样。于是学着，也闭上眼睛，盘腿打坐。

闭上眼，心跳慢了下来，头脑一点点放空，就听见了画面。不知哪儿，有一条瀑布，水流忽而湍急，忽而平静。树林里有各种各样的鸟叫，风起来了也呼啸。湿润的土里，有蚯蚓在刨坑。蛇蜷缩在洞里，呼吸也慢且悠长。山里走兽动出声，植物静也有声，万物动静，都在闭眼的黑暗里，看见了。我也在这片黑暗里，自个儿好像也成了自己用心去听的对象，觉着有趣，一时间竟忘了那碗茶的事。

直到下雨，我睁开眼。雨像是已经落一会儿了，天地都湿润。我的身子湿透了，看看身边的老头儿，也一样。他过了一会睁眼，看看我，笑了。

“茶好了。”老头儿说。他从身边取了两个杯子，像是石头做的。看看里面，已经盛了大半雨水了。这是水。老头儿又一个侧身，在地上抓了两把泥土。他手抓得很紧，只留一道细小的缝儿，于是只有细土顺着拳头，一点点小心地撒进杯子里。

“茶好了。”递给我，他又重复了一遍。我接过茶杯，也不知道该不该喝，他却不顾我，自个儿先仰头，一饮而尽。我犹豫了一下，最终也照做了。

奇怪的是，混着泥土的雨水却不咸也没有杂物，反而是纯净也甜的。顺着喉咙倾泻而下，湿润了一路，瞬间就清爽干净了整个身子。我惊讶，睁眼看他，他也在看我，又对我笑。

“又是一年清明了。清明节后的新茶，更好饮。”老头如是说。

“一直好奇，茶为什么总分清明前后？”我问。

“是隔绝吧。你想，一个清明隔了多少东西？它隔了阴阳，隔了黑白，隔了水天，隔了日月，或许还隔了一朝一代，若是把这些隔开的故事，都放在一杯茶里，前后新旧，差别太多了。如此说来，自然要分清楚好。”他继续说，“从前店里，很多人都在节前请我留一杯节后的新茶。可真到日子了，我把杯子摆开，撒好茶叶，却等不来几个人。岁月好，饮茶是习惯。动荡时节，安静坐着，喝口茶便是奢侈了。”

“今年约的清明新茶，人没来，怎么办？”我问老头。问的时候也盯着他，想知道他究竟是不是那晚，那座茶楼里的那个小二。

“便留下一个清明。”听了这几个字，我的心便重重一跳。甚至泪流满面。

“那……若是下一个清明，还是不见人呢？”

“待下下一个清明。”当年的对话，到这就戛然而止了。眼下，我只想问完当年没机会说出口的话。

“那十年不来人呢？”我眼眶发红。

“五十年。”他笑。

“五十年不来人。”我步步紧逼。

“百年千年。”他依旧笑。

“你这茶能留百千年吗？”

“为何不行，天地有千年，茶自然也能留千年。”

“茶有天地久？”

“若有天地久，便饮天地茶。”我突然觉得他的笑，好像当年，又不像当年。“若无天地久，便饮天地久。”

“好好好。”我低下头，一切好像都清楚了，像是一口久积心中的郁气舒展开来。这么多年，无数个深夜醒来，我依旧会想，那天晚上，是不是只有我一个人从茶楼里跑出来。那些同坐喝茶的人呢，他们去哪了？那个可爱的小姑娘，迷人的女人，老得走不动的婆婆，他们又去哪了？是不是所有人都淹没在轰然倒塌的楼里，来不及出来了呢？因为他们，我最后便还有一个问题。

“百千年的茶,算旧茶还是新茶?”

“新旧都行。”

“都行?”

“都行。”

我沉默,不说话,他倒反过来问我了。

“那百千年的人,算新人还是旧人?”

我不知道如何回答,只是又想到那些一同饮茶的人,他们,究竟算新人还是旧人呢?再见面,是该像多年未见的老友,握手,相拥,同桌饮一壶茶。还是,脚步匆匆,擦肩而过罢了。我没回答他这个问题,只是从石头上跳下来了,拍拍屁股,其实也没什么灰,身子也早就被打湿脏了。冲老头挥挥手,就走。

“去哪儿,小伙子?”他对我大叫。

“吃茶去!”

“去吃啥茶?”

“饮大碗盛唐!”我把手往高处挥,差点拍到天。

那次以后,我好像再未饮茶,却也真真地见了盛唐。市井间,万人空巷,人声鼎沸。宫殿上,金龙翱翔,万国膜拜。我真真地见了这些,甚至亲手摸到了一些,确认真实。可是,细想想,我是不是早就见了盛唐呢?

那夜有风雨,有楼避风雨,楼里有茶饮,有茶有笑声。不是盛唐?

可是,我为什么要辛苦见盛唐呢?在它已然颠覆不见的时候,还作虔诚信徒?这是我长久思考的问题。想不明白,记忆里只有漠里来人,问我要把唐刀。还有那夜,父亲说:亲眼去见一见吧。我就去了，最后也见到了。这算是理由吗？我不知道，也没人问过我。至于是为什么去见重要，还是见没见到重要？我也不知道，却很认真地想过。其实，很多问题，即使思考也不会有答案。不过，同样是没有答案，思考与不思考应该还是有些区别的吧。

第四章　铁匠尹三刀

沿着青石路直行，小道拥挤，加之眼下确实是心神不宁，我这一路跌跌撞撞撞了很多行人。有的人会骂咧几句，大多数人就是回头瞥我一眼。我都不在意，只想着腰间那刀，和在它身上究竟发生了什么。如果说刀光锃亮还可以勉强理解，未曾脱鞘，却有血迹，这就很难解释了。说实在的，这刀虽说是我父亲的物件，我却也不甚熟悉。只知道自打我出生时便有它，母亲尚在的时候，也和我说过，好几个深夜父亲总躲在屋外擦他这刀。仅此而已。至于刀是怎么来的，又为何存这么久，便是不明故事了。父亲对我总严肃，所以即使小时调皮，因为深知刀对父亲的重要，我也不敢抽它出来玩，这鞘里刀里情况，自然也不清楚了。

脑子里有事情，脚下就快。恍恍惚惚，我才发现眼前没路了，自己已然身处巷尾。这巷子不是笔直的，蜿蜒曲折，且越往深处越窄，开始能平行好几人，甚至加些车马牲畜，可现在我站着的地方，只能说勉强通人。铁匠铺就在前面，是间屋子。准确说，是个院子。上有牌匾，三个略有些没头没脑的大字："小院子。"一看就是没文化的人写的，歪歪扭扭斜在匾上，字不似字，更像是照葫芦画瓢的形状。门是木头做的，涂了深红色漆，却脱落大半。有俩拉环，金色的麒麟头，当然，也是生锈透了。我犹豫一下，先拉了拉那环儿，有声音了，金属与木头碰撞的声音。等了一会儿，院子里没反应。我又重复一遍，还是没反应。再犹豫一下，也只有推门进了，算不速之客。

进小院子，先有一鸡圈，里面有几只鸡，看到我都停止啄食，神情警惕。我听闻有看门狗，看门猫，却第一次见着看门鸡。很快，一只红头鸡便仰天哀鸣，给屋子里发信号。一会儿，一个赤裸上身的汉子就出来了，手里还拿着一块烧红了的铁锹。

“有何贵干？”我见这赤裸人，肌肉结实，视线所及，身体无一处赘肉。他顶着一头乱七八糟的头发，胡子拉碴，整张脸大半都被自带毛发遮挡住了，剩下小小可见的部分也是黑乎乎的，不知道是真脏，还是火熏出来的。按这描述，的确是个标准铁匠的模样，可是就在他说话的时候，阵风撩了一下他头发，那一瞬间，我好像看见了一双秀气的眼睛。当然，也只是短暂一下，风停了，发就又遮住眼睛。

“哦，听摆摊大爷说的，这里有最好的铁匠，所以想请您看把刀。”我很诚恳。他应该也觉察到了，紧绷的肌肉于是松弛下来。

“拿来吧。”他说，我便递给他，刀和毛皮套子一同。

铁匠抓着皮套子翻来覆去，看了很久，甚至还上手仔细摸搓。太久了，我几次都想开口提醒，请他看的不是套子，而是里面的刀。不过，我寻思，这道理，但凡不是个傻子，应该都懂。会不会是这皮套子有什么讲究？

“好皮。”铁匠啧啧称赞。

“谢谢。”我有些无奈，却也只得承接住这夸奖。

“从你身上剥下的皮?”他说话倒不客气。

“不是……可是……”

“好皮是对那匹马说的。”他继续摸那皮,看也不看我。

“这是羊皮。”我反驳,有点火。

“马。”

“羊。”

“马。”

“羊。”

“马。今天没活儿,我可以这么和你耗上一整天。”

“羊。巧了不是,我也无事。”

“马。还是匹好马。”

“羊。好几只小羊羔皮拼出来的。”

“马。你还要不要我帮你看刀了。”

“马。”我叹口气,最终也无可奈何。

铁匠心满意足。磨磨唧唧,他终于抽出了那把刀。寒光四射,惊得鸡扑腾翅膀惨叫起来,铁匠的脸也被映得苍白。我看他唇,也哆哆嗦嗦在颤抖。

“好刀。”很快,他就恢复了平静。神色也好,颤抖也好,都一并隐在黑乎乎的肤色里了。

“就没了?”我摊开手,表达态度。

“没了啊。你还要啥?”

“好皮,好刀? 这就是你看出来的玩意?”

“不是全部,不过也是些你该知道的事。”

“那为什么,这刀我没挥却有血?”

“说了是马。”

“让我们先不争论它是羊皮还是马皮了好吗?”

“不不不,我的意思是说,你那刀并没杀人,只是套着它的那匹马流血了。”铁匠平平静静,从口袋里掏了一把米,然后随手就丢到鸡圈里。鸡当然是一拥而上,都吃干净了。

“什么？马流血了?”我只觉得不可思议,这人脑子有问题。“就算按你说的,这个真的是马皮套子,那马也早死透了啊,都被分解成这样了,哪来的死马流血的说法?”

“知道什么是好刀不?”铁匠说,“我见过削铁如泥的刀无数,能移山断流的刀也不少,不过都算不上好刀。真的好刀不说破天裂地,却能斩开时间。”

“时间?”我的脑子依旧很乱,好像很多思路都缠在了一起,理不清楚。可是,却能感觉,一个清晰而重要的真相在慢慢接近。

“是的,时间。一把好刀能留住时间,时间都在这刀里。”他说。“刀里的时间,这个世界的时间,或许是不同的,却都是活着的时间。”他又补充道。

“那我该如何进入刀里的时间呢?”

“很简单,被它刺死。或者很复杂,你能在广阔世界里找到这个时间与那个时间的联系。”

“怎么找到联系呢?”

“你哪来这么多问题?”铁匠有些不耐烦,胸前的两块肌肉就又挺起来了。“我怎么知道和你有关的时间的联系是什么？太宽阔了,联系可以是一个人,可以是一个物品,谁知道呢？属于自己的联系,你要自己去找。”

我怕是疯了，还真的相信了他说的话。从那天起，我就开始满世界地找联系。因为他说，联系可以是任何东西或者人，所以，我毫无线索，只能小心翼翼，把所见人物都当作联系，然后生硬串联，弄得自己像个傻子，最终却依旧一无所获。这让我很恼火。不过怎么说呢，细究起来，也并非一无所获，至少在街头巷尾，听到些有关铁匠的说法。说他曾经是个读书人，最早是进京赶考来的，却不知为什么最后落魄成了一个光着身子打铁的铁匠。这人有个外号，尹三刀，不知道为什么外号逐渐取代名字，同样不知道三字的因果由来。总之，有关他，掌握的信息目前就这么多了。事实上，开始我对铁匠也并不感兴趣，不想了解他的生平事迹，与之的关系也只存在我的那把刀上。可是，随着这一路搜索，零零碎碎的铁匠传说出来了，我的好奇心也很难不被一点点撩起来。于是，没过几天，我又去了那个小院子。

院子里无人，我冲着屋子里喊了他两声，也没人应答。我便只能自个儿在这院子走走，转转。那几只鸡还在，并没被做了炖汤喝。其实，要说这鸡倒也长得奇怪，一只是通体乌黑的，像是行走的大乌鸦，另一只却雪白。两鸡警惕地盯着我，我看那四只眼睛却神奇，明明只是几个小黑白点，看进去却很深刻宽阔，怎么说呢，给我感觉像是内含时空世界，能把我整个人和精神都吸进去。我以为鸡这样看我是因为还未进食饿了的缘故，于是就自作主张，四下找食，我也不知道自己为什么在别家院子这么做，只是单纯地急于，不想被这两鸡如此注视。终于，我在隐蔽的一角找到了一个碗，那碗里整齐地放着一排……

不是寻常鸡食，却鲜红透明的珠子？

“在干吗呢？”身后传来冷冷的声音。该是铁匠。

我笑着转身，他却目射寒芒。“鸡饿了。”我说。

“不要碰这两鸡。”他只这么说，没头没脑的。“这鸡是有讲究的。”

“鸡还有啥讲究？无非是炖烧起来肉质有软硬之分罢了。”我继续笑，以为和善，他继续保持冷峻，长发挂了几缕在额头上。“难不成一只鸡还能上天入地？”我又补充。

“是有这么一种鸡，叫破天鸡。传说叫一声便可以把混沌叫破，弄出一个天来。不过那鸡见所未见，不如说是神兽。”

“天下之大，真有这鸡？”我惊叹。

“传说而已，不过天下之大，当无奇不有。说起来，我院子里的这两只鸡虽不能通天接地，但也有些讲究。你看它们看似独立，实则都是一体的。左身乌黑，意味阴，右身雪白，是为阳，阴阳共生共合便得一名：阴阳鸡。”

“阴阳鸡？”

“是的。阴鸡能扭转时间，带人见过去。它叫一声，就起一狂风，风如无数把利刃护体，驱拦各路妖魔，送人回过往。至于阳鸡，则能把深陷过去的人抽离出来，它仰天三下，三声毕，人便回魂。是鸡声如雷鸣，有震破阴冷寒雾，指引方向之能。而只有阴阳鸡共用，人才能在时间里完整一来回。”

“好鸡。”我由衷赞叹。

“鸡是好鸡，却难养。”铁匠叹息，“这两只鸡都得以血珠喂食。”

“什么叫血珠？”

"简而言之,便是人之精血凝练的珠子。按理说,人虽死,魂魄尚留人间。然而如果抽干死者精血,再以之炼为血珠,便困住他的过往魂魄了。阴阳鸡食下血珠,嚼碎干净了,一个人的过往就彻底焚尽。一百个死者精血炼一颗血珠,阴鸡需食一百颗血珠才叫一声。阳鸡得一千颗血珠,叫三声。所以说,送人回过去一趟,阴开一,阳合三,四声之间走一趟,得有无数他人过去陨灭,其中代价可见一斑。"

我愣住了,嘴张大,不知道该如何回答。如若这鸡真得血魂来养,那这一肚子该装了多少人的生死,也难怪方才见那眼睛深邃可怕。说是鸡,如此化炼,其智早该胜人许多了。

"血从何来?"好久,我才问出这一问题。声音沙哑,如无数软刀刺喉。

"井里。"他指指院子里的一口井。

我两步走过去,用力抽水,再用绳儿吊一桶。打起来看,阳光之下,果然血红荡漾。

"把桶给我吧。已喂食一千又九十八颗,待我再炼两颗珠子,就足够请这两只鸡送一趟了。"

我无语,把手里的桶递他。提拎着满满一桶血的时候,只觉得很沉,该比水重许多。铁匠接过,却很轻松的样子。他进屋,我站在屋外等着。天很快黑了,凉意起来。总觉得鸡在暗处看我,幽幽的,绿色的光。

"好了。"屋子里火暗了,他走出来,手里点了两颗新鲜发亮的红色珠子。看起来,走路都不稳,精疲力尽了。可是,他还是把血珠用力抛给那两只鸡。一鸡一粒,他笑了,黑暗中裂出一嘴白牙。

“一千一百颗血珠，尽入阴阳。”他笑，如是说。“你看，阴鸡抬起头，就要叫那声了。”

“祝你好运。”我只得说。

“不，错了，不是我。是送你，去见我的过去。”他话音未落，那鸡鸣便响了。

第五章　阴阳鸡鸣送过往

可怕，狂风瞬起。那一瞬间，我只觉得自己好像一棵平野里孤独的树，风一吹立马就被连根拔起，然后随着那漩涡旋转着向上。风是深灰色的，确实如他所说，里藏无数隐形刀，这锋利虽能护体，却也伤人本身。很快，我的衣服就被刮破了，接着皮肤。一道道血痕出来，又加深。再之后，妖魔鬼怪闻到血味，也都出来了，反应不及之间，无数只手伴着惨烈哀嚎就伸进风里，然后更快地被风的边缘削断。哀嚎声，飓风声，无数刀削骨肉的软而清脆声，种种嘈杂夹在一起，合力冲击我的耳朵。我只觉得头脑炸裂，这左右耳朵都有液体流下来。

平静下来，已不知多久。准确说，我在风起不久就彻底昏迷，等清醒就又是一个天黑，发现自己躺在一个陌生的环境。看那远处城，却有异样，不似今朝景致，才惊觉果真回到过去。我整理下衣服，自己此刻活像个乞丐，这倒也来不及在意和无可奈何。象征性地整理好自己，我就踏出一步，眼见着是踩在了草坪上，却一个眩晕。下一刻，已经身在一间宅院里了。

有一公子就站在院子里，盘着头，着的是青衣白衫，素朴干净。我喊他，也不应。伸手去抓他的衣服，轻松便穿过去了。看来即使阴鸡真能送人回过去，也虚实非虚实，人非人。这人低头看一本书，一边背手踱步一边嘴里念叨着什么。

又一个人进来了，看到他就笑。

“书呆子，又在背诗了。来来来，背了这么多诗，你吟一首盛唐来？”

“好。”被唤作书呆子的人便笑，挥一挥长衫，清素也干净。挥起的风也如此。

“那倒是吟啊？”人急了。

“吟好了呀。”他温柔笑。

“就一个好字？”

“一个好就够了。”

“那再多吟一首呢？”

“大。”

一个好，一个大。逗笑了我，不过想来也是，虽未见盛唐，却知道好和大。细来想想，这二字却有学问，概括大全，那盛字里的景致都在这简单二字中了。无数精妙诗歌颂唐，技艺穷极，却也逃不过一个好、大。笑他又让吟诗的人没好气，骂咧走了，公子就又背手吟诗。我凑近了看，他手里那书只白纸，竟空无一字。

这人抬头，一阵风恰好过去，吹散了几缕长发挂在额头前，我这才发现：原来是铁匠啊。可眼下这般清秀的神态，却与之前现实见到的差别太多。

他仰天望了一会儿，我跟着他，也这么做。天空蓝蓝的，看了半天才有几片零碎的云过去,也不知道望的到底是什么。两只脖子就这么挂在天上许久。他突然大笑一声,手拂身前白布一角,凌空迈一大步。

喧闹集市,摊子多,人更多。我与铁匠穿梭在人群之中,好容易停在一个摊子前。是个老头,卖很多书。我定眼瞧,才发现这卖书的老头竟是茶楼门前同我说这里只有一片废墟的那个。再看这人的摊子,卖的就是旧书,一册一册全都堆在地上,好像按斤卖。铁匠看到书就笑了,撩撩袖子就蹲下来,一本本仔细翻那堆书。老头像是也不在意,只坐着不理他。我站着,很快又天黑。

"就要这本。"铁匠翻遍杂书,尽兴了却只挑一本。老头儿接过那书,伸出一只手掌,五文钱吧。从胸前掏出五枚铜币,他又笑了,递给老头儿。

我看那书的封面,脏烂,隐约写着三个字:"盛唐歌。"

"都爱盛唐。"那老头突然说,眼睛却是对着我的方向,像是看清了我人。"我却从来只见一堆废墟。"

"小伙子,还要剑不?顺着书一起走吧,肯定是把好剑。"老头很快又转向铁匠,我舒一口气,也不知道方才的突然直视是看穿我的直觉,还仅是一个老东西的警惕巧合。

"剑?"铁匠笑了,他走了两步,穿过了我的透明身体。"我只是一介书生,来这也是买书的,要剑做什么呢?"

"绝世好剑,不要可惜了。"老头边说边从脚底拿出了一个布袋,是一个长长的形状,只是尖头处被遮盖住了,锋利不明。

"为什么非要卖给我呢?在这集市上一定有很多人比我更合适

用这剑呀。事实上，我应该是最不该舞剑的人吧。私以为，能用歌解决的事，就用不着见血。”他笑笑就要走，这最后一句话当是文人的温柔拒绝，和他此时的笑一般。可是，转身两步，老头说话，他又停住了。

“因为我看出来了，你能忍。”

“用剑和忍有什么关系？能忍之人剑都不会出鞘的。”

“虽说是把绝世好剑。”老头幽幽地说，“却因为过于锋利了，所以挥出去的锋利伤人也伤己。只能用三次，三刀之内用它砍什么都会断，可过了这第三剑，剑刃就粉碎，且再无半点修复可能。”

“就三刀吗？”我问。当然了，没人听到。我以为他也会问这相同的问题，可是没有。只是沉默，他什么都没问，也没确认什么，只是简单地停顿一下，像是思考也像是给对话留个空隙，然后就接过那布袋。很沉，即使是双手抱住，我见他整个身子还是往下一格。

“多少钱？”

“不用了。”老头摆摆手。“只需记得，挥剑之前先想好了，只三刀。”

“好。我答应你。”他笑了，熟悉。“不只是它，我这一生也只有三刀。”

离了集市，还热闹。整条长安夜街灯火通明，人头攒动。随处是欢声笑语，也有商贩艺人的高呼叫卖，突然烟火在不远天边亮响几下，他也驻足去看。所有人都看，我心想，世间繁荣就如这烟火吧，璀璨而短暂。可是，当下，就在这眼前的当下，这城正璀璨。而我们就活在这当下里。便享受吧，即使喧嚣后的夜更漫长。

“谁人不爱这盛唐呢？”他说。

他挥出的第一刀来得很快，就在三天以后。

翻墙越过守卫，进了一雅致庭院。太大且华丽了，我们一直穿梭，过了很多小路，才到了那盏幽静的小亭子。有一个女人已经在坐着了，看来等候多时。是个极美的女人，身姿婀娜，妆容精致。更美的是那一身红裙。要出嫁。

“跟我走。”铁匠上来就抓她的手，却好似握到了无骨泥鳅，女人一下滑溜开了。

“走不了。”那女人说。“嫁的是整个家族都得罪不起的人。”

“两日后便是殿试了。”铁匠说，“相信我，我读诗十数年，定能在金殿上夺魁摘冠。”

女人却背过身去：“不是相信不相信的问题，只是等不了这两日了。”

“两日都等不了，为什么又允诺一生一世呢？”

“我看见你腰间的剑了，很好。”她说。

“可惜短命，它只能挥出三刀。”

“三刀……”她沉思了下，“那愿意借我一刀吗？”

“什么？”铁匠惊了，往后退一大步。

“你想什么呢？”她却俏皮一下，手指轻点他鼻尖，“花样年华，自然不会为你去死的。只是想让你留下我一绺发吧，做纪念。”俏皮完便沉默了，低下头。

铁匠只站着，面对着亭外的花、树，坚持站立着，倔强也沉默。可是，不一会儿就有锣鼓唢呐声起来了，是迎亲来。此刻，他依旧倔强，身子却颤抖，不知道是自己在抖，还是被那喧闹声震的。她急了，冲过去，抱他腰间又抽出那把剑。他没来得及反应，就见寒芒，其实也只是轻轻一下，一绺青丝便整齐地落下来。

“给你。”红唇轻扬起笑，该比玫瑰盛艳。“今天以后，这头发便是我了。”

“快走吧。”她轻轻推了一下，他却觉得劲大，向后退出了许多步。

终于，他刚撤到院子的角落，就见迎亲的人来了。新郎他认识，当今宰相之子。看起来，果真如她所说，是她整个家族都得罪不起的达官显贵。他躲在一根柱子后面偷看，只觉得一片红色，好不热闹，再看自己，这一身白衣却是当真朴素了。

那丑男人想去握她的手，却被她一个身形躲开了。以为是情趣，迎亲众人都哄笑，他也想不到，就要嫁给一个不爱的人，她还有这雅兴。继续追，她继续躲。几番追闪之后，竟已到他藏身的角落，无处躲藏。最近的时候，他几乎能听见她轻柔的呼吸。

“此生允君，定不负君。可惜，真的真的等不及两日了。”所有人都以为这话是她对丑陋的新郎说的，只有躲在柱子后的他才知道，这是对自己说的。当然，还有我，我也知道。

踮脚旋转一圈，他见一朵红色的花开了。我也呆住了，才联想起来，这不就是那夜茶楼里跳舞的红衣女人吗？怎么就以这种方式又出现在眼前了呢？

谁也没想到，她轻笑着，一个仰头就栽进了一口枯井里。他怎么就没看到那口井呢。或者是，其实他早就看到了，却没有想到那一口井和她的关系。

一时间，无数呼喊、尖叫、怒吼，整座城都被惊动了。至于，那个在我身边的他，身子在剧烈抖动，像是刚刚装下了一场大地震。我知道，他其实才是所有人里最想号啕的那个，可是，紧紧捂住嘴，哪怕五官被失控的肌肉挤压得变形扭曲，他却最终还是没有让身体发出一点声音。开始还能依靠柱子勉强站住，但很快身体慢慢滑落，倒在了地上。这一刻，我想，整个忙碌的世界应该都与他无关了吧。事实上，不止这一刻，真相是自从这天以后，这世界再风云变化的每一刻，就都与他无关了。他曾经以为，真的以为，读好书，写好诗，那庞大繁华的盛世里，就也能留下他的一笔。他原以为每夜京城都有烟火，那是放给全天下人看的。他该是多固执地那么以为呀，才那么憧憬，那么洒脱地唱出了“好大”二字。

井。有血渗出来了。

即使我们没见到，却都知道。

第六章　沙漠的传说

女人死后，铁匠便更像我现实见到的那个男人了。他先是几天几夜不吃饭也不出门，胡须同情绪疯长，很快便遮住脸颊。长发既然不盘起来了，也少了每日梳洗，自然就邋遢整张脸。很快，那个吟诗着素衣的少年死了。两日后的殿试，他没去。谁都不知道，他真的去了，会发生什么。不过，他没去，就什么都不会发生了。没人敢让他再吟诗，更不知道如果真让他吟盛唐，还会吟出什么来。依旧是那一个好，再加一个大吗？难了。

过了一个月，他烧掉了自己整整一屋子有字没字的书，接着在一个天没亮的早晨，背着那把剑，离开了这里。当然，腰间还系了一个红色的小布袋，里面装了一绺黑发，不用说都知道是谁的。我没想到，不吟诗的书生竟然去当了兵。而他身上的那把剑，就只剩下两刀的机会了。不知道他还记不记得。相信是记得的，因为看他往后平生，一共也只挥出了两刀。

去边塞。铁匠刚当上兵，就接到了这个任务。听起来就不简单，先穿过一片无边的沙漠，找一座孤城，然后守住它不被蛮夷入侵和吞噬。铁匠问同行，一个年纪稍长的中年人："我们为什么要费劲进沙漠，找到一座孤城，那不是什么军事重地，也不是太值得的地理要塞呀？"

"就因为它是唐的啊，这一个理由就够了。"快要进沙漠了，那人从马上下来，只是牵着走。他嘴里叼了一根草，好像很清楚，一进了沙漠就很久都看不见绿色了，于是用口水疯狂吮吸。"是唐的，不论好坏，不论要与不要，有用没有，谁都不能碰。唐之所为盛，就是因为它不可触碰。碰了，就碎了，碎了，就不得叫盛唐了。"

"所以，我们要拼死守的，说白了就只是一个字？"铁匠似懂非懂。他觉得自己知道了什么，却也说不清具体道理。

"是呀，就是那一个'盛'字。别废话了，马上要入漠了。"中年人往地上吐了一口，被口水含、嗦烂的那根草就软塌塌地摊在地上。虽说死透了，也好过死在干燥的沙漠里。

铁匠看一眼面前，立马就呆住了。他第一次见沙漠，却不知道它是这么一座柔软的坟墓。脚踩在沙子上，立马就陷下去，像要带人去万劫不复之处。所以究竟，几匹马真的能带他们穿越这一整片黄色，找到那座孤城吗？铁匠不知道，只觉得心里发虚。腰间的刀，随着心情下坠，好像也更沉了。不是不知道，沙漠里多一分重量，就是离死亡更近一步，可是他想，直到最后也不会丢下那把刀。

还剩两刀。那是刀的宿命，也是他的宿命，他答应那个书摊的老头，一生三刀，多一刀没有，少一刀也不行。如果说曾经文人的经历真的教会了铁匠什么，他觉得不是知识，而是一个道理。这道理就是，无论是个怎样的世界，都有一些坚持，坚持的人，坚持的事，坚持的承诺。其实后来，我见了盛唐万象，又去细想其中规律，它没什么说得清的道理，好像就是由一点点各种各样的坚持堆出来的。有的坚持是显而易见的，有的坚持或许一眼看去也没有意义。可就是这些有的没的坚持，拼凑出了一个盛字。所有人都知道，盛是由无数的坚持堆出来的，所以要延续它，也只能创造出新的坚持。所以，如果要问在沙漠里守一座孤城有什么意义，不如说，盛世之下，所有坚持本身自有意义。

硬着头皮走几步，再被队伍拖着走几步，他回头，就已经看不清进来前的景象了，只有一片迷茫茫的沙子。眼前、背后都是一样的，漫无边际的，迷茫茫黄色的沙子。不去想，思考不会带他走出沙漠。只有实实在在的移动可以。所以，看不见终点，甚至不清楚方向，他的脚还是直直地前行，一步一步下去，就做简单反复的生理运动。

很快，他就知道，比数不清，抓不住的沙子本身更令人绝望的是沙漠里的天气。刚刚还是好好的大晴天，一会儿却风云大变，瞬间乌黑。

“沙尘暴来了。”中年人说，他显然做不到老人的镇定从容，却也不至于一点儿没见过世面。铁匠从他声音里的颤抖和如天气骤变的脸色，太容易就捕捉到了惊慌。

“那该怎么做呢？”铁匠以为时间还允许他问问题。

“快跑啊！”中年男人喊出这句话的时候，身子早已跑出八百米远了。

铁匠后悔了，他突然希望，此时此刻，自己拔出腰间的刀，就能劈开这整片令人生厌的沙漠。连同苟且在其中，所有肮脏、猥琐的生物。

事实证明,沙尘暴来了,光跑是没有用的。风和沙子的速度,都比人的脚快许多。没几步,铁匠就被席卷追到,紧接着瞬间被撂翻在地。之后的事他眼前一黑,就什么都不知道了。只记得醒来是在一间草屋里,屋外的动静似乎已经停了。果真是瞬息万变。他醒的第一件事是摸摸腰间,布袋还在,熟悉透的质量也告诉他,里面真正贵的东西也在。还有剑,也安安静静地摆在案头。铁匠叹口气,只要这两样东西还在,他心里就踏实了。

"醒了?"铁匠才注意,屋子里竟然还有个人。这人青年模样,个子虽高,看起来却不太粗犷,相反还能见着些斯文气。

"醒了。多谢相助了。"铁匠说。说话间就想立起自己的上半身,却吃力很,不能。看样子这一场沙尘暴,真真地消耗了他不少的精力。

青年摆摆手,意思是自己做的也没什么大不了。他的脸稍微凑近了些,我看,只觉得好眼熟,绞尽脑汁,却又一时间想不到究竟在哪里见过。

"与我同行的几人呢?"铁匠突然想起来问。至少眼下屋子里没有他们的存在。

"几个人？没见着啊,我在沙漠里就拾了你一个人。"青年做了一个无知的表情和手势。说话时水正好烧开了,咕嘟咕嘟得沸腾厉害,像是不想被压住,就掀开盖子。他赶去救水壶盖子,手忙脚乱之间,又不小心烫着了自己的手,夸张地大叫。果真是个青年人,在这一件小事上,冒冒失失的特性就一展无余。

突然一阵强烈的疲惫涌了上来,铁匠让自己的身子躺下去,他想,一起进沙漠的那些人,包括那个人也不算坏的大叔,十有八九都埋葬在某处黄色中了，在细沙里陷得深了，别说活人了，连尸骨都难找到。这么想来，自己实在侥幸，算是从死神手里捡了一条命，可是接下来，该做什么呢？继续深入，寻那孤城？可是，同行那么多人，只剩自己了，即使万幸，真能活着找到那城，该怎么守住它呢？或者，假装自己也一起遇难了，反正沙漠之中的事，也无人知道。小心离开这里，改名换姓，找个偏僻的地方重新生活，这不是最好的选择吗？毕竟，任何时候，任何朝代，任何人，活下来这心愿，都不算错。

“茶好了。”没想到在他思考的时间，青年人已经狼狈捣鼓好了热水，端了一杯子出来。一听到“茶”这字，铁匠打心底就起了一阵清凉，可是仔细看看杯子里的内容，立马大失所望：杯子里只有一道浑浊的水，没有小片绿色，反倒有几颗沙子漂浮。可是，口渴的生理反应还是真实存在的，沙漠里哪能要求这么多。虽然是失望，相信铁匠脸上也没表现太多。他点点头，简单道谢，就双手接过杯子，一饮而尽。如果问味道如何，就两个字：苦涩。说的既是嘴里味道，也是心里滋味。

“还没请问先生，进这沙漠，不知道是要做什么？”放下杯子，铁匠看到那瓷器边缘不知道被什么东西擦掉了一个角，坑坑洼洼，幸好没碰到嘴，不然定是得流血了。他忍不住皱皱眉头，却抬头就见青年笑盈盈地在看自己。该怎么回答这个问题呢？如实说，就斩断了自己的后路。随便编个理由吧，想来也难服人。所以，他的回答是……

“你听过楼兰吗？”反问，以问题回答问题。楼兰，是铁匠一行人的目的，也就是那座沙漠里的孤城。铁匠对它一无所知，眼下似乎是搜刮线索的唯一机会。不管最后的抉择是向前还是后退，铁匠觉得自己都应该，至少，问一问。

“哦，我懂了。”青年一拍脑袋，张大嘴，又用手捂。他总是用夸张的肢体动作来表达情感，这是青年人的又一特性。“你是寻宝来的！”

这回答倒是出乎所料，不是去守一座孤城吗，怎么和寻宝扯上关系了。不知道为什么，铁匠觉得有些不对，可是又说不出具体是哪里错了。他只能继续问，像是进了沙漠，就只能继续，向前走也好，向后退也好，只是一定不能停下来。停下了，就会立马被风沙淹没。

“寻宝？”铁匠说。

“是呀，楼兰，那可是这整片沙漠里的传说。”看来，好为人师，又爱表现的青年人这下是真的来了劲。“传说楼兰里藏着一颗定魂珠。”

“定魂珠是什么？”铁匠隐约觉着，事情好像越来越有趣了，却也更可怕了。

“传说，也只是传说哈。”青年人说。“这定魂珠是上古时期人神大战的产物。九天战神大败挑战自己权威的凡界巨人，以五味真火和断金神雷灼烧其尸体，劈裂其魂魄，足足锻炼百天，才有了这一颗小小的定魂珠。战神随手一抛，这定魂珠就落在人间沙漠里，再也不见。”

“不见了？那怎么寻呢？沙漠如此广大，又深？”

“一直没说法，直到几年前，有人见到大漠突起了一座城。那人说，城藏在迷雾里，若隐若现，周围轮廓却闪着耀眼的金色圣光，有如圣灵降旨。以往沙漠里几年难见一场雨，可见着那城的当日却天下大雨，几日不歇。”

“那人进城了吗？”

“自然是没有。只是远远见着个轮廓，向前走一步，那景象就不见了。”

“岂不是海市蜃楼？”

“不知道，不过如果真的存在，就一定能掀起巨大的波澜，还是天翻地覆的程度。传说这定魂珠不仅有移魂换形，强留死人魂魄不散的逆天能力，甚至还能续一朝一代的繁荣命运。这么看，即使只是个传说，不也足够无数人为它前赴后继，铤而走险吗？”

“所以，定魂珠藏在楼兰之中。”铁匠似乎明白了，自己这一队人此行的意义。原来，真的是为了那一个盛字，不过却是以如此虚无缥缈的传说为它续命。如果说做一个士兵的使命就是坚定不移地去完成一个注定徒劳无果的任务，像相信自己的生命和呼吸一样，去相信一个神话的真实存在，那在他看来这一切就都是荒谬和可笑的。不过此时更多的却还是迷茫。对自己，对这件事和整个朝代一下就升起了深刻的迷茫。

“不如说是定魂珠自己造了一座城。而所谓的楼兰，只是装这绝世珍宝的盒子。”

找到楼兰，守住它。他对自己说，提醒自己，这是任务。即使不为了自己，就算为了那些还没见到神话一瞥，还不知道自己进这沙漠究竟为了什么，就葬身沙海的人，他也要多一些坚持。

可是，好像真的越提醒自己，越觉得再也难以相信了。远离都城人海，在沙漠里每待一天，待得越久，盛唐景象在铁匠的脑子里就越发模糊。最终，相信有一天，会模糊到一个地步：怀疑真实。那一栋楼，一个人，一盏灯，都只会幻化成意识消失前的一个心愿，美丽而无谓的海市蜃楼吧。

“啧啧啧，这茶真香。”他眼见着那个青年仰起脖子，就吞下了混着沙子的浑浊水，但露出的笑和眼神里的黑白，却都是那么清澈而纯粹。

又在木屋里休息两日，铁匠才离开了那里。临走前，青年人递给了他一个壶，他打开，里面装了满满当当的水，虽不清澈，不过他知道这是尽力的结果。于是道谢，推开门，行了两步，又下定决心，折返木屋。

“沙漠深处有清澈的水源吗?”铁匠问青年人，有些没头没脑。

“应该有的，不过得是很深很深的地底下了。”青年果然也愣了一下，显然没想到这问题，不过还是思考，然后认认真真地回答了。

“如果只给你一次机会，你能指出哪块地下有水吗?”

“可以。”即使还是一头雾水，不知道这串问题的意义。青年很坚定。

“那领我去吧。”

这日的天气很好，阳光很好，看起来暴风过去了，距离再下一次的到来，应该还需要些时间。青年人在沙漠里绕来绕去，脸上的认真少见，像是记忆里真有一条精准无误的线路图，领着铁匠深入穿梭。可是，在铁匠眼里，每一片沙子都长得一样，怎么就能从中看出一条路来呢？他没说话，只是跟着走。过了一会儿，不算很快，也没有很慢，他们站在了一块并没什么特别的沙子上，如果铁匠不细看，他不会看见这块圆形里的沙子，较之周围，都要更低矮一些。

“就是这里了。”青年人指一指那块地，又趴在地上，在上面画了一小个圈。

“你确定?”铁匠问。真的看不出这里有什么不同。

“我坚信。”青年人这么说。铁匠看他，不知道是他充满稚气的坚定，还是他清澈的眼神说服了自己，总之，铁匠信了他，便从腰间掏出了刀。

“这一刀，送你。愿总有人能在沙漠里饮清茶。”刀重重抬起，又重重落下，就在那手指勾描的圆里，准确无误。

寂静。太阳很猛烈，热气升腾，好像什么都没有发生。铁匠在等待，有那么短暂一刻，他甚至自己都开始怀疑，这刀下去，有用没用。青年却一脸期待，相信他。

就在铁匠失望结束，绝望开始的时候，那块沙子出现了一道小小的裂痕。像是有什么奇怪生物在地下穿行，裂痕迅速在地面展开，又更加迅速地破土顺下。平地颠簸，两人都站不稳，只得紧紧趴在地上。铁匠自己都不知道，腰间这把剑竟有如此威力。看样子，果真如老头所说，三刀之内，破天裂地。可惜，他浪费了两个，只剩最后的机会了。看那剑断开两侧沙子，过了好久，终于有水慢慢往上涌。青年人笑了，手舞足蹈，像个比他实际年龄更小的孩子。看着他，铁匠也就跟着笑了，沙漠有水苗，这一刀就不算白费。其实，第一刀，剪下她的一缕头发，又留一部分的她在人间，那也绝不是浪费。只不过对于一件天下少有的利刃而言，它的锋利没有对着一个凶猛而明确的敌人，而是砍在毫无还手的软绵绵上，也的确是大材小用了。

“有了这水源，你就可以在沙漠里开一间茶水铺了。”铁匠收剑腰间，一道寒光归宗，他瞥见剑上已经有了细细扭曲的裂纹。我听到茶水铺三字，又见那青年人傻乎乎地捂着后脑勺笑起来，突然了然了。怪不得觉着熟悉，这人原来是我父亲！

“早想要一摊茶水铺子了，招牌我都想好了。你听听。”青年人的身子向前一倾，手摊开，脚尖一翘。笑吟吟，“不如，喝茶？”

“好招牌，走了。”铁匠其实是喜欢青年人的，有多喜欢他，就有多讨厌他。喜欢他的无忧无虑，绝对乐观。讨厌呢？讨厌他能够这样无忧无虑，绝对乐观。如果说，怎样的人生最舒服？那一定是盛世之下的一个傻瓜。只要盛世足够长，就能庇护一个傻瓜一生安宁。至于一个盛世，也需要一些傻瓜。他们能做镜子，他们的嘴角有多甜，脑子有多白痴多不去思考，这个盛世就有多大，多美。曾经，铁匠也是一个浪漫的傻子。可是眼下，他却已经变了，成了一颗清醒的沙子。

只能走，走吧，即使不知道方向，走起来再说吧。昨夜翻来覆去睡不着，他也想过，要不要折返回去，逃离这无谓且荒唐的一切，谁都不知道。除了……铁匠想，除了他自己吧。问自己，能就这么回去，假装一无所知，靠琐碎的时间抹去前生的记忆，重新生活吗？能做到吗？他没回答自己，或者已经用脚的方向回答自己了。不知道方向，就把前进作方向吧。沙漠里不能停下脚步，他也做不到后退。就一路向前吧，先走起来再说。如果真的能再幸运一次，见到楼兰也不一定呢？不知道为什么，铁匠就是有这样一种预感：楼兰不是人能找到的，它会去找人。至于他，是不是个合格的，值得被找到的对象，那就不是自己能决定的了。

“不喝杯茶再走吗？”铁匠听到背后的青年人在对着自己吼道。

“还是等明年清明的新茶吧。”铁匠向天空摆摆手，这一刻，他觉得自己难得潇洒，像是又回到了那个只会阅文背诗的书生少年。

原来，沙漠里的茶摊是这么来的。从我出生有记忆时起，就有茶摊了，也就顺理成章地觉得沙漠里一直有一个水源，它只是侥幸被父亲发现了。却怎么也没料到，竟然是一个人，一把刀，在沙漠地里，生生劈开了一个口子，劈出了一道河。可是，还有一个疑问，父亲是怎么知道，在那一个圆圈之下，就一定有水源呢？更深的疑问是，他真的相信在这整片沙漠里能找到水吗？我不知道答案，也没法再去问一个已经不在的人了。走出沙漠，我就没有再回去过。有时候我想，或许就因为自己生在沙漠，总是觉得它没那么可怕。其实除了变幻莫测的天气，沙漠要比人间简单。简单到不管过程里有什么，发生了什么，都只看一个结果。不去问水是怎么来的，父亲拎着一个或者几个盛满水的水壶进沙漠，结果丢了一个水壶，却换来了一整条河。不知道父亲进沙漠想做什么，结果却是他在大漠深处，一待就是几十年。这是我熟悉得不能再熟悉的人和知道的结果，所以能清楚说出来。可是，铁匠呢？他的结果，我只能用眼睛去看。不是说沙漠里的事都很简单，没有过程吗？怎么说呢，细说起来，铁匠的一部分故事的确发生在沙漠里，不过怎么算他也不是沙漠里的人。他是从人间来的，或许，又在沙漠里建了一个人间。所以，有关他的事，怎么都不会太简单。还是要耐心用眼睛去看。

我看见风又起，一些细沙在空中轻舞，是不是在预示天气要变。不过，铁匠还是启程了，没停下。我看见他一步一步走在沙漠里，这次的脚步重许多，却踏踏实实，每一步踩在沙子上，又利索地拔起来，并没让鞋子陷进去一点。我看见他的背影一点点在视线里消失，却在比视线更远的地方又清楚起来。我看见，他看见了，楼兰。

还剩一刀，就是那儿了。

第七章　乌鸦君与长安的黄金糖

在这片沙漠又一连走了整整八天，铁匠没见到什么楼，甚至连一点的活物都没有。即使沙尘暴没有再来，壶里的水也已经见底，他总觉得，自己会随时倒在沙子里，被滚滚的沙河再融化成几粒新的沙子。终于，在最后一滴水滑过喉咙也无济于事，解不了干渴的时候，铁匠撑不住了，脚下一软，就用脸接住了沸腾的沙子。为什么说沙漠里最怕停下呢，他对这句话终于又明白得深刻了些，可怕的倒是追着你跑的沙尘暴，是自己的意志。意志得像一条河流，流淌起来，人才不死，停滞住了，生命也就停住了。

就这样了吧。他想。应该就这样了。

结果是，一座城就在眼前出现了。说眼前，或许还近了些，要再远一点，不过总算是视线可见的范围。铁匠眨巴眨巴眼睛，面前是腾腾有形的热气，即使看见了那城，他还是在犹豫。是在怀疑真实吧，毕竟海市蜃楼，沙漠里常有的幻觉。况且，沙漠里的距离太难评估，看着眼前的景象，就算真实，走到跟前也得花上好久，不确定自己是否真的有能力到达。或许，就是这两个原因让他纠结很久，也没有爬起来，继续迈开步子。不过，等了一会儿，真的来一阵清风稍微缓解了一点灼热的温度，或者说至少给了一个重新开始的理由，铁匠终于下定决心，不管真实虚无，走到那儿再说。至于是走进传说，还是给自己挪一个坟，就只得听天由命了。老实话，这决心着实耗了他不少能量，走走停停在半路就拼命地大喘气。看着不远的路，他也从沙漠天亮走到沙漠天黑，不过好在，竟然真的站在了那景象之下。它是实实在在，可以被清楚看见和真实摸到的。

铁匠半蹲，双手捂着膝盖，实在是挤不出一点力气，直起腰来。不过纵使这样，也难以压抑他此时此刻极为疯狂的震惊与喜悦心情。一直以为那只是个虚无缥缈的传说呀，眼下却真真地摆在眼前，那楼兰耸立的高度，也肃穆森严，像在提醒真实存在的，不容置疑。无数人前赴后继，死在沙漠里，化成一具具骸骨，不散的魂魄却还是遗留在这不毛之地的高空，继续漫无方向地追逐这个虚无缥缈却炙热的梦。这些年来，沙漠里的沙子就是死去又融化的尸体骸骨，沙漠里的雾就是无数不甘亡灵堆叠出的幻影。有多少沙子，就有多少丧生者。雾有多重，执念就有多深。可是，为什么就是自己幸运地见着了它呢？铁匠不知道为什么自己被选择，更不知道即将面对的会是什么。他唯一能做的就是挺直自己的身子，拉拽衣袖，以一个绝对精神整齐的姿态面对传说。仰头看它，这就是无数人的梦想吗？或者说大漠最深处的秘密，是一颗永保盛世不覆的长生不老药。

迈一步，再迈一步。从这儿，到那儿，铁匠数了自己，就迈出了不多不少的二十步。那是一扇巨大的漆黑的铜门，要完全推开，看起来一个人不够，应该要好几个人联手。真是一个难题，他正费解，一只手抵在那门上，手上没用力，门却一下子咯吱咯吱地就被打开了。声音很陈旧，像是一段封尘已久的生锈的旧时间，极其缓慢且不情愿地在他面前展开了。等门完全推开，其中所有的内容，完完全全地裸露在铁匠面前，他愣住了。甚至可以说是呆若木鸡，整个世界观都被颠覆了。

这哪是什么平地而起的孤城啊，眼前景象简直就是一个复制照搬的长安。唯一不同的是，这里气氛死寂，一切都是暗黑色的，街上，一个人也没有。感觉就像是长安被滚烫的时间岩浆浇灌了一遍，又被沙子风干冷却彻底封印住了。铁匠穿过一条一条的街道，明明应该熟悉这里的每条街甚至姓名，应该记忆清晰，可是，他不敢相信。不敢相信这条街就是那条街，楼兰就是长安，死的就是活的。

到底发生了什么？铁匠不明白，他只能走，走到广场中央，看到了一个巨大的街鼓。巨大得与寻常见着的街鼓都不一样，样子也不一样。这个鼓通体血红，正中心还有一颗黑色的心脏在不停跳动。铁匠觉得奇怪，靠近了，又伸手去摸，却在不足一寸的距离被一面透明的墙格挡住了。

“与你无关，就不要多管闲事。”顺着声音看过去，铁匠这才发现一只乌鸦停在不远处的树梢上。它的脑袋高昂，摆出一副掌管一切，了不起的姿态。显然，这不明所以的姿态是吓着铁匠了，他只得小心翼翼地问。

“请问？”

“乌鸦。”乌鸦回答。

“好吧，乌鸦先生，这是哪里？”

“看不出来吗，长安啊。”乌鸦没好气，好像他是明知故问。

“长安?”这答案实在出乎意料,“那街上的人呢?”

“城外那么多沙子,看不见吗?”

“沙子是人?”

“是呀。难道脚踩上去,就没听到骨头稀里哗啦碰撞的声音吗?”

“那,不对啊。长安不在很远的地方吗?”

“都是长安。”乌鸦从树梢飞下来,落在那街鼓上。奇怪,为什么它就能穿过屏障,触碰到那鼓呢?“不同的是时间。”

“时间?”

“今天的长安,明天的长安,后天的长安,昨天的长安,不都是长安吗,所见不同,也只是时间变了吧。”

“那我面前的这是什么长安?”

“真的长安。”乌鸦先生这话充满惊奇。

“真的长安。”铁匠把这句话在嘴里重复一遍,想着能不能咀嚼出新的意思。可是,还是想不通。“不是刚刚还在说今天,明天,昨天吗。真的,难不成又有假的长安吗?”

乌鸦耸耸肩。之前不知道,一只乌鸦还能做出耸肩的动作。不过事实证明,眼下看见的这只是可以做到的,肩膀抖动的动作真的明显而准确。

“曾经见过一种奇怪的糖,售价很高,却在见多识广的京城依旧盛极一时。达官贵人争相购买,寻常百姓望其兴叹。前有洛阳纸贵,那时也有长安糖比黄金的说法。”即使不屑一顾,乌鸦还是继续说。

“哦?”铁匠表达惊讶只有一个字,这字迟缓又幽幽地飘出来的时候，自己都脸红，想不到语言竟已生疏贫瘠至此。不过好在对方似乎也并不在意，或者说是对铁匠这个叙述对象本就没有过多要求。叙述自个儿的事就好了，像是在特定的场合和时间，被安排着走完一个流程，也不期待观众的反应。

“糖比黄金，这说法倒不至于空穴来风，真的有理可循。我也有幸见过这糖，小小一颗圆，其外包裹一层金黄色的浆，传说那浆是纯度极高的黄金熔炼成水，再黏稠而成的。所以，黄金糖，黄金糖，谁都知黄金贵，也知糖甜，却不曾有人想过黄金也能甜，糖也能贵。这就是无关事物串联起来的神奇。”

“确实。”依旧贫瘠，好在自己也不在乎了。

“可是，我剥开那层浆，里面就是一块普通的糖了。一层食糖沫子。再去了那沫，便是块更加普通的饴糖了，这就是神奇联系背后隐藏的真相。”

“一块饴糖？”

“再深点。”

“是呀。”铁匠又这么说。咦，为什么加了一个又。

“我看见的真相，是穿过饴糖，裸露出的几根麦田里的麦子，其中一棵上端的恶心虫子。”乌鸦说。显然，这结论是出乎意料的，铁匠连简单应付的话都说不出。

“所以说……”

“所以说，黄金糖，麦子上的虫子，其实都是同一个关联下的产物。真的长安，假的长安，其实都是一个长安。”

“这言论倒是新鲜。”铁匠托着下巴，若有所思，话说到这里，他才觉得自己真的跟上了思路，也开始慢慢理解了乌鸦先生的话。

“面前的长安，或者说，楼兰，就是麦子上的蛀虫。而遥远的那个，却是层层包装的黄金糖。”

“本质是一样的。”铁匠最终的总结，应该是对上了乌鸦的理论。两者说法，严丝合缝倒谈不上，不过就像他话里说的，本质是一样的。果然，勉强得到了乌鸦的认可。

“大差不离吧。”他说，接着发出类似哼哼唧唧的声音。

“可是，人呢？怎么一个人都没了。”铁匠环视四周，真的，来这里很久了，街上却一个人都没有。

“哦，忘了说，这只蛀虫格外大。它把城里所有的人都吞下去了。”乌鸦不咸不淡地说，好像真的只是在说一件无意间忘掉的事，没什么大不了，忘了也就忘了。

“问题在于，怎么把人都弄出来，重新摆在这些街道上呢？”即使再次震惊，难以接受，铁匠还是尝试着，口气轻松，把这件事真的当作小事说出来，可是，很显然他做不到，所以只能暂时忽略它，忽略前因后果，已经发生的事，或者说直接跳过过程，找最终的解决方案。

“首先，你需要一把剑。”乌鸦说。一把剑，铁匠看看自己的腰间，这个他有。他们在说的事，听起来没那么沉重，相反还有些轻松。好像不是在讨论怎么从地狱饿鬼口中夺出一整个城市的人，而是在研究制作一道菜的菜谱。

“接着，你需要与这个可怕的怪兽建立联系。”

“什么？建立联系？难道一刀劈开它的肚子不行吗？”

“当然不行，钝刀切不透它的肚子。至于太过锋利的刀嘛……”乌鸦停顿了一下，吞咽了一口口水。“你知道的，人都在肚子里。劈开它的肚子等于……”

铁匠沉默了，他不知道该怎么和一只能吞下整座城市之人的魔鬼建立联系。或许，潜意识里，他是知道的吧。所有人都应该知道的，藏在潜意识里，有一个比魔鬼的模样更可怕的念头。与魔鬼建立联系，很简单，就是去做一个魔鬼。

“怎么和一个魔鬼建……”铁匠的话还没说完就被打断了。

“你知道答案的。”乌鸦说，“建立好联系，你只要用那把刀，在自己的肚皮上轻轻地划一刀就行了。”

“这样那只大虫肚子里的人就不会死了吗？”

“是的。和魔鬼建立了联系，斩断联系，你杀死的就只是它的精神。当然，杀死它的精神，庞大的身体就如一个装满气的球，破了一个洞，足够让它把所有人吐出来了。”

“难在建立联系。”铁匠说。

“是的。”乌鸦又飞起在空中，铁匠看向它的眼睛，那其中射出了幽暗的绿光，突然凛冽了起来。“或者说，真正难的是接受建立联系带来的后果和代价。仔细想想吧，权衡利弊。等你真的想好了，我可以送你去地狱找那只虫子。”

“我……”铁匠觉得，其实也没什么好想的吧。“送我去吧。”

“可要真的想好了。”乌鸦有些吃惊，像是没想到铁匠回答得这么快与果断，于是下意识地用语言提醒。更准确地说，是用那双凛冽的，射出幽暗绿光的眼睛在提醒。“地狱可不是有趣和满足好奇的地方，你可能会死的。”

“送我去吧。”铁匠挺直了胸膛。他不知道自己这一刻的模样，更像一个书生，还是一个战士。不过，怎么说呢，联系，两者之间也有隐藏的，曾经没发现的联系吧。不过，铁匠不想去找这联系，甚至不去细想这事。不知道在某个瞬间，就明白了。我就是我，这就足够了。

“换句话说吧，不是可能，你一定会死的。况且，人进了虫的肚子，也不知道有没有被消化干净呢，你，也许救不了他们。”

“哈哈哈。这一句话，那一个理由。”听到这话，铁匠突然仰天大笑，他笑什么呢？也别去细究了，总之，笑声听起来就坦荡，很舒展。“就别说了，只送我去吧。”目光如炬，希望能烧起来吧，再烧大点，烧到那一整片地狱。

“想好了，便进来吧。”乌鸦张开了嘴。张嘴之前，铁匠也没听清，他是不是真的叹息了一声。一张嘴开，便有一道黑暗狭窄的路，曲直蜿蜒，露出无数小台阶，逐阶向下深入。台阶悬空上，有鲜红的火炬亮着，每隔一段，就有一盏如此的鬼火。铁匠知道，这就是通往地狱的通道。他笑笑，又摸摸腰间的剑，没多犹豫，就向乌鸦的嘴凌空踏了一步。一步，他的身体就小了，一阵风刮过，就进了嘴里。

等铁匠完全进入嘴里，乌鸦就像一尊雕像，陷入了动也不动的姿势和形象。这座城市都是漆黑的，幽暗的，天也是。慢慢的，乌鸦的身体开始变得透明，最后一定是一点儿也找寻不到了。完全消失一样。

静悄悄的，整个世界。沙漠里的沙子，城市里不响也不动的街鼓，没有人，没有对话，天空中甚至没有一片流动的云。静悄悄的时候，就会想，这乌鸦是不是真的从哪儿飞来的一只实实在在的乌鸦呢？

管他呢，就当是虚空里开出的一道地狱之门吧。功效真的如此，对一个故事的发展也就够了，不该要求太多细节。

也没啥，去地狱走一趟。

第八章　真相不难，难的是一个接受它的代价

其实，地狱也真的没什么过于可怕的。沿着台阶一路向下，老实说，铁匠的心里并没有太多的情绪，他甚至难得感觉平静。脸在红色的光下不会很苍白，相反还多了点红润。每下两级台阶，面前的黑暗里，就亮一盏灯，好像是类似于命运或者掌控命运的人，早已预料了他的到来，安排好了一切。这就是很让人心安的，不管最终结局如何，铁匠只要知道即将展开的事都是计划之内的安排，他的任何作为都不会改变结局，就安心了。从来就没想过做什么顶天立地、扭转乾坤的救世主，只是遵循规律。铁匠也相信，自己就是完成一道工序的其中一环，沿着线索说明，完成自己该完成的那一部分，这就够了。回头看，从爱人跳井后弃文从武，到刚当上兵就被派到大漠找一座无名孤城，再到进了城，又见指路乌鸦，这一切好像都无不提醒铁匠，顺着走下去就好，但凡一切天注定。不要自视太高，一切都只是齿轮运转里的小小一环。

也不知道走了多久，只知道最后一盏鬼火通明，前方也再无台阶可下了，就露出了一块平坦开阔的地。景致倒不复杂，依旧简单

荒凉。有一座简陋的桥，应该就是传说中的奈何桥。桥后不远就有一扇巨大的青铜门，黑色的底，其上有无数狰狞的图案，该有百千张鬼脸，盘旋交错。图案便是沟渠，数不清的万条沟渠，每一道里都流淌红色岩浆，炙热发亮。门顶的形状是意料之中，两只怪物的血盆大口符合铁匠之前的想象。

先上奈何桥，短短几步走过，前路就尽失。铁匠犹豫一下，脑子里闪过那张绝美女人脸。不久前她过这桥的时候，也是嘴角勾笑，轻放今生的吗？犹豫了一下，只有一下，他没让这段情阻止前行，而是很快就走上了桥，进了一片迷雾之中。没看见所谓的孟婆，自然也没尝咸淡的汤，就这么平平淡淡地过来了。可是，一生无数的记忆，好像就在薄薄雾里，聚拢又散去，最终透明不见，变成天上的空气，嘴里呼吸。如风，如被风一吹就散的蒲公英，又如地底钻土的泥鳅，又如清晨花上的露珠，如前日刚下，明日又下的雨。无形无味就是了。铁匠笑笑，走过这桥，又结实地站在地面上，这个脑子里就已经空了不少，不论这个结果的好坏，或许因为他知道，失缺的虽说都是好回忆，却也是拖住脚步的杂念。眼下清空不少，脑子也清楚很多了，好像能看到更远，心里也更平静。

他推开了那扇大门，就如同不久前进入楼兰一样，缓缓展现的青铜门发出了巨大的，类似于咯吱咯吱生锈的声音，像是那黑暗里真的就藏了一段尘封已久的时间，只是被轻轻推了一下，就一点一点撕开了自己身上的封印。

等着大门完全开启，铁匠展示出了足够的耐心，他站着，平静地等待着即将出现的那个与自己一样，作为完成工序的其中一环的场景和对象。

门的背后，坐着一个烤火的老头。

“来了？”老头头也没抬，继续盯着自己面前的火炉。铁匠隔着老远，就感受到那炉子里散发的腾腾热气，看来炉里燃料充足，火是很旺。按理说，身子靠火炉那么近，是很容易就被点着的。可是，老头却不在意，从他的神情里也能看出真实的平静安详。她好像被那危险而迷人的红色温度吸引根本就不怕火，或者说，在铁匠看来，虽然有些不可思议，但是……那个老头本身就是一团火，至于，那炉子里正在熊熊燃烧的，只是他伸手点出的，自己身体中可拆卸、繁殖的一部分。

“来了。”铁匠边说，边走近他们。每走一步，脚下的滚烫都更加猛烈难熬。可是，他知道这是自己履行职责应该承受的代价，也是通往下一步的必经之路。既然是必须经历，就不要纠结细节了，况且，真正困难的还没到，很显然，皮肉能忍耐的痛苦都不是任何故事和任务里的最终考验。显然不是。

“一起围坐在炉子边，烤烤火？”老头从地上捡起一根树枝，在扔进那炉子之前，先冲着铁匠挥挥，发出了似乎是友好的邀请。似乎，铁匠停住了脚步，他想还是不要冒一个风险。

“没有这个习惯。”

“太可惜了。”老头把手伸进火炉里，无数根木柴尸体，狰狞变形的黑色轮廓，在火里发出嘶吼、哀嚎，最终都化成绝对滚烫的热量，去烘烤、灼烧那枯萎双手的每一寸骨肉。可是，神情依旧是轻松的。甚至你在他脸上连一点可见的、最小的汗珠都找不到。“这样看来，围着炉子烤火或许也只是老人一厢情愿的爱好罢了。”

铁匠没有回答，他围着这里走了一圈。脚底的布鞋早已被烤得发黑烂透，一块一块残缺的布料紧紧地黏进肉里，撕不得，粘着却更疼。没了单薄鞋子的庇护，可以预见的不久，愈发凶猛的火会更加肆无忌惮地侵蚀脚底的皮肤，接着一路往上，蔓延更多携带皮肉焦味的烂黑色。只不过这些都是细节和必经，所以不谈。总之，他走了一圈的结果就是，这所谓地狱空荡，什么可怕的怪兽或者奇形怪状都没有，可视的范围也就是面前一个很小的圆的面积。圆的内容也只有一个老头和一台火炉，仅此而已。

“我在找那只吞下一座城的大虫。”持续灼烧的火以及其带来的温度，让铁匠也有些心烦，眼前景象开始让他怀疑，那只乌鸦所讲之话的真假性。这就是地狱？怎么看也不像，心烦的结果就是，话从干燥脱皮的嘴里飘出来也带着浓郁的火气。“如果能直接告知下落，会给彼此都省下不少麻烦。”

“年轻人，不要那么急躁嘛。饭要慢慢吃，话要好好说。”老人好像倒也不在意铁匠的态度，依旧笑着和他说话。然后从火炉中抽出了自己的手，奇怪，即使大火里烧那么久，也若无其事，没有丝毫发黑。也就是这时候，靠近点，铁匠才发现了这个老人的些许奇怪。一张脸皮很松垮地挂在脖子上，不像是原本和谐一体，却更像是从另一张脸上切下来又盖在这根脖子上的。脖子也很奇怪，长且弯折，以一种极度别扭的角度歪斜、支撑。整个身子都很细和无力，即使包裹在厚实的袍子里也显得空荡得厉害。最主要的是那双手，让铁匠好像明白了些什么。那双手早已经枯烂了，还有程度夸张的浮肿，颜色也惨白，怎么看都像死人。

几只虫子钻出了手。

“哦，虫子呀。”恰好有一串火苗跳出炉子，老头的脸在火光下露出一阵怪笑，铁匠下意识地往后退一步。“正在炉子里烧着呢。”老头好像也注意到了自己手上的异样，两只手隐晦地往身后黑暗里缩了缩。

不对，不是幻觉，铁匠紧紧地、死死地盯着那双绝对死亡的手，越来越多的虫子出来，密密麻麻地遍布整只手，很快再也遮掩不住。那老头眼看秘密就要呼之欲出，就突然狰狞着向他扑过去。可惜，借来、拼凑出的身体还是不好用，那不协调的瘦弱躯干，直直地倒在了地上，又掀翻了那火炉。

七零八落，破碎拼凑的衰老器官全掉在了地上。只少了一双手，和一张脸皮。而倒在地上的“老头”也变了，无数的虫子从袍子里、脸皮里、手掌里冒出来，然后飞向他。铁匠赶忙地后退，跑。可是前面没路，后退的路也被那扇厚重的门堵死了。他只得回头，却看见火炉悬在了空中，火光四射，所有虫子的身上都粘着鲜红的光。那些小小的躯体都在极度痛苦地扭曲。是极度痛苦吗？还是……兴奋？不知道为什么，会有这个念头在他脑子里一闪而过。

“吞噬吧。”一个声音在他耳边细细地说。“人间无聊。不如学着做一只虫子，吞噬一切吧，吸收愤怒，吸收黑暗。做一只虫子，再去吞噬一具更大的躯体，一点点变大，最终吞下整个虚假繁荣的世界吧。不要犹豫了，你仔细看看这些虫子，难道不是每一个都有一张人脸吗？”

最后这句话真的惊到铁匠了。所以，当一只虫子呼啸着从他脸边划过，他一把抓了下来。慢慢打开手掌，果然，他看见了虫子的头上，镶了张人脸。那脸上的肌肉凶猛拧了一下，又咧开血盆大口冲着铁匠咆哮，手下意识松了点，虫子就趁机飞走了。过了几秒，铁匠才觉得手掌阵痛，低头一看，原来上面多了一个血泡。不知道是不是刚才那虫子弄的。可是，来不及处理了，因为更严峻的问题摆在面前，无数的虫子已经聚拢完成，形成黑压压的一片，向他俯冲而来。

很快，就被整个吞噬。他的身体完全包裹在一片黑暗当中，再也难分清到底算个人还只是人形了。无数的虫子撕咬他的浅层皮肤，无数张翅膀扇动，无数口尖叫，这些暴躁的声音都在耳边重叠反复，久久不散。开始，铁匠还反抗，手忙脚乱地四下挥舞，应该还打落了不少数量的虫子。可是，太多虫子了，真的太多。很快，手脚就再不得动弹，身子瘫软，任由虫子们的动作摆弄。再然后，慢慢的，意识也开始模糊。真的眼前一片漆黑的时候，就分不清是自己闭上眼，主动陷入了无尽混沌，还是被虫子们覆盖了视线。

总之就是黑色的了，一片。开始这黑色是固定不动的，没有任何自主操作的空间。不知道过了多久，黑色上就有了些悬浮飘动的小球，每一个都像是可供调遣的视线。最初这些小球似乎都在漫无目的地漂浮游荡，可是，最后竟然聚在了一起，形成了一个巨大的漂亮的透明光球。他不知道是自己的身体主动游向那个光球，还是被动悬浮去的。其实深陷这片黑暗里，也没有固定身体这个概念了。结果就是，他进入了那个光球。

一片光亮，却也天旋地转。

“吟一首大唐歌来?”那人调戏道。

“好。”白衣书生拂袖大笑。

“还有呢？”

“大。”

“你真的相信吗？”突然变天，那人怪笑，脸也扭转成旋涡。

你真的相信吗？这句话一遍一遍地重复，伴着那无尽可怕的怪笑。又一阵飓风，他人也跟着卷进了旋涡。

竟然到了一口井底下。他四下看看，没有活人，满满堆的，都是白骨。仔细再看看，不远处，却还有一条身体，皮肉健在。可是，一看见，眼睛就凝固了。他知道是谁，再知道不过了。

“你没办法。你只能看着。”一个声音在深而空旷的井底回响，却阻止不了他。他穿过了很多的白骨，一定也踩碎了很多，这些都不在意，只要接近她。终于，抱在怀里。红裙子，她脸上的妆容依旧精致，两道黑色浓郁的柳叶眉，鲜红欲滴的嘴唇，甚至还勾了一道浅浅的笑。一切都是安好的，人像只是睡着了，神色无恙，似水安详。是等待被唤醒吗，他轻轻摸那洁白顺滑的脸颊，可是没醒。又轻唤几声，依旧没醒。睡得真熟呀，他也笑了，闭上眼，就想去轻吻那柔软而迷人的唇。一寸，一寸地接近，快到了。他睁开眼，却见到，那脸已然化成了狰狞的骷髅轮廓。眼泪溢满了他的眼眶，他没有看自己的脸，只是觉得手里的骷髅好像并不可怕，依旧那么美而安详。他没有看自己的脸，只是希望，这一刻，自己也是一具骷髅。

骷髅就好了，能把她紧紧地抱在怀里就够了。哪怕只是一个穿过繁华，裸露本质的人体轮廓。可是，她变成了它，眼下它也在消失，连一颗骷髅都要夺去。铁匠亲眼见着，那骨头一点点地碎了，成了更小的粉末，悬挂、飘散又上升到空中，向着井口的光明处去了。

他想去抓，可是潜意识里或许也怕吧，怕她的意识和魂魄一抓就灭了，所以手握紧，又松开了。

时间过去，井口一直都很亮，很亮，亮到最后甚至都觉得刺眼。铁匠呢，他还坐在井底，这一切的发生太多，始料未及，也回神困难。就在不久前，他的怀里还躺着一个美人，很快又变成一具尸骨，现在却只剩下空荡荡的空气，像是什么都没发生，什么都没来过。

可是指尖的触感，空气里依稀的香味，更重要的是，被勾起的回忆，这些都真实还在。可是，如果他真的相信，这些都实实在在存在过，那消失，就更难接受了。不如，没来。

"还有一个办法。"那井底的声音又来了，从很深的地方来，像是穿过了厚厚的白骨堆，出现在他耳朵里的时候，都很重且模糊。可是，他人就在谷底呀，那声音却离得很远，又觉得是从头顶飘下来的。"变成一只虫子，就能吞下她了。把她保存在自己的体内，岂不美哉？变大吧，去吞噬更多的人，吞噬更多的内容，一直长到很大很大。总有一天，大到足够能留住所有你珍惜却脆弱，只能随风逝去的东西。这样不好吗？"

这倒是个好提议。铁匠这么想着，从白骨堆里好容易站起来，却觉得自己的肩膀上已经生出了半截黑色翅膀。变成一只虫子，这个念头在脑子里至少已经生了根。翅膀长在肩膀上就很痒，瘙痒难受，让他只想挥动双手。于是就挥，四下乱挥，越发癫狂，最终他也不知道自己在干什么。可是艰难地恢复清醒，才发现，手里竟然多了一把剑。更可怕的是，那把剑竟然鲜血淋淋。不知道为什么，地上的白骨都不见了，全变成了真真的人肉尸体。那口井也不见了，却成了一片茫茫的沙漠。不知道为什么，又发生了什么，铁匠就已经站在一片沙漠里了。他的脑子里一片空白,似乎没有了思想,只有情绪上的东西。可即使是情绪,也不是一缕一缕地分类清楚,而是如一团乱麻缠绕,在容量不大的脑袋里纠葛不清。不知道为什么,铁匠突然想弯下腰,摸一把脚底的沙子,这么想,他也的确这么做了。那些碎沙子,在脚下的时候分明金黄,可是到了他的手上,却全成了一粒一粒的红色珠子,像是凝炼成形的血液。慌忙丢到脚下,红色便不见了,又是与寻常无异的黄色沙子。

"人都是你杀的。"井里的声音跟着来了,这次却离他很近。铁匠忙转头寻找,依旧找不到声音从何而来。"人都是你杀的。"找不到,所以,它继续说,有恃无恐。几个字的音调都很平静,没有太多高低起伏,像是诉说一件已经盖棺定论、不容争辩的事。可是,话里的内容却让铁匠烦躁,说的人是谁?怎么就都是他杀的了?

突然一只手从沙漠里出来,一把抓住了铁匠的腿。铁匠吓了一大跳,下意识想挣脱,却被死死固定,挣脱无能。

"为什么?"脚下的沙子突然动了起来,上下浮动。时而猛烈,时而缓慢。流沙把一个脑袋带了过来,死透的人,面目发黑却也清晰,是那个一起入漠的中年人。"为什么,你明明有一把能斩断一切的刀,却不拿它来劈开这片食人的沙漠?为什么……"一道沙浪打来,沙子又盖过那个脑袋,遮住了大半面部,只有一张干枯的嘴还依稀裸露。"为什么明明可以救我们,却不肯拔出那把刀呢?"

"人都是你杀的。"真的吗?一阵眩晕,脚下的地不平,铁匠站不稳。难道,真的是我杀了他们吗?再也不是幻象,因为一整片金色的沙子都变了猩红,他竭力地挺直身子,一定要站住了,不然就只能被滚烫的红海、血海,带着漂流,再被完全吞没。

“那最后一刀还在吗？在等什么，又留给谁呢？”还是那个可恶的声音。可是，这一次话多了。它错就错在话说得太多了，终于被铁匠捕捉到了位置。

“抓到我了，那又能怎么样呢？”可不嚣张。是的，铁匠抓到了那个声音，他的手摆在了腰间的刀鞘上。可是，依旧困难，甚至比之前的漫无边际更难。因为，那个声音，是从他自己的心脏里传来的。换句话说，都是他自己内心的声音。

是呀，那又能怎么样呢？难道还能从心脏里找到，再掏出那个声音吗？铁匠收回了剑鞘上的那只手，就有一道红色的漩涡卷上了他的肩膀。很快，天边又有黑压压一片闻着血腥的味儿来了。不用说，又是那些可怕的人脸虫子。飞得太快了，这次，他能从这些虫子振翅的剧烈幅度里，感受到被血与死亡吸引的癫狂兴奋。只一下，就被无数虫子死死围住，面前又是黑暗一片。难道接下来又会像上次一样失去身体，再把精神抛进无尽的黑暗与混沌，完全不能自主地移动与思考吗？

这次，在视线完全被遮盖前的一刹那，他瞥了一眼。这些虫子又没有人脸了，才回想起来，或者是承认吧，上次抓住的虫子的脸，其实是他自己的模样。所以说，这一切的一切都只是自己海市蜃楼的幻觉吗？地狱是假的，乌鸦是假的，看见的楼兰是假的，甚至连有关楼兰的传说也是假的，都不存在。可是，如果这一切都是虚幻，那什么才是真的呢？最后一次，有关真的记忆，到底是从哪开始的呢？不去想这些了吧，因为已经太迟了，他在幻觉里走得太深，太远了。他看不见自己，不过应该能看见自己的精神在涣散，身体也透明了吧。不要去怪他，一个再真实的人在虚假里浸泡太久了，也会变成虚假的一环吧。事情到了眼下这一刻,能说的只有可惜与太迟了。

无数的虫子在他身上聚拢起来,一层一层,包裹成了一个完全漆黑的庞然大物。这才终于知道了,那吃人的虫子,原来,就是眼前围绕自己做成的这个形状。所以,并没有乌鸦口中吞下一座城的大虫。这座城本来就是幻想和虚构的,自然本就无人了。那大虫只是一个谎言吧,为了把他骗入一个设好的陷阱。可是,也不能这么说。如果说这座城真的只是铁匠自己臆想出来的结果。那一座城的人,也只是他自己了。至于眼下,巨大的虫子出现了,也吞下了他,这不是谎言。最多只能说是他自己亲手把自己带到了一个结局里。

其实,原本是有机会扭转一切的。如果他能早点发现,或者换三刀用法,很多事都是可以避免的,或者至少有不同结局的。如果第一刀不剪她的柳发,而是砍在井口上,那她就没有死亡的洞能去坠落。如果第二刀去劈开沙漠和风尘,而不是凿口井,同行的战士就不会不明不白地消失死掉。如果第三刀能果断点,不至于留到现在,就能斩断对一个太过美丽的传说的贪念和幻想,眼下也不会在漫无边际里飘荡太久,失去自己的真实形状。他好像总是与一件重要事情中的本质擦肩而过,每一次郑重地挥起刀,却都砍在了无关紧要处,做了无关紧要的事。可是,无论如何,过去都放放,眼下,还剩下最后一刀。说迟了也不算太迟。还是有选择:是坠入黑暗,回到最开始的地方。还是劈开它,回到最开始的地方?好像终点都一样,却也没那么一样。

黑暗来了,如约而至。如果没有什么新的变化,相信接下来的发展也在预料之中。一点点沉沦和被吞噬罢了。可是,这次终于有不同,“杀了自己。”铁匠突然想起来与乌鸦的对话。直接剖开大虫的肚子不就行了吗？可是，肚子里的人……来不及想那么多了。最后的念头，即使很快，比光还快，一闪而过，但是好在，他还是一把抓住了。在身体被困住的最后一刻，在精神大门缓缓关上前转瞬即逝的最后一刻，刀从鞘里抽出，反过来，刀尖向自己，接着直直地插入左胸心脏处。一滴血没流，甚至都没有想象中撕心裂肺的绞痛，只是眼前的大片模糊迅速散开，像是蒙了一层灰灰的雾。又一会儿，一缕红色从嘴边出来了。

黑色破了。脚下的血海也立马停止翻滚，恢复了黄色的平静，一切好像都正常了。天空依旧很蓝，那座城却不在眼前了。他慢慢地闭上眼，觉得这次自己是真的死了。

死亡前的最后一刻，依旧是一片黑色画面，却好像没有混沌中遇见的那么暗与阴沉。这里的黑色是安静的，也是暂时的，很快就会明亮，接着有五颜六色的光点与形状出来。幸运的话，还能看见蝴蝶。事实上，那只蝴蝶就是无数五颜六色的光点与形状的集合，每一个将死的人都爱她，彩色发光的蝴蝶就像是一个生命最不幸遭遇中的吉祥之物。他一直都很喜欢蝴蝶，却从来没有机会真正见过一只。

咯咯咯。三声漫长的鸡叫。太阳便真的落下了。

没有人，没有城，在这天的最后，除了黄沙，沙漠里什么都没有。

第九章　请相信相信的力量吧

“什么都没有?”我问他。方才的经历，是一个很长的故事。或者可以说是一段很长的旅途，对我和对他而言，都是一样的。场景不断变化，最终我们又落在了这个月夜清冷的小院子，脚踩着实实在在的地，吹着柔弱又有些许凉的风，觉得真实，却又好像不如故事前那么真实了。

“什么都没有。”铁匠笑了。他坐在院子角一块木板凳上，看上去很虚弱，那张轮廓分明的脸也在月光下显得格外苍白，丝毫没有一点红润血色。这是可以理解的，即使同行一趟，作为故事主角的辛苦，毕竟不是我这种旁观者可以全然理解的。可是，怎么说呢，我突然想起来，阴阳鸡叫，送的好像只是我往来的故事。至于铁匠，他也回去了吗？还是……一个奇怪的念头在我脑子里闪过：这整个故事，其实只是发生在他的身体内部？我从他身体里走了一趟？真是个奇怪的念头，即使快速闪过，也有些倒胃、恶心。

“鸡，倒是很喜欢吃沙子。”铁匠突然从凳子上站起来，又在地上随手捡了一包沙子。他一边说话，一边走到鸡圈边，往里面抛了一把沙子。“据说，沙子可以帮助鸡打磨胃肌，以便更好地消化好的东西。”

鸡肚子里都是沙子？那沙漠……我好像明白了什么，又立马觉得太过神奇，不敢相信。不过想来，所有在这间院子里的经历和见闻，包括阴阳鸡的传说，包括那突起的飓风和漫长诡异的故事，都不同寻常。所以，无论发生什么，也都不该意外了。事实上，正如谁说过的，这些都是细节，而我们要做的，就是要越过由无数细节连接起来的过程，直接看到故事结局。于是，我开始回想有关铁匠的故事，抛开细节，最终的结果又是什么呢？结果就是：人都死了，城也不在，一片沙漠（甚至都不是真实的），故事的最后什么都没有，什么都没留下。

“所有的这些，都是真的吗？”想到这里，我就问，过于直接了。所以刚开口就后悔了，觉得这问题问的的确有些失礼。听到我的话时，他正好抛下一把沙子，没完全撒完就愣了一下，留了几粒还在手里。

“其实，我们每个人眼里的真相，都只是自己想要看见的真相。”很快他就恢复镇定，最后几粒沙子也从指缝里溜走了。铁匠转头冲我笑了笑。“所以，真相真的有那么重要吗？也没有吧。不过说实在的，你知道传说为什么之所以是传说吗？”

“为什么呢？”

“因为他们一听起来就足够奇怪。”铁匠又抓起了一把沙子。“不奇怪，就不能算是传说了。”的确，我眼见着铁匠撒一把沙子在鸡圈里，真的就不如一盘血珠倒进去让人热血沸腾，有故事性。可是……

“那在一个奇怪的世界里，我们该如何辨别真伪呢？”

“如果这个世界上真的有一种去伪存真的方法，就请相信相信的力量吧。”

相信相信的力量吧。这一句话从他嘴里说出来，听着不像回答，倒更贴近一个软弱无力的请求。虚弱，这句话的每一个字里，都传达出更浓郁而真实的虚弱感。好像字还没脱离嘴边，就已然半透明，真的飘浮在空气里，又很难停留久。

“能再有一个请求吗？”他说，眼下又坐在了木板凳上，后背还依靠着墙，是真的一点独立站着的力气都抽不出来了。不仅如此，虚弱，方才说过了，他说话都在大喘气。一口一口的热气在清凉的院子低空持续冒着。

“你说。”

“不管一会发生什么，都请相信我曾经存在过。”很明显，这句话是真的请求。

“好。”我答应他。可是，他依旧死死地盯着我，眼珠子瞪得大大的，鼓鼓囊囊，甚至都要冲出眼眶。

“请相信得坚定一些。”话不是从嘴里说的，而是那双瞪大的眼睛。

“好的。”我继续答应。

“再坚定一些。”

“一定。”

之后就不说话了。此时此刻，天黑得更深了，如果没猜错，也应该是一天之中的最阴暗时刻了。最阴暗，那一个最字，虽然听着可怕，不过好像也说明，到尽头了，也不会更暗了。相反，会一点点亮堂起来。所以，我能做的其实就是等待，只要再多一点时间，多一点耐心，就一定能看到太阳。不说话的沉默时间，我和他或许都在等太阳吧。我是这么做的，也是这么想他的。时间一分一秒地过，快了，快了，这次是真的快了。

终于，寒夜退散，冲破黑暗的第一缕阳光，就这么毫无保留地撒在了这座城最角落的小院子里。我觉着异常温暖，却也发现铁匠不在了。小院子静悄悄的，鸡还如数在圈里，井也在原来的位置，木板凳也在，只有铁匠不在了。板凳旁边却多了一把剑，依在墙上。我走过去，想抓起那剑，可是，手还没触碰上去，那剑竟然就碎成了几块。

就是在这个时候，鸡叫了，仰天大叫。咯咯咯。这叫声让我紧张，屏息等着，想三声之后，会不会真的又出现什么了不起的事，比如再进一个遥远空间，在另一个人的故事与回忆里走个来回。可是，三声过后，静悄悄，等了很久，依旧什么都没有发生。还是发生了一些事吧，小院子的这只鸡叫之后，整座城的鸡都叫了，嗓门尖锐，此起彼伏。如果说在此之前，长安还没有梦醒，鸡叫过后，所有人都该苏醒了。这样看来，任何一只会叫的鸡好像都是有相同的功能：把人从一个模糊的视线，拉回现实。那是不是说，整个世界的公鸡都可以是阳鸡呢？可是，昨夜那只把人拖拽进新鲜时空的阴鸡呢，它是谁，又在哪？一片鸡叫后，整座城又陷入了短暂的平静。不过，我知道，所有人和鸡都知道，这一刻的平静太短暂，隐藏其下，已有无数潜在的喧闹暗潮涌动。

很多事都不知道，也想不明白。就如眼下，我不知道为什么铁匠突然就消失了，他又去哪了？也想不明白，这凭空而来的剑有什么意义，又为什么看着完好，走近就断了。我能做的，好像也只是一块一块捡起碎散在地上的剑的片，想想，收到衣服袖子里。可是，再想想，还是掏出来，轻轻地扔进那口井里。在胳膊做这个抛撒释重动作的时候，我的脑子里在想，一口井对一个院子真的是有挺重要的意义。你可以向它索取。如果能连接地底，插进一条河，那就有源源不断的生命源泉。有了这么一个深深的黑洞，你也可以把发生在这里的故事，永远地留在这里。井这东西，真的挺奇怪。如果说在一个奇怪的故事里，有什么事和东西是最奇怪的，我一定会说，是井。你或许永远不知道，也猜不透，在自己院子里的一口井里，到底掩藏了多少秘密，又连接了多少段割舍困难的联系。就像我说的，它的存在，很可能比这个院子、这座城，你每天生活和见着的这片天地，还要更久、更长。

所以，铁匠真的是钻进了这间院子里的这个黑洞里了吗？我不知道。我总是喜欢说两句话，一句“是呀”，另一句“不知道”。这两句话连起来用，好像我就是一个只会接受外界讯息，却无能自主创造的人或者工具。不过，真的要这么说，我也不会特别在意。说的没错嘛。不过，在有关他去向的这件事里，我还是知道和确信一件事。

如果，他真的是钻进了这口井里，那把莫名的断剑，就一定是从那口井里出来的。我不能确定联系两端的分别去向和发展，却坚信这个联系绝对稳定、存在。一进，一出，口子都是同一个洞。这就是他与断剑的联系了。

太阳出来，听见了院子外的喧嚣，我就轻轻地走出了门，离开了这里。从里向外推开木门的那一刹那，我有错觉，好像回到了昨日，自己正要推门进来的时间，握住那狮子头门把，想来发生和经历这么许多，现实世界里也只不过一日之久。就顿生恍如隔世之感。木头咯吱咯吱再开，外面世界该有所不同了吧？可是，听第一声街边吆喝，看人潮涌动，热闹非凡，一切似乎没变，依旧是那个繁盛大唐呀。于是，我趁着旁人不注意，悄悄关上那门，就又装作若无其事，混进人群之中，还原成热闹一部分。

从此，我再也没有遇见过铁匠。事实上，离开那间院子不久，我就被提醒了一个不算太大，也不算小的秘密。

“你去过铁匠铺了吗？”街边摆摊的老头还记得我，我当然也记得他。如果说，在铁匠家真有一个故事，那老头就是当之无愧故事的开始和原因了。

“去了。”我说。

“弄清那刀上为什么突然就有血了吗？”老头一边做着手里的早餐，一边谈论有关血的话题，却并不在意，神色正常，好像这两者并不会相互影响与发生冲突。

“弄……清了？”我回答得有些犹豫，自己也不知道算不算弄清了。

“所以，是为什么呢？”

“额，因为联系。”

“联系？”老头放下手中的活，有可能是做完了，也有可能就是想停下暂且不做了。除此以外，他挑起一道稀疏的白眉毛。

“是的，嗯，是因为看不见的联系。”

“这算哪门子的答案。”老头显然是不满意这样的回答，把手里的毛巾甩在案板上，又继续忙活起来。其实，老实说，我也没法用简单的"联系"二字说服自己。于是，我又傻站了一会儿，就看老头忙活，他的手如冬日枯枝，苍老褶皱得不行，只凭外观，甚至可以说是丑的。可是，它动作起来却比谁都灵巧，熟练工序，一次一次重复，比眼睛还快，捕捉不清详细，看个大概，就眼花缭乱地飞起来。我站了一会儿，老头也没再说话，我自觉无趣也准备离开。

"哦，忘了告诉你了。"离开的时候，在背后又传来了老头说的话。可是前半句话，只是一个不含任何含义的引子，所以，我的脚也不停，继续走。真正让我停下的是后半句话。"通往那个铁匠铺的口子，前几日被水淹了，还没修好。所以说，如果你真的进了某个院子，又见了某个人，那你应该就去错地方了。那不是铁匠铺。你也见错了人。"

不是铁匠铺？那，街尾那个院子，又是什么地方呢？这句话从背后偷袭，让我一时间只觉得后脑勺发冷，不寒而栗。更可怕的是，它好像还在脑袋里生了根，并发芽长开了，遍布大脑的每一条沟壑，紧紧地缠绕死了全部的思考与记忆。"不是铁匠？那他是谁？"

"对了，不是要看刀吗，这儿恰好就有位久经沙场的军爷等早点。不如请他帮你看看，说不准比真的打铁匠看得还好些呢？"

脑子懵懵的，我转身就把腰间的绳子解下来，双手递过去。一双粗壮也糙的手就接住了，他摸摸刀鞘皮毛，又把当中的锋利抽出来仔细看。刀的边缘处，以一个安全测试与削破皮肉的临界角度，在两只手指并起来的内侧来回地磨蹭。最后，收刀入鞘。

"是把好刀。"还是这句话，鉴宝的结论真的都是这样吗：言简意赅，先表明好坏。接着，接着就考验语言表达或者一个故事的精彩程度了，这些附加的东西，或许能解释这把刀为什么是把好刀，它好又究竟好到什么程度。其实，只听第一句就好了，如果不去纠结一个两个细节，只需要结论，是一把好刀就足够了。可是，不行，我早就知道它是把好刀，却一定要搞清楚，它好又好到什么程度。所以，我问了第二个问题。

“谢谢。不过，具体是怎么好呢？”

“它锋利。”当兵的说话都简洁。你一问他一答，不问了，对话就停止。所以，这样的对话有多长，完全取决于问问题的人。

“有多锋利？”

“能斩断一切。”

“一切？”

“一切。”

“那不就是无所不能了？”我知道没这么简单，不过还是这么顺着问下去。

果然。“还是有限制的。”军爷说。他停顿了一下，像是在思考要不要在没有继续追问的时候说第二句话。思考的结果是，还是说吧，“这么说吧，你或许只有一次挥刀的机会。”

只有一次挥刀的机会，听到这话，我立马就懂了，一把刀的寿命就是它能被挥动的次数。不久前，那个不知道是铁匠，还是谁的故事里，有一把出鞘三次的刀。初见那刀，就觉得不可思议了，得多短命的刀，使用三次便会粉碎。得多隐忍的剑客，一生只出三刀。可是，没想到，我腰间这把，机会却更少，竟然只有一次。

“所以，请好好利用这刀吧。虽然短暂，也锋利，想好了，最后用它在一个该落下的地方吧。”这是对话的结局，因为我没有再多问问题了。也是一个好的建议吧，如果真的像他所说的，一生只能挥出一刀，那即使不开天辟地，即使我无论如何也成为不了一个英雄，也一定要用尽全身的力气，重重地抬手，再重重地落下呀。

军爷又沉默地站了会儿，像是在确认我还有没有问题，才离开。我看着他的背影，突然又闪过一个念头，或者说一个问题。这一刻，有点理解了为什么我刚才站着老头不说话，转身走几步了，他才在背后叫我。一个人的背影，就像一面墙，是有一种难以言状的魔力的，或许，你看着他的脸，他不停动态的五官，没有说话的欲望。可是，面对一面墙，不知道为什么，脑子就会突然清楚多了，很多当面说不出的话，想不到的问题就都浮现出来了。可能，人有两面，脸是主观的，背影就是相对客观的吧。

“军爷知道沙漠深处有一座城叫楼兰吗?”他停住了脚步，和我一刻前模样相同。当然，你不能透过背影看到一个人脸上的表情，所以，我们只能说客观的事，也就是他停住了脚步。

“那是一个传说，却很少有人知道。”

“是吗？不过，可以想象，沙漠里的事，繁华都城的人自然是没什么兴趣的。”

“那你又是为什么打听呢?”

“因为，地下冒出的一条河。”

“我知道那条河，河边有一小间茶屋。”他应该是笑了，我听到他的语调里表露出了难得的轻快。“喝一大碗茶，应该是沙漠里，一个人能遇见的最美的事了。”

“你说的那个茶屋曾经是我爸开的，后来又被我接手了。”我说。军爷听我这么说，又沉默，然后想好了什么似的，转过头来，侧耳小声对我说一句话。

“我知道你想问什么。沙漠里受过一碗清凉，算是大恩，所以，我就告诉你那个秘密，你不要问我是怎么知道的，只听好，记住就是了。定魂珠真的存在，它藏在鸡鸣寺里。十日后的中秋，你上山入寺，见释空和尚，他会告诉你怎样才能得到那颗珠子。”说完就走，这次脚步太快，我还没反应，人就消失不见了。

其实，这不是我想问的。定魂珠？这玩意甚至早就不在我小容量脑袋里留着了，传说里的传说，真实性无法考证。再者说，我从来也没有对它的功效太感兴趣。留住一个人或者一个朝代？我细细回想，自己这一生枯燥而平淡，每天的生活就像在沙漠里随手捡一粒沙子，它们或许是不同的，但看上去却像复制一物，分辨也难。沙漠里一生难遇许多人，真的遇到了也只是匆匆忙忙地来，又匆匆忙忙地走，喝大碗的茶客。如果真有想留住的人，或许也只有我的父亲了。可是，他的消失，在我看来，更像是上天的安排，虽说留下了伤感，却也顺其自然，没有强留的必要。总之，简单说，虽说定魂珠这东西一定是稀世珍宝，功效也逆天，但对我的吸引倒真的不大。其实，我真的想问的是，你认识尹三刀吗？

你呢？各位看官，你又认识尹三刀吗？我没办法很具体地和你介绍他，除了刚刚说的这个又臭又长的故事。不过，他是一个盛唐人，他的故事也与盛唐有关，至少与我见到的这个盛唐有关。

你问我认识尹三刀吗？别拿我逗乐子了，这人是一定存在的，我坚信不疑。因为，我坚信不疑，所以，这人一定是存在的。就这样。

第十章　紫金龙王扫地僧

“紫金山上，又见龙气。”

那日，我刚走上街，就听一个人这么说，原话。开始，我肯定不当真，一个人的话不可信。然而，第二个，第三个，第四个，第四十五个人，都说一样的话，且表现得都相当煞有其事，我的态度就变了。至少是半信半疑，老实说，信的部分甚至比疑半还要多许多。于是，我拉住了一个路人问他，紫金山是什么山，龙气又是什么气。

我问还没完，那人就没好气，立马翻个巨大的白眼，手叉腰，摆出一个对待弱智的态度。不过，好在即使态度不好，他还是告诉了我想知道的事，“紫金山就是那座山。”他信手一指，点到个大概方向，我顺着那指看过去，却真的隐约有座山，不过此时此刻，只露出了一角，大半部分都藏在雾里。“至于龙气嘛，就是龙的呼吸，你能看见金色混着紫色的一道光，就这么从天空破开一个大口子，交替缠绕着俯冲进凡间。”他两只手交叉，乱游，以此向我展示两个颜色是如何缠绕，又如何冲出去的。还比较生动形象。

“所以，你亲眼看过吗？”因为他描述得过于逼真，我也表现出了真的好奇。

“当然没有。”出乎意料的答案。他率先不想再和我说话，走了。

我也不知道自己有没有立马就相信这个人的描述，不过接下来的几天，街头巷尾的确都在议论那个山上有龙的传说。那为什么不真的上山看看呢？我疑惑。上山去亲眼看看，真相不就出来了吗？我这么和一个爱八卦的老头说，他就笑话我。

“傻子都知道，紫金山上有谁的陵园，传说有千尺迷宫盘山，几万阴兵镇守。整座山里寸草不生，不养任何活物，一只苍蝇进去，都有去无回，更不要说人了。几年前，有一队不怕死的黑市强盗说是要进去寻宝。几十个强壮大汉，刀枪铠甲装备精良，进去了就杳无音讯，别说活人了，连一块骨头灰都再没见着。可是，就在他们进山几天后的一个早晨，有一个强盗的妻子在自家井里打水的时候，却打上来一桶血水。第二天，另外一强盗家的井里也打出了血水。这一下，整个京城就都知道这山的邪门了，再无人敢进去。”

“既然没人敢进去，那有龙气的说法又是怎么传开的呢？”

“一个瞎子说的。”老头很平静地回答我，表现得像是自己刚刚并没有说出什么离谱的话。

“一个瞎子说的。”我重复一遍，“一个瞎子竟然能‘看到’龙气？”

“可不能小瞧这个瞎子。”老头急忙摆摆手。我心想，再不小瞧，那也只是个瞎子啊。“你眼睛能看见的东西，这个瞎子都能看见。你眼睛看不见的，这个瞎子也能看见。”

这是什么话？我没回答老头，却不可克制地扬起了眉毛。不知道是不是捕捉到了我的这点表情变化，老头笑了：“如若不信，可以去看看。这城里但凡年纪大和聪明些的人都知道，瞎子到底是真神人还是假骗子。”

很快就把这段对话抛掷脑后，谁知道，几天以后，我并没有刻意去找，却偶然遇见了那个瞎子。事实上，很巧合，与其说是我遇见他，不如说是他找到了我。那时候我正好好地走在路上，头低着，盯着一地的青石砖瓦，想缝里会不会藏下一两个铜币，他就迎面撞到了我身前。身体上的碰撞实实在在，我一抬头，就看见撞我的是个瞎子。那是怎么知道这个瞎子就是那个瞎子呢？很简单，老头说得没错，但凡有些经历见过多一些人物的人都能看得出，这个瞎子不是一般的瞎子。虽然是个瞎子，但是这个瞎子的眼睛睁得大大的，而且眼珠子还在灵活地动。与正常人唯一不同的是，他眼珠动的方向和频率都过于奇特了。很快，像是没有任何固定，又像是掉入了一个旋转的洞里，那眼珠里的黑色部分就一直在不停且无规律地上下左右晃动。他面对你的时候也不聚焦，黑色飞到了眼珠子的左上角。几秒之内，依旧是面对你，可是一瞬间，不知道是怎么玩的，你还没来得及反应，那黑色又横跨对角线，落到眼珠子的右底部了。令人觉得神奇的还不仅如此，仔细看他眼珠里那黑色部分竟然是由三个相同大小的黑球组成的。并且无论哪一颗如何变化位置，三个黑球始终保持等量的距离和关系，组成一个坚固不动的三角形。

“眼瞎不好，撞到先生了。”瞎子先开口说话，声音里有愧疚。不足十个字说完，眼珠子又咕噜噜飞速转了好几圈。

我嘴里说，“不碍事的，不碍事的。”眼睛却一直死死盯他的眼睛，他一定是察觉了，或者说，“看见了”，于是若有所思地笑笑。

“紫金山上，又见龙气。”没头没脑，他就和我这么说。太直接了，像是一下就看破了我心中所想，显然这是我始料未及的，一时间没反应过来该如何应对。

“是呀。”沉默许久，我竟然这么回答。是什么是，呀什么呀，好像我也看见和确定了这事一样。关键是紫金山上有没有龙气，又和我有什么关系呢。

“有关系的。”瞎子笑了。事实证明，我不该被看穿的心理活动，他却真真地看见了。“过去，眼前和未来总能组成一个三角形，三个角。而这山上的龙气，它和你那个三角形里的每一个角，都有联系。”

“你能看见我的过去？”

“你既想见盛唐，就得上山。”幽幽说。

“见盛唐为何要上山，街头巷尾，繁华热闹处，不能见到吗？”

“或许能见着盛，或许也能见着唐之一撇，却难见全。”

“那你说，我去山上能见着什么？”

“能见到一个老头。”

“见那个老头又做甚？”

“听他说一个故事。”

“故事里有什么？”

“有因果缘由，有代价，还有源头。而这些会告诉你，你所见所想的盛唐是从什么地方走出来的，又是用什么换来的。最后，又将把你和无数被它迷住的人引向何处。”

“这些，你都能肉眼看见吗？”死死盯住那还在飞速旋转的眼珠，试图看清藏于那其中一瞬间的真实焦点。

可惜，不用看，他自己就承认了。

“是的。我隔着雾，终于看见了。可是，你得走进雾里才能看见。”

我抬头又看那山，笼罩着它的雾好像突然淡了一些，一眨眼，却又觉得更重了。

“不是说寸草不生，有去无回吗?”最后的问题，算是最后的挣扎。

“先得死，才得生。”他说。

我站了一会儿，不是在犹豫，或者评估代价。只是单纯地想最后在远处，看看那山，那雾，心里知道真的走近，再进去，看到的景象就不同了。久久站立的时候，让我突然觉得有些眩晕，好像这天地都颠倒了一周，虽然最终还是回到原点。我开始想，那所谓的盛唐是不是也如雾里的山，或者山里的雾。远远看是这个模样，深入其中，便又是另一个模样了。而那个老头，说一切都只是废墟的老头，和眼前这个奇怪的瞎子，他们总是所见不同。也只是因为我们看一件事物就是此时此刻，而他们却能从静止里看到一个动态的过程和联系。谁对谁错呢？都不好说。有些事好就好在当时当刻，有些景美就美在一个起承转合。

“去吧。”瞎子在我耳边吹了一阵风。

我便迈开轻盈一脚，这脚又如蒲公英的一页，风一起，就被吹开了。

要说紫金山确实诡异，即使眼下真真地就站在山脚下了，我仰头看它，还是被迷雾笼罩。那雾看起来倒也不浓，伸手一碰，就立马散开。可是，就这么一层灰色的、薄薄的雾，始终没被风吹开，弄得这山也神秘不少，如一个近在咫尺的秘密，总能瞥见一角却总见也不全。不过好在山不大，我围着它绕一圈并没多久。找了找，好像也只有一个更像是缺口的上山路，就只能沿着小路一点点上去。不知道是山里下了雨，还是雾气太湿重，每走一步，脚底就积一层厚厚的，黏糊糊的泥。老头说寸草不生，看来并非虚言，我爬了半天的山，倒是真的一棵草木都没见着，天这时候应该已经黑了，不过外面的日夜与山无关，这里永远漆黑。我只能摸索走着，看不清前面有什么，也不知道自己到底要找什么。有一时刻，好像隐约听见了有鸟类飞禽的哀鸣声，可是真等我站住了，仔细去听，却又静悄悄死寂一片。弄不清方才的声音是鸟真的存在，还是阴冷风在山里回荡，又或者只是我的恐惧在幻想。不过，这些很快就都不重要了。因为，不知不觉，我好像已经到了山腰，也看见了一个相对开阔的平台。

平的，不小的一块平地。下面是陡峭的山，上面也顶着陡峭的山，它夹在中间，却这么凭空出现，显得既奇怪也有些突兀，好像是非自然力量给这山开辟了一个口子，又忘了给合上。爬山久了，踩在这平坦上就格外舒服，像是回归了平常。可是，我随便走了几步，才觉察到了这里与平常也太不相同。风更大了，呼啸着席卷而来。黑色的风是有音调起伏的，让人觉得那其中藏着什么东西，那东西又在说话。我继续走着，突然，风中却化一针，唰的一下就划过我的脸，锋利。这还没来得及反应，侧脸瞬间就留下一道血痕了。这一飞针过后，风停歇了一下，短暂的安静却像是在酝酿，酝酿一个更大的冲动。我知道，跑已经来不及了，一片黑暗里盲目逃窜只会让自己的死相更难看，于是只能简单地、尽可能地做好防御姿势，迎接下面的未知发生。果然，风响了开头，寒气从四周逐渐聚拢，可以预见，马上就要有无数把尖刀从风里冲出来。怕是挨不过这一劫了。我想，闭上眼在黑暗里见死亡，或许更好些。

可是，却有扫地的声音一阵一阵传来。开始，我以为只是脑子里出现的又一幻觉，那“唰唰唰”的声儿却越来越近，越来越大，不容忽视，真相显然。我睁开眼，却见着一个矮身影从那狂风之中破开一道口子，那人手里好像还拿着一把大扫帚，脚下行一步，手上就挥一扫帚。很快，他就走到我面前。是个老头，面色平静，一眼看去，与寻常老头无异。

“许久没见有人上山了。”老头儿说。口气，神色都听不出态度，也不知道这话到底是和善友好，还是讨厌拒绝。

“是呀。”我又这么说。现在看来，这两个字好像就是我手足无措时候的应急反应。

“夜里风寒，再深些，估计连我这把扫帚也难护你周全了，先进屋聊吧。”

他说完便走，一边走路还一边继续扫地，我不明白他在扫什么，又想要什么干净。不过我还是跟着老头走，既然见识了那风，一定不想继续一个人待在山里了。我们一路走着没说什么话，一会儿就站在了一间草屋的跟前。他推门就进去了，不知道是他自己的身体，还是门体，发出了咯吱咯吱，徐徐老旧的声音。我迟疑了一下，跟着进去了。

这间草屋虽然从外面看着很老，在风中摇摇欲坠。可是，里面却意外地暖和得很。整间房子的摆设布置都很简单，只能说勉强满足基本日常。大多都是木头制品，木头桌椅、木头床、木头茶具……

如果非要从其中找出一个还算是特别的物件，那一定是一进门案几上安静放着的煤油灯了。那是一座很大的灯，大致结构就是黑色的长方形柜台，内有一块圆形琉璃，而一串灯芯就在琉璃底部的正中。一眼看去就做工精致，琉璃切片圆润，柜台上也镶着宝石珍珠，绝非寻常街市上就能买到的。最神奇的还不仅如此，比如那灯芯燃烧，却发出幽幽深绿的火焰。火焰不大，光却照亮了整间屋子，如暗魂鬼魅笼罩。我见的普通煤油灯都是黄红色的，白色稀奇，更不要说绿色了。

“腰间的刀不错。”老头丢了几根柴火进炉子，火就腾腾升起来了，当然这是红色的。

“是呀。”我找了一张木椅坐下。

“老实说，我不是很懂刀，却一眼能见着你这刀的不同。”他也坐下来，继续说。“当然，我也知道，你好像拿它不知道该怎么办。所以，愿意听听我的建议吗？”

“请说。”

“如果暂且没决定怎么挥出那刀，不如就先收好，最好能忘记它。”

“忘了这刀？”

“就当腰间挂着一根草，重量可无。”

“倒是个好说法，不过，实际做起来却很难。”

“难是一定的，不过只要多加练习，终归还是可以做到的。如果近来没什么要紧事，不如就住在这草屋里吧。陪我每日在山里走走，扫扫落叶。扫多了落叶，或许就能学会放下和忘记了。”

“不是说山里多凶险吗，为什么又相信我，让我住下？”我问他。

“因为你眼睛里没欲望。和那些过来就想带走什么的人不太一样，你倒更像是单纯看看就好的朝圣者或者观光者。”

“那跟着你扫地，我又能看见什么呢?”

“或许能看到你想要看见的一切。也或者，只有一片枯叶子落下来。谁知道呢。”

于是，我便住下了。开始想的是就住一两天，后来却住了十天，二十天，最终下山的时候，落叶的季节已经过去了，甚至一直到了来年春天，新绿又发芽的时候。这些都是后话了，有些人觉得后话说了也没意义，我却总是喜欢说。发生过了的事，也不一定就失去意义，时过境迁，物是人非，可能还有别样风味。最后的这句话，算是后话的后话了。

第二日一早，我就被老头叫醒，“去扫地了。”他说。我躺在被子里，见他从墙边拿起了那把昨夜劈开狂风的大扫帚。原本，我还想再睡一会儿，可是门一打开，山间清晨的寒气就直往屋子里钻，我便再也睡不着了。于是我又在床上躺了一小会儿，就穿好衣服出门了。

清晨的雾包裹住了眼前的紫金山，不过毕竟是白天，视线所见也亮堂许多。天气依旧很寒冷，我刚出门就打了好几个激灵。老头却穿一件深褐色的单薄长衣，腰间简单扎一绳结，扫帚撑地，昨夜没看清，这扫帚也有一人高。他神色自若，好像丝毫没受这冷影响。

“得快些了，昨夜风大，落叶多。”

两个人只有一把扫帚该怎么扫地呢？我没问他，他也没说。于是，他开始扫地的时候，我只能在一旁看着。老实说，就扫地这事还值得研究吗？上山以前，我原本是这么想的。可是，真的亲眼见着他扫地，我才觉得，这件普普通通的事，在他手上就成了一件精细艺术。双手始终握紧扫帚末端前一寸，扫帚垂直悬挂，杆与竖立身体平行，像书法家拿毛笔在宣纸上写字。移动分前后和左右，横跨一步，扫帚就向左写一横。后撤一步，扫帚就往下写一捺。你见那老头脚步灵动，扫帚便扬起了风，风忽而温柔轻抚，忽而肆意猛烈，那地上的枯叶被风带着走，在低空起舞，有时甚至旋转着，自成一道小龙卷风。不仅是看，也能听见美妙的旋律，说美妙，不如感叹严谨。走一步，扫把一动。每一步，每一动的间隙都不差分毫。这是讲究。扫帚落地，每一分叉与地面的夹角、弧度，也得整齐划一。不然，下一声"唰"就变了。我闭上眼，仔细听那扫帚在地上的声音。"唰，唰，唰，唰……"每一声唰落在耳朵里都是简单一个音，而每一个"，"的缝隙也都宽度相同。如果非要再说一件让扫地成艺术的原因，那就是老头自己了。即使满地厚厚一堆枯叶，风不停，下落就一直继续，老头却始终笑着轻快去做这件事的。看他做这件事会给我这样一种感觉：扫地并不只是为了除去垃圾和脏的东西，却也是一个让自己找到平静的方法。我看着老头，挥动扫帚，在地上扬起了风，脚步灵动，枯叶起舞，他就成了枯叶和扫帚之外的第三个主角。而这第三个主角，既是扫帚，扫这世界的工具，也是枯叶，这世界里需要被清理的脏，他既扫，也被扫。于是，不仅是眼下可见的清扫枯叶，那具身体内部也应该正在进行一场扫地的表演。

"只有一把扫帚，我该如何加入这运动呢？"看了一会儿，想不到自己竟痴了迷，一会儿已然下午，太阳都快落了。我才想到，自己也是来扫地的。

“就趴下来吧。”他说。手里动作却不停，节奏也没被打乱。

我照做。“然后呢？”在地上继续问他。少了一个站立的高度，我躺在地上说话，看他，都觉着不同了，像是因为一个视角而打开了一个新的世界。

“然后，你把自己缩成一个球。”

深信不疑，继续照做，只是隐约觉得有些别扭，好像能预料到下一个步骤。果然……

“在地上滚起来。”老头说。

“凭什么你扫地拿扫帚，我就得自己作球滚啊？”我自然是不高兴，先不滚，得问清楚理由。

“我且问你，扫地的原理是什么？”

“拿扫帚摩擦地面。”

“不对，那么说太肤浅。扫地的本质就是在地上扬起一道自己的风。”好像有那么点道理。

“所以啊。”老头看我不说话就自顾自地解释，“我借扫把的力，和你依靠自己的身体在地上滚，其实本质都是一样的，都是弄出自己的风。”

“是呀。”又来了。

“那就别多说，开滚吧。”“唰唰唰。”

我就真的开始滚了。开始滚得还有些拘束，毕竟不常干这事，内心对它多少也有抵触。可是老实说，如此贴近泥土，给我一种意外的、说不出的踏实和安稳的感觉。我抱着自己在泥土里翻滚，也掀起了一些树叶。有些树叶飞到了另外的地方，有些树叶就粘在了我的身上。

“很好，看起来你已经找到感觉了。”老头笑了。他开始拿扫帚扫我，我闪避不及，却以为以我这个重量，是不会随着那么轻的扫帚走的。奇怪的是，那扫帚明明只是轻轻一抬，我的整个身子就滚起来了。

“如果说用身体起风的道理，我还能勉强接受。”我一边在咕噜噜地滚，一边在抱怨。“那用扫帚扫我又是什么原因呢？把我当垃圾吗？”

“扫地的目的是什么？”老头又提问。

“把脏的东西弄干净。”我老老实实。

“那就是了，你脏吗？”

“脏？”

“那就别说话了，这一刻，不要再想着扬风做扫帚了，你现在是一片被扫的树叶。”

于是，我就不说话了，任由身子随着那扫帚动。我会转头看身边的那些枯叶，看他们在风里飞，或者被一阵一阵地脱离地面。这是它们想要的吗，还只是跟着不可逆转的潮流走？我不知道，只是相信了自己这一刻也是一片树叶，是这个世界里一块待清洁干净的脏。扫帚把我挥去哪儿，我就去哪儿。风去了什么方向，我就追着那个方向跑。不需要去想清楚什么，简简单单地跟着风走，这样轻松的感觉也很好。事实上，不用自己去驱动身体，而是随波逐流地滚，这样也很好。我可以第一次躺着看着天，看那快要落山的太阳放血红的光，看天空像洗了无数次都褪色了的蓝色染布，看云慢悠悠地变化形状，来了又走。

不去想什么，天黑来得就很快。

“在我还是一个很小的小孩的时候……”老头说，这时候我们已经在屋子里了，炉子里的柴火在咔嚓咔嚓地响，我们俩坐在桌前吃素面。“我的父亲就让我学些剑法，以后好上战场建功立业。为了让我能不死在战场上，他给我请了天下最好的剑客。”

吸溜，我吞一大口面，又呼噜呼噜两大嘴汤。且不说好不好吃，见没见荤腥，寒夜里的吃食，只要暖胃和身子就是好的。咦，他刚刚说什么了？

“我记得那个剑客是个花甲的老人，第一次见面，我还戏弄了他。小孩子嘛，只想玩，不乐意认真学东西。我坐在树上，就冲那老头身上吐口水。他摸了摸衣服，我以为他会发火，或至少像其他先生一样向我父亲去告状。可是他却没有，只是和善笑笑。”

“不像是个剑客，没脾气。”我又喝口汤，碗就见底了。

“我当时也是这么想的。他笑着冲我招手，然后问，‘树上的风景好吗？’我觉得这人蛮有意思，就老实回答他，‘不是太好呀，大部分视线都被树叶挡住了。’‘需要我帮忙吗？’他问我。我点点头。老头就走近我的这棵树，然后运一口气，轻轻地拍了一掌。”

“然后呢？树被拍断了？”我放下碗，肚子饱了，就有时间和精力好奇了。

“没有。”老头摇摇头。“什么都没发生。我坐在树上，等着什么厉害的事出现，那老头却闭上了眼。这就是天下第一的剑客吗？我心里想笑，可是他也没用剑呀。我们就这么僵持了一会儿，突然一阵风起了。老头就睁开眼，笑了，很快先是一片树叶缓缓地落在地上，接着是两片、三片，一瞬间，整棵树的树叶全掉了。树秃了，那风也就停了。”

“所以，是那一掌震掉了满树的叶子？”我啧啧称叹，老头却又摇摇头。

“直到现在，我也不知道那风是不是他那一掌引来的。不知道他是真有深厚的内力功夫能改变自然，还是树叶脱落只是个巧合。我没问他，他也没说。不过，在最后一片树叶脱落后，我也乖乖爬下了树。”

“学点东西好，有一技傍身。”自己碗里干净了，我的眼睛又忍不住瞥向老头的碗，满满的面汤，筷子安静地摆在旁边，一口未动。

“扫地。”老头笑了。“那个剑客什么都没教我，第一件事，就是让我扫地。扫那地上的叶子。”

“扫地？”

“对，扫地。我扫了一整棵树落在地上的叶子，最后还剩一片叶子，我用扫帚去撩它，却被风吹起了一下，向前移动了两步。我走过去，再挥起扫帚，却又是一阵风，吹它到天上。我就跟着那片叶子跑，风吹那叶子，我跟着叶子追风。”

“结果呢？”

“风越来越大，最后还是把那叶子刮不见了。”

“这算什么事嘛。天下第一剑客的故事里，从头到尾都没提到剑。”

“老师就笑着看我被戏弄，然后和我上了第一堂课：‘扫地最难的就是扫落叶，叶子被风吹着走，拿扫帚的人就得去追风。能追上风，就是功夫。能随风动也能在风里休息，那就是真功夫。’”

我点点头：“的确像是个老头说的话。什么话乍一听都对，却屁用没有。”

老头笑笑，把面前的碗筷递给我，示意自己不吃了。我先推托一下，看他坚持，便不客气，又提起了筷子。

“我当场就问：‘如果说追风是功夫，那若是能引风走呢，那算什么本事？’老师愣了一下，像是没料到我这样的调皮小孩能问出这样的问题，他沉思一下，然后回答道：‘便是大功夫了。不过老夫穷极一生，也未见能呼风唤雨的人。’”

“我也未见过。”我表示赞同，趁机开始喝汤。

“他这么说，我就想了想，然后拿起扫帚开始扫地。树叶开始在地面上飘动盘旋。‘这不就是我作的风吗？’我放下扫把对老师说。”

“那风也不够大呀，只能吹起树叶。”

“老师也是这么说的。”

“那你怎么回答的呢？”

“很简单，要想大风，就借我一把足够大的扫帚。”

“难想象，一个小孩说这话。”

“或许吧。”老头点点头，眼睛看向不远处的火炉，又把眼睛里的黑色深陷进那灼灼燃烧之中，像是被吸引，又像是在努力地从中吸取些什么。“老师也吓坏了。他没有和我父亲告状，却说，这个小孩我教不了。是他不听话吗？父亲一想就是这个原因。老师摇摇头：‘这小孩不宜学本事。就锦衣玉食，好生养着，尚能平安度日。如果真有了本事，会出大事。’父亲听了大火，当下就命人杀了那剑客。”

“杀人？你这父亲权力滔天？”我一口面卡在喉咙，听到这句话，差点没噎住。

“可以这么说吧。那可怜的天下第一剑客，临刑前对我侧耳说了句话。”

“什么话?”

“‘我知道,即使杀了我,你父亲一定还会找人让你学剑术。如果你幸运,就练成一些本事。这些本事能成就你一些功绩,也会让你遭殃。这些都是我作为一个老人,能预见的事,我唯一不能看见的是你最后的结局。我只能说,如果到了风平浪静的时候,如果那时候你还足够幸运,就会有安安静静的几十年,去慢慢忘记。忘记你学过的每一招每一式,忘记你见过的每一个人。’”

“很长的一段话呀。”

“记住不容易。中间有十数年甚至都忘了那话里的内容,也就是近几年,真的有机会一个人待在山里静静思考,才又一点点收复了片影。”

“我记得,我昨夜刚入这门的时候,你说过,自己并不懂剑。”我突然想起来这件事,算是一个相对无足轻重的细节,不过还是弄清楚好。

“是的。我没说错,都忘干净了,不就是不懂吗。”

火炉里的声慢慢小了。两个人都说话的时候,柴火燃烧的动静好像若有若无。可是一旦留出了沉默的空隙,它就突然一下格外明显。柴像是快要烧干净了,那火苗摇曳得厉害,老头站起来去墙角又取了些木头,扔进去。扔的动作有些粗糙,往外溅了不少火星。没一会儿,屋子就又暖和了。

“上山之前,我遇到一个瞎子。”这是沉默过后,我开口说的第一句话。我本以为自己说这事老头不会过于惊讶,毕竟与他也无关,谁知那一双苍老的手竟然不可抑制地颤抖起来。

“瞎子？”

“是的，一个瞎子。他说，自己能看到事物之间的联系，又说如果真想见盛唐一个开始由来的全貌，就要上山来找你。”我解释原因，却冥冥中好像也意识到一些事，零零碎碎的线索都出来了，眼下正如许多尘埃漂浮，只分散在空中，全无任何串联。瞎子口中的龙气，会不会只是一个理由，为了把我引上山去见这扫地老头呢？而那老头和瞎子之间，难道还存在什么我尚不清楚的关系吗？我隐约觉着，这些问题的答案会引出一个真相来。

“他这是在笑我呢。”沉默片刻，老头才说。我见他在无数道皱纹之间努力，很艰难才挤出一个笑来，那笑却扭曲得紧，比哭还丑。炉火的光打在枯萎的脸上，苍白得可怕。

“所以，你认识他吗？”我死死地盯着老头。

他的回答是，“再熟悉不过了。”

火炉还在热烈地烧着，我们又陷入了沉默，如果说上次的沉默只是短暂的，眼下一分一秒地过去，谁都不会先开口说话，也不知道该说什么。正如我之前所说，火炉及其声音的存在只有在寂静中才被放大，我盯着它，眼珠子里都是高低升腾的火苗，突然想，在这炉中好像只要有木柴作燃料，火就会一直活着。一块木头被烧黑，然后粉碎成灰。如果有风，会带起一些灰飘出来，落在炉子外的地上，留下一个两个的黑点。而大多的灰也只是继续留在炉子里，被火再灼烧成看也不见的存在。

很久，他说，“他们曾叫我，紫金龙王。”这夜的最后一句话，一字一刀，出鞘的瞬间，就划破了整座山的寂静。笼罩许久的雾，在某一刻也被震散驱走了，那一刻我才知道，紫金山上有龙，却并不是瞎子看到的。他或许并没那么神奇，能看到别人都看不见的事情，他只是比所有人知道的事都更多。至于那雾，也不是真实的水汽，却是被封锁了的，停滞又迟钝的时间。不过，不管是水汽还是时间，只要是雾，就有散尽的一天。

只有身在那雾里，又被它笼罩的人知道，雾在临刑前，最重最浓郁。

紫金龙王。火炉灭了，我躺在床上。黑暗里，两道呼吸听起来都均匀且平静。我睁着眼，觉得自己的眼睛就是一盏灯，在黑暗和雾里，清晰了很多之前没见的事儿和关联。紫金龙王。龙虎，龙虎，有龙处，必有虎。那谁是虎呢？

至于老头睡没睡，又在想什么，我就不知道了。或许是一个人，或许是一个故事，又或者，是一段难忘的时间。

呼吸，呼，吸。山里的两道呼吸，远处长安街上，还有第三道。清冷月夜，一个瞎子走在长安街上。拐杖突然停住，抬头，一对瞎眼朝着月亮。笑了，仿佛那遥远时间里，还有延展深远的光和画面。

第十一章　李泽淳与李胡安

“是忘了老祖宗说的吗，龙虎相斗，必有一伤。”李泽淳咬牙后退，嘴里的血却已经憋不住渗出来了。后退后退，最终是再无可退。行尽之处，他撞上了那把金色盘龙椅，就只得坐下了，和三年前第一次坐上去的感觉一样，冷！

“就是不理解……”李胡安却撇嘴笑了，嘴角叼住的一根狗尾巴草也上扬。他迈八字步大向前，一步一步都走得轻佻随意，身上的盔甲却有节奏、重重地响。“那挨千刀的老糊涂，怎么就把你摆在这位置上了呢？”

“虎帝！”一群金甲侍卫持刀冲进殿里。过了几个台阶，李胡安已经走到了李泽淳身前，听了动静，他猛地回头，扎在脑后的长发一震，散了两条刘海在额头。嘴却还是笑的，妖媚。这人瓜子脸，一对丹凤眼，两条杨柳眉，侧脸的轮廓锋利似刀。有传闻说，李胡安原本是个大胖子，眼下这脸却是阴间王用夺魂斧一点点刮骨削出来的。很难相信这传闻，不过宫里的人都知道，他的的确确是在鬼门关走了一遭，才站在这金色大堂里。

"嗨,眼都要被闪瞎了!弟弟这金光盔甲好不霸气。"李胡安随意地把手架在横于双肩的一把刀上。那刀被一个翻毛皮套子包着,只露出一截把子,结尾上拴了根红绳儿。不急着拔刀,反正真要拔出来也快,李胡安知道,看不出锋利,却比显而易见的锋利更让人心寒。即使被如此多金甲侍卫围着,他神态依旧轻松。嘴里的草还是上扬姿态,最好是这样的,草头一向下,就见血了,还得是大血。李泽淳连忙挥挥手。

"散去。"还不到时候。

"就是嘛,俩兄弟几年不见,唠唠闲嗑儿。这么紧张弄啥?"

金甲侍卫哐哐退下的同时,远处皇宫林子里也有一阵动静,几只黑鸟像是受了惊吓,飞。李泽淳脸上落一道冷汗,他没料到这次李胡安是有备而来。事实上,他压根就没想到,三年过了,李胡安竟然还能活着回来。先皇的信里,可不是这么说的。

"守陵三年。必让这龙不见水,有去无回。"信里是这么说的。

"这人在外久了嘛,京城的事儿倒啥也不想了。我那小陵园,阴风寒气呀,啧啧,那真是每分每刻,不停地透过皮肤往你骨头缝儿里钻呢。哎,现在好了,暖和,让我也瞧瞧炭火新鲜!你的小太监不错呀,这炉子生得真旺。不过,就这么昼夜不停地烧,少不了银子吧?"李胡安就直挺挺地立在李泽淳的一掌前,双臂长得很,手伸开,就已经快近那台下铜器火炉里了。这只手烧红了,看他的表情,似也不觉着烫。那只手,还是冰冰凉,挂层屋外的雪,却也不觉着冷。

"哥哥替父皇守陵辛苦了。"先声夺人,得堵住这恶煞的血盆嘴儿。李泽淳虽然身型瘦弱,差他哥哥太多,脑子里的心思倒不少,可缜密着呢。末了还假模假式地补一句"先皇还是看重哥哥,如若弟弟有这机会，也是义不容辞的。”

“虚话还是少说些吧，已经足够生分了，再说下去，怕是连弟弟二字都叫不出口了。事实上，我来这儿，原因也很简单。只是想弄清一件事。”李胡安没看龙椅上的人儿，却把眼睛陷在了扑腾的火苗里，他像是对那热光着了迷，最终还是把整只手都伸进去了。李泽淳知道，他要问的是什么，答案也知道，只是不想回答。可是，还是躲不过。“青儿是你派人杀的吧？”手淹没在炉子里，像是陡然增了燃料，火光一下呲得几丈高。

“青儿？”李泽淳笑了。“一时半会儿倒想不起这名字了。咦，哥哥指的莫不是先皇的贵妃？”

“青儿是你派人杀的吧？”窗外黑乎乎的，静悄悄的，雪又下起来了。这雪一下，天黑得就快了，也久了。

李泽淳清楚地记着，第一次见青儿也是个大雪天。那时候，他还是个连下人都看不起的十三皇子。平日里就冷清，下雪了，院子里更清冷。他也不是没有在背地里听宫里的小太监说，这十三皇子的宫苑，人都称冷宫。其实，说背地里算是客气了，小太监当面儿数落的机会也不少。不过，纵使听见了，李泽淳却也只会轻轻地翻过一页书，笑笑罢了。泽淳，泽淳，他理解的意思是，做人淳厚方有福泽。他得淳，不仅淳，他这淳还得厚。

那天雪格外地大，各宫都生炭火，昼夜不停，只有他这冷宫没东西烧。

“去把院里的樱花树砍了，烧些柴火吧。”他说，择了一小太监去做这事。硕大宫里，能听他命令的，也只有一个小太监和一个宫女了。

“主子，这可是当年晴妃亲手栽下的树儿。”小太监急了，直蹦脚。“没了这树，主子在这宫里可就真没母妃了。”晴妃是李泽淳的母妃，因为生他难产，死去得也早。

“没这树烧柴火，咱们三个都过不去冬天。”李泽淳又翻了一页书，这一次手指上的动作却不小心大了些，弄破了薄如蝉翼的纸儿。宫里人看书都用竹简，只有他让人用这特制的薄纸印字，就是因为这点莫名的小爱好，几乎花光了他每月所有的俸禄。从来没有弄破过这纸，李泽淳看着被自己挑破的这点小洞，恍神了很久。“更何况，无法也不该否认，有没有这树，母妃都走了。”

“主子……”宫女也开口劝他。

“连你们也不听我的了吗？”他抬起头，并没有发火，甚至是笑着说出这些话的。惨淡的脸，比窗外的雪都白，就是因为连动怒的力气都没有，他这一刻，看着更让人心疼。

小太监照做了。院子当中，一棵高高的秃树儿就这么倒下来了。其实也没多难，一斧子，两斧子，三斧子，小太监三斧子下去，树就倒了。树很瘦，随这院子的主人。可是，小太监也饿得没力气了，砍了三斧子，树才倒。宫女一直哭，他呢，依旧翻着手里的书，却把凳子搬到了正对院门的位置。

火终于烧起来了，李泽淳让小太监和宫女一起，三人伸出手，围着小炉子取暖。

“再给我一些时间。我必让这院子炭火不断，喧嚣不停。”他说。

身边的小太监笑了，开玩笑：“主子最好说到做到呀。冬天还很长，也有很多个，树，我们院里可只有一棵。”宫女又哭了。

“话也别说了，哭也停了，火生得不易。就这么安静焐一会儿手吧。”

这夜很长，可火炉燃烧没多久就熄了。黑乎乎，李泽淳被冻着，没睡着，却装着打了一会儿小小的鼾儿。也不知道是骗帘外也清醒的宫女和小太监，还是自己。“炭火不断，喧嚣不停”，之前他说的话的确应验了，不过还是用了一段时间。可在这时间里，树没了，柴火烧完了，冬天还剩余一些。

那个冬天，李泽淳把自己的书都烧了。纸实在是太薄了，书烧干净，还不暖和。不过，再少，有热，都是好的。

“你知道吗，我也喜欢炉火。甚至就正是因为这点火，爱上了整个冬天。”他说，看着李胡安的手在火里慢慢地变成红，又变成黑。

“先皇。”李胡安笑了，把自己的手抽出来，还带去了一些零碎火花。吹灭了手上焦了的黑红炭火，这只手像是毫无知觉。“这么久以来，倒是第一次听人这么称呼父皇。”

“我已经习惯了。三年过去。”

“也用不着三年吧。”

“是。第二天上朝，所有人都改口了。”

“十三个皇子，父皇却把这龙椅给你了。”李胡安说，这次他倒是紧紧盯住了李泽淳。

“或许，是因为十三个皇子，只有我俩活到了弱冠。”李泽淳长了一副笑眼，这让他显得面目和善，更有淳厚的意思。只是，没人知道是因为他想淳厚，眼睛才笑。还是因为，他的眼睛天生就笑，所以他看起来淳厚。从前是没人想知道，现在，想知道也不敢知道了。李泽淳是虎帝。有些秘密，只有他自己，一个宫女，一个和尚知道，或许，还要加上岁月，和一些在岁月里站住了就不动的东西。

“你我都清楚，十三皇子和五皇子，父皇更喜欢你。”李胡安没说话，李泽淳又补充了一句话。

“先皇又变父皇了。”

“火快熄了，再加些炭火吧。”李泽淳说，这句话李胡安听着熟悉。

“青儿。”新来的宫女叫青儿，是个爱穿绿裙子的小姑娘。李胡安总爱使唤她，喜欢听她脆生生地应答，然后像一阵清风似的跑到自己身前。

“小主，什么事儿叫青儿呀。”睁着大大的眼睛，李胡安总觉着她长长的睫毛都要掉进透明的珠子里了。

“炉子里的火快熄了，再加些炭火吧。”李胡安假装擦自己的剑，却是斜着眼看青儿。

“不会呀。小主，炭火还有好一些呢。”青儿检查了炉子，歪头回答。

“额。”李胡安一时语塞，却很快用飞扬跋扈的语调掩盖了。“茶呢？内务府刚送来的新茶。”

青儿笑了：“小主糊涂了，那茶不是刚刚才沏上，搁案几上摆着呢。”

果然，有一碗茶，白瓷盖子掩住了一半杯口，热气还激烈着呢。

五皇子气急败坏，倒像是个小孩。

“我就是不喜欢这正烧着的炭火！你去给我把这炉子倒了，再填满新的。”

青儿还是笑着，听了小主子的话。她知道如果再反驳，他还会继续刁难自己。只是不明白，为什么五皇子这么讨厌她。

其实，她猜错了，小孩子的喜欢，都是用欺负人的形式表达出来的。之前说了，气急败坏的时候，五皇子像是个孩子。他喜欢青儿，可自己是个皇子。

青儿拎着炉子，踩着一路的雪到院外，却碰上了十三皇子院子里的人出来。她没见过十三皇子，只是知道，他住在一个寒冷的地方。

这是一个套了件素朴长衫的人，面容清秀，身体也瘦弱，不像是个做粗活的，可看穿着，能见清苦，也不像是哪家的少爷。天寒雪大，这人单薄，连件坎肩都没有。

“不要的炭火可否借我？”

“嗯。”青儿愣了一下，一片雪落在了她长长的睫毛上。“都是些烧剩下的黑渣滓，倒了也是倒了，你要便拿去吧。”

“谢谢小姐了。”

第一次被唤作小姐。“可是，没东西装呀。我不能把这炉子也与你，小主会说我的。”

“自然不会为难小姐。”清秀男子说着，便伸出两手，抓住了长衫的下摆，往外一抛就兜出了一个凹口袋。“这不就有口袋了？”

一炉子黑炭都撒在了那人的白袍子上，他看着，一挂笑眼也扬了起来。像是丝毫不在意自己的干净或是体面。青儿忽然又想起来，关于那个十三皇子冷宫的传闻。眼下亲眼见着从那冷宫里出来的人，纵使自己是个卑微的宫女，却都为他心疼。

“正好，你把炭都给我了，也不至于弄脏这一地雪了。”年轻的李泽淳笑着说，又随意作了个揖，算是道谢。可是，雪地是不脏了，你的白衫呢？青儿想。

她见着长衫男子转身离开，背影单薄，一步一步，走得倒是沉重、扎实。这人走了一路。

果然，说话算话。黑炭渣滓全都紧紧的，裹在了长衫里，没一粒掉在雪上。

她想不到，这位借炭，又称自己小姐的，就是十三皇子。

“你可知，三年前，父皇临终前答应了什么？”门被风刮开了，鹅毛大雪直往屋里吹。

没人去管那门。

“他死后，贵妃随你。封你做龙王，镇守远域陵园，但去无回。”李泽淳说。

“就这么一个条件，皇权富贵我都弃了不顾，只要青儿。”李胡安抽出了肩上的刀。羊皮袋子出鞘，一点寒芒，是把快刀。“我遵承诺，守陵三年，从没出那荒蛮之地半步。可你还是夺了我妻的命。”

“哥哥此言差矣，贵妃是皇帝的妻。”李泽淳倒是很平静，左右手都托在龙椅两侧的握把上，这平静倒是瞬间让他多了些帝王气。

“父皇与我了！贵妃随我！你说的！你说的！”刀拔出来了，划破空气，刹那间就悬在他脑袋上。刀尖与头，不及半寸。“怎么就不是我妻了？”李泽淳能感觉到，很清楚地感觉到，头上的一点点空气在颤动，他闭了眼睛。

“贵妃。”李泽淳顿了一下，眉头一锁，猛地一下开眼，目光如炬。

“是皇帝的妻。”

李胡安终于明白，他嘴里的皇帝是什么意思了。从来就没什么拿了江山换女人，女人也在这江山里，丢了江山的那一刻，他就什么都没了。退了几步，刀还是紧紧抓着，不过失了进攻的凶猛姿态，退了，就转攻为守了。他突然大笑，却干巴巴两声就止了。

“好一个皇帝的妻。”李胡安收了刀，收刀的动作比拔刀快。他把刀又挂在了肩上，转身就走，走向那大殿外的冰天雪地去了。

留下一句话。

“没什么说的了。你与我三年清净，我就还你三天寿命。三天后，还是在这大殿上，我来取你性命。”

夜晚，静悄悄的。门关好了，太监做的事儿。即位以后，他没忘了当年冷宫里的太监和宫女。尽管这一女半男，这时候都已经老了，老得甚至走不动道儿了。

“有什么心愿吗？”虎帝问那砍树的太监。

“想做个和尚。”

“太监想做和尚？”

“太监想做和尚。”

“为什么做和尚？”

“这几日，思前想去，总觉着对不起当年十三皇子院里那树。四月还闻了它香，可入冬了，花落无用，就伐它做柴火。每每念起，倒是难心安。”

话说到这儿就止了，李泽淳却记得了太监的要求，不久便命人在宫里大兴土木，把从前许多皇子的院子都拆了，并了一大块地儿，给他建座寺庙。

寺庙其实只有一间小屋子，里面盛一尊小佛。院子却很大，数不清种了多少樱花树。

每年花开，李泽淳都会走过寺庙，闻那院墙遮不住的花香。

其实，她一直没走。一次李泽淳去寺庙，拜祭母妃，太监对他说。“其实，她一直都没走。即使肉身散了，即使那棵樱花树伐了去，可是，只要还有人记着晴妃，她就依旧还在。”

李泽淳没说话，转身离开，没赏他什么，也没罚他什么。不过他真的听进去了这句话，李泽淳不知道为什么太监变和尚了，他的话听着也像是能信了。

这夜，李泽淳翻来覆去地睡不着觉。他索性披了件衣服，起驾去了那寺庙。庙里的灯还没熄，和尚应该还在诵经。

“雪下得挺大。”李泽淳进了寺庙，当中有一尊佛，他知道，拜了一下，才盘腿坐在地上。帘子后是和尚写字休息的地方，听到了声儿，和尚跑了出来。

跪着，然后笑了。“虎帝深夜拜访，小僧接驾来迟，还请恕罪。”

“都是老旧人了，客套便不必了吧。”

“但请虎帝说事儿。”

“和尚的日子倒是轻松。”说是不客套，李泽淳却也没提正事儿，他四下看了一圈儿，庙里没炉子，不知道是怕烧着屋子，还是佛祖就喜冷清。和尚听他这么说，又笑了。

“虎帝说笑了。虽远不及您日理万机，不过这院里的事儿也不少的。”

“扫地不轻松？”

“就要看这地怎么扫了。”

“怎么扫轻松?”

“天天有落叶,人多了留痕迹,扫起来就轻松。”

“这么说,倒有点意思了。脏了,反而轻松?”

“是的,有东西扫,再幸福不过了。怕就怕那没灰尘的日子。”

“没灰尘还扫什么?”

“那也可以扫地。不过,就不是人扫地了,是地扫人。”

“似懂非懂。”

“皇上又谦虚了,以您大智慧,一定已经懂了。”

“地扫人?”

“是的。尽管不知道皇上来这庙里是想求问什么,不过佛祖给的答案,假借小僧这笨嘴儿,已经摆在您的眼前了。与其千军万马,不如空了那地儿。”

李泽淳真的似懂非懂,他觉着自己像是已经离答案很近了,可伸出手,却又触摸不到。不过这趟从庙里回去,倒是躺倒就睡着了。没做什么梦,就一觉天亮了,难得睡这么安稳、踏实。

绕着这宫,李胡安一路走到了原先五皇子的院子。并没有被拆了做寺庙,院子还是原先的院子,却也没做新的使用,落了不少的灰与虫网。

迟疑了一下,他用刀挑开了门上挂着的锁。推开门,一股封存旧时光的气味便迎面散出来了。房子黑冷,没火炉,也没有煤油灯。他坐在椅子上,从前,五皇子每日就坐在这儿擦他那剑。那时候,他还没上阵杀敌,刀不见血,却还是每日不停地擦,不知道他到底想弄干净什么。青儿，就是在不远处站着等他的。

像个孩子，李胡安总有事儿吩咐青儿去做。她得站在他视线之内。

直到一年的七夕，他见着她悄悄跑出了房间。一路跟去，却到了父皇的后花园。

青儿穿得漂亮，当然还是翠绿的一身儿裙子。事实上，她只有一件裙子，穿了又洗，洗了又穿。这天以后，一定托这宫里最好的绣娘，给青儿做件好裙子。李胡安躲在一棵树后，静静却又没那么静地等待，等了太久，他的眼睛都充红了。在这宫里，常有侍女幽会太监，大家都见怪不怪了，只是青儿不行。可以肯定，一会儿，不管来的是哪个宫里的太监，李胡安都会杀了他。

终于来了。一步一步，脚步越发接近、沉重。

李胡安伸出脑袋，也瞪大了眼睛。可是，看清楚来者了，他却忘了收回脖子。

“父皇？”

“皇上？”青儿捂住了嘴。看来，她也惊讶。这不是约好的人。

李胡安从树后退了，他知道，这一退或许就是一辈子了。可是，又有什么办法呢？他能与天斗与地斗，却不能与父皇斗。回宫的路上，他摇摇晃晃，失了魂儿似的。平日里看着身强力壮，眼下却好像连路都走不平稳了。沿路经过了一个穿着素衣长衫的男子，那人蹲着，所以看不清模样。男子在雪地里摆了一堆新煤炭，尝试生火。

“这傻子。”他勉强笑了，却很快，脸更冰冷。

在这风雨飘摇的皇宫里，又有谁活得明白呢？

黑暗里坐着，窗外大风大雪打着窗户，呼哧呼哧地响。终于，有一扇被吹开了，刺骨的寒冷便进来了，肆无忌惮。

“青儿？”要关窗子，他下意识叫出了声，却在张口的瞬间就回过了神，喊不得了，人都不在了。这一下又是愣愣的，呆了很久。

“皇帝诏曰：封宫女青儿做贵妃。”

李胡安站起来，走到窗边，自个儿关上。

“皇帝诏曰：立十三皇子李泽淳虎王。”

窗户关上了却不紧，还漏风，李胡安又插上了栓儿。这些活，守陵三年，他都熟悉。从前，做得很好。可这次却一个恍神，栓子竟然断了。

“生锈了。”他手里转着那断成两截的栓子，自言自语，像是同自己解释似的。屋外的风很大，窗户坏了，就再也挡不住大雪和寒冷了。

倒也习惯了，李胡安就在这黑暗风雪里站了一会儿，坐了一整晚。

“剑练得如何了？”皇帝批奏章，李胡安跪在地上。

“回父皇：每日小心擦拭，锃亮着呢。”跪地上，剑放在一边，头朝下。

“我问你剑练得如何？”皇帝放下奏折，俯视五皇子。“你回我擦得锃亮作甚？”

“边疆战乱未平，儿臣愿为父皇分忧。”还是不抬头。

皇帝沉默了一会儿，手指扣着桌子。一会儿，又拿起了一本奏折，像是什么都没发生。

“去吧，明日上朝领命。待你班师回朝，封龙王。”

“谢父皇。”李胡安站起身子，拿了剑，转身走了。

就在他快要迈出门槛的那一刻，背后传来了帝王的声音。

“其实，朕并不喜那新册封的贵妃。”

李胡安站住了，就是这一个站住，已经说明了一切。父亲儿子，君王臣子，他都不该这么简单地说明一切。

“可惜，喜欢不喜欢，这天下，都是朕的。”

可惜，可惜了。李胡安被看清了一切，他继续走，这次没回头。

这是我上山的第三天，依旧扫地。前两天，都是老头陪我，或者说是我陪他。他扫，我在一边看，这样一天下去得很快。晚上两人围着火炉发呆失神，饿了就自觉分食一包面或者素饭。日子平淡，平淡的日子，好像就给人一种错觉：如果没有什么特别的理由停止，它会一直延续下去。可这天一早，我醒来起床就没见着老头，床铺收拾得干净，可是找遍了屋里屋外，却没见他的人影。雾散了很多，这时候再看山外的景象，已然清晰大半了。我回屋吃了昨夜的剩饭，又见大扫帚安静地摆在墙边，犹豫了下，就取了出门。

老实说，雾少了，可是寒气却不见弱，甚至还大有增强的意思。我只得手脚快动，大扫帚都快飞起来。唰，唰，唰唰唰唰，没了老头监督，我肆意妄为，于是这次的风也起得大，除了一群枯叶被悬在空中，还有无数的灰尘。我突然想，扫地这事的意义真的是想要干净什么吗？可为什么，眼下在山里扫地，我却觉得自己是在发泄，也在翻滚这个原本平静的世界。仔细想想，枯叶盘旋，依旧会落在地上，尘土扬起来，依旧渗进空气或者土里，脏的还是脏的，纷扰依旧。再大的风,也只是给它们移个位置,该走该停的都不会消失。这个世界没变得更好,甚至变也没变。这么想,扫了几下,我就意兴阑珊,拍拍衣服,径直回去了。回到屋子里,老头还没回来,我一直等到晚上,也没见他人。于是只能自己做了饭,早早睡去了。

大概是深夜吧,我惊醒,听见屋子里传来动静。一定是深夜,太黑了,伸手不见五指,只能听见什么人进屋了,还碰倒了桌椅板凳,发出了不小的声音。我有些害怕,屏息,听,那人好像离我越来越近,却在某处不知为什么骤然停住了,一会儿,他又掉头走了。

动静消失一会儿,我才敢悄悄爬起来,摸黑将一件衣服套上,然后跟着他出门。还没走远,一片漆黑之间,我见到一盏幽幽的绿灯左右摇晃着,前行,却看不见到底是谁提着它在走。

夜里的山路不好走,跌跌撞撞,我竟然被这绿光勾引,不知道走了通向哪里的路,结果却是进了更深的山。

当那绿灯停住的时候,我借着它的光看了圈四周。就是光起周遭场面清晰的那一瞬间,我惊呆了,瞳孔地震,全身抖颤,连大气都不敢出一口。

突然,又一块冰冷,毫无预兆地就落在我脸上。我被吓一大跳,以为是什么能搭配眼前恐怖景象的了不起东西,哆哆嗦嗦的手小心去摸,才知道只是一片雪花。一片,很快又一片,我抬头,无数道白色落下来,柔软的雪,冰冷得却又像箭。射死我了,万箭穿心。不知道为什么,我看这雪看得入迷,甚至一下子忘了自己身处何地。等到回过神,再看眼前,之前见到的那些,什么都不在了。

我在这里待到天亮,提心吊胆,不知道什么时候,那些可怕的家伙,还会再回来。可是也不好回去,眼下山里漆黑,迈出一脚都不清楚踩在什么东西上。如果没有方向乱走，一定会在山里迷路，那时情况更糟。所以，我只能躲在一块大石头后，一面期望着自己不被发现，一面又期望早些天亮。好在平安无事，我在雪里迷迷糊糊睡去，醒来连打几个大喷嚏，天也隐约亮了。我这才连忙凭着恢复的视线和脚下的记忆，好容易回到木屋。老头依旧不在，那床铺动也没动，结合昨晚所见，大致已经判断出，他应该是出事了。躺在床上，越想越怕，我睡不着也不便久留，简单收拾下东西，就匆匆忙忙下山了。

或许是走得太急了，我没注意，那盏煤油灯好好地摆在桌子上，绿灯幽幽，火苗却小了太多，一阵风吹来，好像就灭了。下山路走得很顺，雾基本上都没了，少了它笼罩，就不神秘，山里的一切都能看清楚了。这么看来，其实也没什么可怕的，光秃秃的一个小山丘罢了。

我出山。

除了那个瞎子，没有人知道我进山，我走出那山的时候也没被人见着，所以这一趟出入就像一场梦似的，不清虚实。下山后，瞬间热闹起来，开始我还不适应，过了几天倒也就好了，恢复正常。偶尔还听到有人说那个传说，“紫金山上，有龙气。”可是，那偶尔也真的很偶尔了，有龙气就有龙气呗，反正也没人乐意进那山，那山里同样也没东西想出来，发生什么都无关紧要。我渐渐找到生活，也几乎忘了那山里的经历，直到那天遇见了瞎子。

“紫金山上，有龙气。”他好像没看清我是谁，就侧身过来在我耳边小声地说。

“我进那山了。”我和他说。明显的，我见那迅速旋转的黑眼珠，停了一下。第一次，有了类似于寻常人聚焦的意思。

“哦？山上好玩吗？可见着什么凶猛野兽没？”瞎子笑了。

“见着了龙。”我仔细地盯着他的那对眼珠，觉得那不断在动的黑色就是被风吹起来的枯叶。我就努力去追它。

“啧啧，真龙？”

“真不真不知道，不过，如果紫金山上真有龙，那便是他了？”

“老了？”

“老似乎是个相对的说法。准确的说法是，他还能蹦跶，扑腾起来还有风。”

“就是龙气了。”瞎子说，语气平淡且轻快。

“好嘛，随便怎么说，反正东西就是那么个东西，人就是那么个人。”我想知道的，并不是这些无谓的细节。而是……“你认识他？”

“算是有些渊源吧。”没有否认，这次眼珠也没有聚焦。“很小就认识了，大了之间也发生了些事。”

“那你知道虎吗？”这是我试探性猜的。龙虎，龙虎，有龙了就该有虎吧。

“你知道吗，如果我和你提到老虎，你应该不会想到下雪。”在问出问题的那一刻，我的脑子里就有了无数的答案，一半是肯定的，一半是否定的。可得到的结果却是这么没头没脑的一句话。拜托，这算是哪门子的回答。

“提到老虎，为什么会想到下雪呢？”我还是问，不知道是真的好奇心，还是礼貌。

“不知道呀。好像，在雪地里，见过老虎。”

“所以，你想表达什么呢？”

“联系。联系有显而易见的，也有比显而易见更复杂一些的。”

“好的，我知道了。”我觉得自己已经不耐烦了，这种情绪应该也从说话的音调语气里表现出来了。“回到我们的问题，你知道虎吗？”

“当然了，我就是虎。”

果然，瞎子的回答从来都匪夷所思，这次却还多了点骇人听闻。

风雨过了，第二日便天晴。太阳亮得挺好，地上的雪倒是还没化干净，李泽淳想出门走走，却被太监拦住了：“皇上贵体，经不起这屋外天寒。”他扬手给了太监一巴掌，可是想想又回屋了。

整个京城的人都知道，晴妃难产死了，却还是生了李泽淳。虎帝从小就多病，身子骨弱得很。加上宫里几年大雪，十三皇子的院子又冷清没炭火。虽说撑过了这几个冬天，可他的身子却已经是差得不行了。

回到屋里，就有新生的炭火，随身的太监都懂规矩，知道他最忌讳空的火炉。李泽淳在习惯的位置坐好了，腿上披了毛毯，一边烤着手，一边想着明日自己要面临的劫难。出乎意料的，他好像并没有惊恐，只是平静，甚至嘴边有笑。李泽淳想，这平静，或许是因为自己撑过了几年寒冬，又昼夜不停地烤了几年，觉得此生值了吧。又或许是因为，打小就病弱，几场大病，让他对死这件事儿都麻木了吧。

李胡安，是宫里最受人尊重和父皇喜爱的皇子。他从小习武，生得硬朗。刀枪棍棒，样样精通。不过，李胡安最引以为傲的，还是他那百步穿杨的骑射术。

每年开春，父皇都会带着一众皇子近臣，去东郊狩猎。这年，身子骨好些了，李泽淳也随车去了。只不过不同于其他皇子，一连几天，李泽淳都待在营地里，吃些寻常自己院里难有的水果，看些书儿，也没人叨扰这不受器重的皇子，他也乐得清闲。直到有一天，有人找到他了。

“一直躲在帐篷里，不出来，还叫什么狩猎啊？”是李胡安，手里还拿着一把弓箭。这是把很好的弓。见李泽淳愣着不动，李胡安举起了弓对上了他。

“再不动，我就要把你当猎物，一同射了去。”说着话的时间，李胡安已经闭上了一只眼，拉满了手里的弓。

“嗖。”真有空气被划破，甚至有那么一刻，李泽淳都相信自己被射中了。可是，说出来谁会信呢，得意皇子杀了他最没威胁的一个弟弟。说出来没人信，却一定有人想笑。李泽淳睁开眼，他看见李胡安在笑。果然是一发空弦。

“走吧，入春雪化了。”李胡安推开了帐篷，光进来了，李泽淳觉着有些亮得刺眼。“我教你射箭。”人出帐篷了，李胡安又补了一句。

两人骑马在草地上，所有人的目光都过来了，当然是因为五皇子。马本是一步一步踩着蹄子，可不远处的树林里，露出了一只野猪的脑袋。李胡安兴奋了，他一鞭子抽在了马屁股上。快马，他又加鞭。李泽淳的马也被带着一起跑了，这也是只快马，李泽淳勉强才抓住了缰绳。可是，勉强终究只是勉强，他牵绳儿又被马拽着走了一段。却在李胡安身前摔倒在地。李胡安脚下的马也受惊。

敏锐的野猪洞察到了危险，它开始奔跑。反应在一刹那，李胡安用尽自己的全力勒住了缰绳，马蹄高高抬起，他的身子都歪斜了，却还是射出了一箭。正中那猪，射箭是他最得意的本领，不仅因为他总能射得准，更因为他对猎物下手够狠。

李胡安下马走到了野猪前，用腰间的金把短刀切下了野猪头上的两只小角儿，他狩猎总是这样，习惯留下它们身体的一部分。取了野猪的角儿，李胡安兴冲冲地回去，向父皇领赏，却见着一众人围在了一起。在人堆里挤出一个缝儿，他见着李泽淳倒在地上，痛苦地捂住了脸。父皇在他身边，露出了少有的心疼和怜爱。

不过就是从马上摔下来了呀，我不是经常这样吗？李胡安第一次木木地站着，受了冷落。他不明白为什么父皇突然就挂念起这个自己压根就不喜欢的儿子，可却隐约地觉察到，有关皇位的事情，从这一刻会变得不同。

原来，勇敢或许是一种武器，然而，可怜也是一种武器。如若配上柔弱的身子和悲惨的身世，这武器就变了，变成一个杀招了。

李泽淳回想起那年东郊狩猎的场景，就是从马背摔下来的一刻起，他知道，曾经答应自家太监和宫女的事儿成了。果然，从此，每年的冬天，十三皇子的院子都炭火不断。更重要的是，他明白了一个道理。皇上也是父亲，而可怜也可以是一个儿子的温柔刀。于是，李泽淳病得更重了，三天一小病，五天一大病。最终就这么咳着，苍白着脸，登上了皇位。

他回忆得太认真了，不小心袖子也带上了火苗。丝绸缎面上的小火，扑腾扑腾就灭了，可还是有好几个小太监跑上来了。他看着每一张关心的脸，都觉着像极了那日十三皇子摔在地上，围绕自己身边虚情假意，做给父亲看的皇兄大臣们。忽然想起来，当时唯一没有假装的人，或许只有射中了猎物却未得褒奖的李胡安吧，他嘟着嘴，闷闷不乐的模样，活像一个长不大的孩子。

“散了吧。”李泽淳摆摆手。他觉着自己突然明白了，那夜和尚说的话。空了的地，才难扫。

“明日把这皇宫中的戒备全散了。”又补了一句话。

第十二章　再大的山里总有最后一片落叶

长安街上，喧嚣，车水马龙，擦着我们身边过去。我和他，却如两尊站立不动的雕像，保持着沉默和代表沉默的姿势。拥挤的人潮，或者说这个正在变化的整个世界，都像是和我们没有任何关系。

“你叫什么？”我问。

“李泽淳。”瞎子说。

“这名字听着陌生。”我想了想，搜刮记忆，并没有这三个字。“山上那龙呢？他又叫什么？”

“李胡安。”瞎子又说。我又努力思考，多三个字一个名字，还是想不出任何关联知识。

“可是，为什么你要让我上山呢？”

“不是我让你上山，是你自己想见盛唐。”

“山上有盛唐吗？”

“有啊。你应该看见了死亡。”

“什么？”

“紫金山是一座大坟，事实上，是唐里最大的一座坟。”

“这我知道，所以呢？”

“死亡，是一切的开始，正在发生和结束。很简单，伴随着整个盛唐的，就是死亡。它以死亡开始，伴着无数死亡发展，最后又必须以死亡结束。”

“龙虎之斗谁赢了？”

“没谁赢，也没谁输。如果非要一个结果，那就是你看到了盛唐。”

瞎子随手一指，我也不知道他是想说这条街，还是这座城，甚至是更遥远的世界，不管是什么，都无所谓，因为手指所向那一整条，一整个，一整片，都繁华。车马熙攘的街道、灯火不夜的城、万宗膜拜的金殿，都繁华，却很难想象这一切只是起始于一个只有死亡的废墟，一个光秃秃，却盛满坟墓的山。那个雪夜深山里，我究竟看到了什么？一盏绿色的灯幽幽亮着，如一道收集魂魄的鬼火。而一个披着黑袍子的佝偻，在它注视下之下，扫地。唰唰唰唰，一片片叶子被风扬起来，被鬼火点燃，就成了一具一具的阴魂。他们每一个都深黑，透明，身披厚重铠甲，手持锋利尖刀，却一个也没有脸。整齐站着，寒冷的铠甲和更寒冷的无数阴兵，寂静无声，是静，比死更干净。那场面，我也许会再也想不起来，但是它一定藏在我记忆的深处，永不丢失。又想到方才瞎子说的话，提到老虎，你应该联想不到大雪。是呀，那夜所见，又如何与大唐盛世联系起来呢？

“试着用眼睛，去看清一些事，而不是简单地看见它们。”瞎子在我耳边轻轻地吹气。他突然用手掌拍了一下自己的眼睛，又放在了我的眼眶上。

我眼前一黑，却又一亮。面前的世界再次清晰，却也截然不同了。一眼望去，见那山，依旧是山，水依旧是水，金殿大屋却透过表面，展现出腐朽的木头结构。所过行人虽是正鲜活的，出现在眼里，却俱是移动的尸骨。这双眼睛好像给世界脱了一层油腻又华丽的花纹皮，把赤裸的骨肉本质摆在了我的面前。这场景让我眩晕接受不了，很快，他又一拍我眼珠子，我再睁开，一切就都回归正常了。刚刚所见，好像幻觉，真实持久的眩晕却提醒我一切没那么简单。

“回家吧，孩子，你好像累坏了。”

是的，我好像累坏了。我甚至都不知道自己是怎么回到家的，只知道躺在床上，就睡了一个极长的觉，浸泡在一片漆黑混沌里，那觉太长了，长得好像再也醒不过来。不知道过了几天，我一觉醒来的时候，却已经是天黑了。

依旧头疼欲裂，我晃晃悠悠地走到院子里，想从井里打一口水喝。液体上来，我张口就要喝。可是到嘴边了，借着屋里微弱的灯光，才见着，那桶碗里捞上来的，竟然是黑色的水。铁匠还在的时候，我曾在这井里见过沸腾的红色水，很好理解，那是血。可是，黑色的水又是什么呢？

“或许，是黏稠的魂魄吧。”一个声音在我耳边低声轻语。

就在这时，一阵寒风吹过，无数哀嚎声又骤然起来，悲惨震耳欲聋。那风像是只冲我来的，周围都平静，它只席卷侵蚀我的身体。一道道风刃刮我的脸，很快就有血滴下来。不知道为什么，我竟然前所未有地觉得口渴。不能喝自己的血，即使它一滴滴滑落嘴边，舌头也抑制极力想舔的冲动。就只有那碗黑水了。我看着那浑浊却透明的黑，突然一下都明白了。犹豫有，却被迫在眉睫解渴的欲望压住了。于是，最后还是一饮而尽。

黑水亦如刀,灼热,烧痛喉咙,食管内部,继续一路锋利,开膛破肚。很快,风就小了,月亮出了雾,寒冷的光也落在我的身上。我低头看看自己,果然。

这身体也透明了。

想了想,也只能这么做了。月亮穿过我的身体,感觉不到任何的寒冷,只落在了地上。我先站在了井口边,站了一会儿,不是犹豫,只是重新换了一具身体,精神呆滞,不过最后还是轻轻地跳下去。

下落的过程里只想一件事:这口井是真的,好深啊。

第三日早,天亮得发白,不下雪了,却更冷。整个皇宫的树,有很多,无数的枝头上,找不到一只鸟。

李泽淳坐在龙椅上,穿着金灿的龙袍。整个大殿都是空荡荡的,没有金甲侍卫。只有一个和尚和一个瞎眼老宫女,一左一右,分立李泽淳两侧。

这世界都安静了,直到一道整齐的铠甲和脚步声响起。李泽淳闭上眼,和尚转起了手里的佛珠。一道又一道的动静,等了好一会儿,才走进这大殿门里。

"来了。"老宫女提醒道。李泽淳开眼,却笑了。

空阔的大殿站满了士兵。每一个都穿着黑色的铠甲,戴黑色的头盔。可是,所有的士兵没有脸。和尚皱了皱眉头,嘴里不停地诵经,手上那佛珠转得几乎都要飞起来了。李泽淳也闻到了,血的腥味儿,很重。这些人,或者不能说人了。这些,都是从地狱里爬出来的恶煞。

李胡安站在人群当中。刀依旧挂在肩上，只是这次，他却不穿盔甲了。上身袒胸露背，下身穿了一件灰色裤子，不像是个曾经的皇子，倒像是个游江湖的术士行者。

“三日已到，取你命去了。”话里没有感情，没有感情的意思是，一句话的每一个字都是内容空荡的，既没有愤怒，也没有不舍。

“来吧。不过，杀我一人就足够了，可惜了这么劳师动众。”李泽淳笑了。这么一笑，他也觉得自己不像个帝王了，像个看淡生死的寻常老人。

“不可惜，不可惜。杀你该狠。瞧瞧，这一个个的，每一把手里的刀，不知道都沾了多少恶人的血。”

“辛苦龙王了。”

“阴兵。”李胡安也笑了，拔出自己的刀，指指背后一众。“这都是我向阎王借的阴兵。”

平定战乱，李胡安杀了很多人。他的剑法本就很好，刀也很快，按理说杀人不难。只是第一次，见着刀尖伸进一个人的脖子里，又很快地抽出来溅起很多血花的时候，他还是吐了。吐了一口，一个蛮人又哇呜呜地举着弯刀朝他冲过来了，李胡安只得又强撑着，把刀插进了这人的肚子里。肠子都抽出来了，他看着，又吐了一会儿。

就这么一吐一砍，李胡安不知道自己又杀了多少人。一场胜仗，他回到了营帐里。将士们在喝酒庆祝，建功立业，劫后余生，都值得庆祝。只有他一个人对着幽暗的煤油灯，一遍一遍地擦自己的刀。可是这一次，再难干净了，即使把血擦掉了，李胡安还是觉着，这刀怎么都不干净。不干净了，却也更亮了。这一天的最后，他终于明白，光靠清水是永远都擦不亮一把刀的，只有血才能浇灌出一把刀的光。

班师回京那天，李胡安骑着马，把从前的来路当去路，觉着有些恍惚。他一手提着敌将统领的脑袋，一手抓着不收鞘、亮得刺眼的刀。马蹄时快时慢，到帝京的时候，他才意识到，并不是全然未变，至少，五皇子很快就是龙王了。

可是改变远不止这么多，父皇死了。金銮殿上，他见着了李泽淳高高在上，坐在龙椅上。

所有人都在叫着万岁万岁，只有李胡安坚持不跪。他把人头提到高处，又把刀对着新皇帝。

“我是龙王。”

李泽淳点点头：“你是龙王。”

“龙椅龙椅，龙王坐龙椅。在这龙椅上的，该是我。”李胡安眼睛瞪大了，他凶狠。

李泽淳却很平静，又点点头：“的确，这把龙椅该是你坐的。”

“那，”真的是一字一句，咬牙切齿。“为什么现在，坐着的是你。”

“我也不知道。”可手一指，一个小太监领了一女人出来。

刀落了，翠绿裙子。

“我是真的不知道，为什么自个儿就被放在了这把椅子上。说实话，坐着硬邦邦，还挺硌屁股的。”

大殿外，站了听命龙王的万马千军，每一个都套着金光灿灿的盔甲，每一个都举着沾满血腥的刀。只要他一声令下。可是，那翠绿裙子，也会染红吧。

“退下吧，都卸了武器。”龙王摆摆手。

屋外，丁零咣当，刀都散在了地上。之后安静了一下，瞬间，万箭齐发。

那些刚刚还庆祝劫后余生的人，一瞬间就全死了。死在了自己成长的宫殿里，死在自己拼命守护的家里。死得没有一点戒备和反应。

一具一具的身体，重重落下。看起来却又很简单，一片一片地整齐又轻轻倒下，像农民拿着一个小镰刀顺着割一排韭菜。人比韭菜。

“得死呀。”李泽淳突然觉得自己这手也重了。挥挥手，那藏在屋顶上的箭，就射出来了。太多了，密密麻麻的，四面八方来。一场大雪般，箭头就是雪花，无声落下，却锋利无比。“不能怪我，要怪也只能怪战争。它结束了，这一个大小盛世，就容不下你们了呀。”

或者，怪李胡安吧。你可以说，这悲惨的一切，都是因为李胡安。他的弱懦，他对一个女人的执念，终于让他自己也跪了，软弱无力，跪倒在了李泽淳的面前。

“奉天承运，皇帝诏曰：今封李胡安潜水龙王，赴远域，为先皇守陵。”

潜水龙王，潜水有龙游吗？这讽刺真扎心，李胡安笑了，青儿搀扶起了他。他觉得这一刻，自己像是没什么体重似的，青儿一拉他，就起来了。

“记得我身后的这些脸吗？”李胡安问那大殿上还端坐在龙椅上的李泽淳。

“不记得。”实话实说，“况且，这些家伙都没有脸。”

“当真记不得了吗？那年在你这大殿前，我放下了手里的刀，就立马被射得血肉模糊。连一张清楚的脸都没剩下。”

“怪不得，每年冬天，都觉着殿前风大，冷得很。”

“别说了，杀意已经起来了。就在这了结吧。”刀架在了李泽淳的脖子上，他甚至能清楚感觉到那点锋利在大口地呼吸和颤抖。

“这么多年，我倒也没想活。”李泽淳说，“然而，就是死不掉。”

“死不掉？”李胡安愤怒了。

“你杀不了我。”

“什么？”

“你我心里都清楚的，即使我没了，你也坐不上这龙椅。”

“为什么？”那张脸狰狞得都笑了，血丝一条条露出来。

“因为，你不够狠。”李泽淳也笑了，冰凉的刀搁在自己脖子上，他倒是真的很轻松。

“哈哈哈，我不够狠？我小时候杀畜生，大了杀人。你知道，我这刀插进去，又抽出来，有多少次吗？”

“记得那日吗，我摔在你马下，你用尽力气勒住了缰绳，硬是没那让那马蹄落下来。”

“我射中了一只野猪。”李胡安说。

“射了一只野猪，野猪两只角，你却失了一个江山。”李泽淳说。“其实，就算乘机杀了我，又如何呢？死一个最不受宠的皇子，父皇会在意吗？当年，你杀不了我，今天，你也杀不了我。”

“或许，你不打猎，所以，不懂野猪的角好看。”

“你爱一个宫女，不惜为了她和父皇翻脸。”李泽淳又说，“我也爱一个宫女，却把她送给了父皇。”

“你喜欢的那个宫女，后来如何了?”

“拿她和父皇表忠心，换了江山来。又让她和我哥哥走了，坐稳了这江山。最后，我派人杀了她，守住了这江山。”

“可是，为什么江山已经是你的了啊，”李胡安丢下了刀，一道泪从这张硬朗却又苍老的脸上下来了。“为什么还是杀了她。”

“因为她怀孕了，你的孩子。”

“哈哈哈，我的孩子。”

“哎，你真的应该松开缰绳的，五皇子。其实仔细想想，松开比拉住更简单，不是吗。”

“我真的应该杀了你。”

“可惜了，不同结局。李胡安，你看那窗外好多雪花，多漂亮多美，不是吗。”

“我要杀了你。”又拿起了刀，这次却是动作无力。说得对吧，时机过了，就过了。当年，他松不开缰绳，今天也下不去刀。

“小时候，听宫里传说，五皇了骑马射箭，人指哪片雪花，就能给射来哪片。”

“我要杀了你。”哽咽。恶狠狠的话儿出来，听着竟像是哀求。

“你总是这样，亲力亲为，从小到大，都这样。手上沾了那么多血，却压根就不狠心。如果非要一片雪花，我只会扬扬手，宫里就万箭齐发。射中了没射中都不重要，射错了射对了也不重要。重要的是箭不是我射出去的。你知道的嘛，我不会射箭的，所以我这手上也染不了血。”李泽淳站起来了，龙椅确实硌屁股，不过他没想着，自已这一坐也就几年下来了。他走到李胡安面前，轻轻地一推，那刀就咣当一下，摔在地上了。

是时候了，旁边立着的和尚只轻轻敲了敲手里的木鱼，那一众阴兵便散成几道黑烟了。

本就是戾气生出的鬼怪，李胡安不怒了，无力了，也消失了。

“要坐坐这龙椅吗？今日这大殿无人，朕借你坐坐。”李泽淳伸手。他这手生得好看，翻云覆雨，都需要这手。挥挥手，摆摆手，扬扬手，伸伸手，缩缩手，抓紧了手，又放了手。整个江山都在这手里了。

李胡安听了，一步一步上了台阶，最后走到了李泽淳身边。李泽淳站着，笑了，做一个请的动作。李胡安看了一眼那金光灿灿的椅子，却用尽自己最后一点力气，拔出自己腰间的短刀，在李泽淳两只耳朵上轻划一下。这一切发生得太快了。动作结束，两道黏稠的血就从耳朵里流出来了，李泽淳觉着这世界第一次这么安静。在寂静之中，他又见李胡安抓着那刀，一下一下地扎进自个儿的眼睛里。最终，李泽淳聋了，李胡安瞎了，果然，应了那句祖上传下来的话，龙虎相斗，必有一伤。不对，李泽淳想，眼下的局面，应是两败俱伤。

“一切都结束了。现在我只想回陵园去。”李胡安拾起摔在地上的刀。“还能回去吗？”

他的一双瞎眼，突然紧紧盯了李泽淳的方向，想看出个答案。

“朕答应，现在走出这门，就留你活命。”听不见他说什么了，不过对上眼神就懂。最后一次，李泽淳伸伸手，画了一个承诺。

没眼睛，李胡安看不清楚自己讨的答案。他听见了一个答案，可是，他不相信耳朵，听见的无法判断对错。其实，也不该相信眼睛，他从来就没看清过眼睛里的真假。不过，不管真假对错，终究还是得了答案，李胡安点点头，他走下台阶，虽然看不见，却还是直直地朝着门口走，一步都没偏离大道。突然，站住了，转头过来，笑了，像个孩子似的。

李泽淳看他跪下了，那干裂的嘴唇又吐了两个无声的字儿。

"皇上。"

说完又走了。李泽淳见那背影，也说了两字。

"哥哥。"

一切的恩怨就这么结束了，不复杂也不简单。

那黑色的井，很深，坠落就像是深入到另一个时空。我在翻滚的黑水中旋转，像一片被狂风带起来的枯叶。缓缓落下的时候，我才发现，自己已经身处山中了。时间还是夜晚，山里的雪还没停，我看了眼身边就懂了，都是黑色透明的阴魂。饮了那井里的水，我也就成了他们其中一个，或者说一缕。

所有阴兵都整齐立着，雪过兵刃，穿透身体的风就是呼吸，所以，好像也都活着。如果不去深究藏在头盔里的脸，所有阴兵都整齐立着，沉默不语，好像在等一个指令。我可能也丢了眼睛了，和它们一样无脸，无肉体，只剩最后的坚持与魂魄。可是，还是有模糊的视线，就是不远处那一盏绿色的灯和它的光。

"列队。"突然，有一个苍老的声音从绿灯背后传来。太熟悉了，是扫地老头。他套在一个黑色的袍子里，又慢慢地从黑暗里走出来。

短短一瞬间，阴兵就前后移动铺开，显然都是训练有素的战士。即使无形无体，脚下动起来的声音，还是唰唰唰的整齐，盔甲上下抖动的动静也厚重得很。我在他们中被夹着走，竟然也找到了自己的位置。太快了，大脑都来不及反应，整个列队过程不足数秒。

“出击！”老头重重地轻声发号。

手中的剑便挥向前方，锋利划破空气的声音竟然出乎意料地动听。每一个阴兵都在奋力挥舞手里的剑，像是真的在和什么了不起的敌人斗争。可是黑暗中，明明只有空荡的雪和寒气呀。雪骤然大了，很快，我就听见了哀嚎。身边的黑气被几道雪破甲入肉，刺骨的寒冷在魂魄里也散开。原本完整的阴兵，开始残缺。少了一条胳膊，或者腿，也有整个无头，或者身子被拦腰折断的。挥舞得再快的剑，也挡不住这漫天无缝的雪吧。这些勇敢又可怜的战士，被虚空撕成了粉碎，他们战胜了无数真的敌人，保护了自己珍惜的一切，可是从死人堆里爬出来回到家的时候，却死在了一些看不见的东西的手上。

“战争结束了，这大小盛唐就容不下你们了。”我好像听见了那个瞎子在耳边说话。

哀鸿遍野，手上的动作都慢了，可是还在无力地挥着剑。最后的坚持，或许也只是一个毫无意义的等待吧。等待着，那个曾经把他们带进战场，又带出战场的，高高在上的将领，他的一句发号施令。紫金龙王是吗，我看着那个已然枯萎腐烂的老人，他的背驼了，身子也佝偻了，整个躲在黑色的袍子里，像一只放弃挣扎的垂死动物。全然看不出，他也曾经是所有人眼里的战神。可是，如果用老旧时间做眼睛，就能看见那个神。

“散了吧。”终于，一阵低沉的嘶吼从他的嘴里出来，声音是干哑的，态度却太坚定，所以即使被寒气劈开，又掉落在柔软的雪地里，依旧掷地有声。一瞬间，哀嚎就停了，风也停了。所有魂魄都失了原形，落在了地上，化成一片简单的枯叶。雪倒没停那么快，却不再锋利了，也不是凶手了，只是摇身一变：惊涛骇浪平静过后的尾音，又或者上天派来洗刷血腥，收拾残局的伪善使者。地上原有很多枯叶，每一片枯叶都被披上了白色的雪。老头把那个黑色的袍子掀开，丢在了一旁的石头上，接着拾起扫帚，跪着扫地。他每扫一片叶子，就轻声说一句"散了吧。"那一片叶子就被扫帚轻扬到空中，也化成一道肉眼不见的灰尘，就消散在空中，再也不会落下了。就这么一片一片地扫，他很慢，像是最后一次做扫地这事，也像在好好看这山里的每一片叶子，再仔细地和它们一一道别。

夜很长总是事实，不过叶子也太多了。按着老头的速度，一片一片扫，一地扫完，天也就亮了。只剩下最后一片叶子，那就是我。很疲惫了，太阳的第一道光洒在老头的脸上，我看见那无数沟壑都散开清楚，眉毛、胡子也落雪白了。浑浊无神的眼见我便笑了，看来还是能从一片叶子的形状里，认出我来。他撑着扫帚站了一会儿，看样子是累惨了，吸收阳光也积累些力量。很久，才又挥起了扫帚，扫起我这片叶子来。

扫帚把我挥到空中，我简单盘旋，又落下被扫帚接住就这么空中地上来回，扫地的老头像是个孩子，享受这简单幼稚的快乐。我变成了叶子，身体小了，能自动的地方少了，却好像看见和感受到了更多。把我抛在天上，我就顶到天，落在地上，我又觉得自己陷入了最深的土里。这么反复几次，老头又放我在雪地里，扫帚拖着我撇捺画圈。我只觉得自己的身体摩擦着雪，在温柔走弧线。先是绕了一个圆，又在圆中留了道弧线，把圆切开。最后扫帚在半圆里留了一个点，又把我放在另外一个半圆里，做了一个点。我这才意识到，他是在雪地里画了一个阴阳。

就这样吧。阳光出来以后，山间的雪也会化。埋藏在夜里的故事，没有活着的叙述者，也没有人知道。所以到了一切的尽头，什么都像从没发生，什么也从没来过。我躺在地上，做阴阳中的一个圆，也见着老头站着盯着我笑，见他站定在雪里。然后土地里有无数的根缠绕住了他的腿，继续往上攀爬，先盖住了身体，脸，最终全部淹没。我见到那些枯枝疯长，把他变成了一棵巨大且无限向外伸展的树。即使眼下是秃的，不过，总有一天，也会茂盛的叶，会绿荫蔽日吧。终于，我看见了，一直说的事物的联系。联系，呵呵，联系，这玩意总有魔力，不仅连接过去，也指向未来。

漫天飞雪，李胡安站在大殿外。他伸出手，一两片雪花就落在掌心里了，又很快被体温融化了。从小就被人误解，雪花那么晶莹，那么美，五皇子怎么会用锋利的箭伤害它呢？为什么又让他习武呢？李胡安第一次摸那剑，无意伤人，只是想擦干净它。或许，单单他一个人觉着，剑锋利又可怜。

就这么站了一会儿，李胡安突然觉着雪好像也停了，甚至太阳出来了。不过还是很冷，他又走了几步，下了那高高的，通往皇位的台阶，但脚踩平地的时候，想起来什么似的，他丢了手中的刀。哐当一下落在地上，属于他的声儿，在这四面高墙里，回响了许久。

回声消失的一刹那，四面八方，射来了箭。他听到了，密密麻麻的，像是下雪似的。没有躲闪，只是用自个儿的身体去接这些雪花。他被第一支箭射中的时候，还没觉着什么。不过很快，第二、第三、第四、第五支箭就落在身上了。

锋利的大雪里，李胡安觉着自己像是一棵树。从躯干里，插生出了无数被柔软肉淹没了锋利的树枝。李胡安很喜欢树，所以，等着自个儿真做了一棵树，他也向阳而生。

李胡安死了，直着上身跪在皇宫里。箭射完了好久，才有很多脑袋探了出来，他们甚至害怕这死了的龙王，怕他突然杏眼圆睁，折断了身体里的箭，再与这皇上和天大战几百回合。

“扎得跟马蜂窝似的，谁知道到底是哪只箭，射死了龙王呀?”

“你疯啦！不要命了！当然是这当今皇上射死了反贼！没见着虎帝手里也拿着弓吗?”

是的，远坐在大殿龙椅上的虎帝手里拿着弓，可是他并没有射出一支箭，甚至没有拉开那张弓。没人知道，他还没学会射箭，就做了皇帝。

李泽淳也不想射出一支箭。

是日，整座城都动荡了，万人跪拜，齐天大呼，万岁万岁。

可是，李泽淳聋了耳朵，什么都听不见了。两只耳朵，左耳边死一般，右耳边活一般的寂静，都寂静。在这皇位上又安稳坐了几十年，李泽淳又见了几十年冬天下雪，几十年四月樱花树又飘香。他又轻轻地挥手无数次，血不沾身地，让太多人头落地。

有时候，李泽淳也会想起来，自己的那个大孩子一般的五皇兄。他叫李胡安，李胡安喜欢雪，就怕伤害雪，明明站在雪里，分担它的冷，却不伸手摸她。李胡安喜欢树，他就愿意让自己做一棵单纯阳光的树。而李泽淳呢，也喜欢雪，却嫌她寒冷，只是躲在火炉边，远远地看。李泽淳也喜欢树，可是他还是能狠心，让人伐了自己最喜欢的一棵树。

虎藏在山里，龙遨游在深海里，他们好像不一样，从来也没一样过。

我躺在阳光之下的山中，看向四周，有树，有草，还有动物的叫声。我看着身边的这些，就知道，它活了，或者说不再死了。不知道什么时候开始，自己的这具身体又悄无声息地恢复了正常。甚至还有一丝快速闪过的遗憾，失去了做一片枯叶与这山和广阔自然的联系。我在雪地里赖了很久才起身。我慢慢地，一步一步地，走出了这座山。或许与老头扫雪地里的叶子是一样的感情，最后一次，用力地把每一件事都看清楚，然后与它们一一告别，不会有下一次了。回到木屋里，我带走了两样东西，大扫帚和会发出绿色光的煤油灯。

走出山，又走在街上，我好像就是这喧嚣尘世里的人了。从那天以后，我就再也没听到过关于紫金山的传说，没听过龙虎之斗的故事，没回过那山找扫地老头，也再没在街头巷尾撞见奇怪的瞎子。什么都没变，可是，总有些事情变了。我知道，那山知道，这世界知道，每一个人知道。只不过山不会说话，我藏在心里，那些人不愿意承认罢了。

有时候在落雨的深夜，我也会点亮那煤油灯，看那绿色的火苗摇曳。想，这盛唐究竟是怎么来的呢？由一个人，无数人的死亡来，可只要开启了，它最终都会走向一个它自己的死亡。总有一个时间和记录时间的东西，在看不见的地方，每一刻也都在发出听不见的声音提醒剩下的时间。至于，那盏煤油灯，为什么是绿色呢？难道是在纪念什么看不见的人吗？比如……

青儿？青不就是绿吗，会不会是那扫地老头遇到了一个刻骨铭心的人，她叫青儿，就有了这绿色的煤油灯？笑笑，摇摇头。我很快就把那灯熄灭，回到床上。应该不会吧，这都是毫无根据也无谓的猜想而已。与其胡思乱想，倒不如做梦了，梦里什么都有，什么都不错。侧又翻身的瞬间，突然想到。

明日就是中秋了。

最后多嘴一句。有关这个故事，很多年后我还是会时常想起。有一个疑问，很长时间得不到解答：故事里的瞎子是李胡安，聋了的是李泽淳。可为什么我在山里见到的那个扫地老人却是身体健全的龙王，而在街上遇见的瞎子却自称是李泽淳呢？这问题在很长一段时间里，我都没有想明白。过了很久，依旧没有明白，只是不会继续再想了。

第十三章 释空和尚记

不知何时起，山腰间的悬崖峭壁上，横空就现了一顶小庙。按说没这道理啊，石头缝里，草树都生不出，怎么就平地起了这么大一座庙呢？谁都说不出，不过，有关庙的事、佛的事，那本来就得神神秘秘、参不透最好。若是凡人都解释了，还用佛做啥？总之，先不论缘起，人发现这庙时候，就已经生起香火了。不仅有香火，庙里还有和尚好几。挑水的，扫地的，下山化缘摘果子的，分工明确争执少。和尚清闲度静日，佛有水果、香火供，这就可以说是一座好庙了。

庙头子是个瘦直老人，眉毛白的，胡子白的，白又都长。他叫释空，其余的和尚都是空徒弟，名字也都整齐两个字，两个字里也都整齐有个“释”。大徒弟释话，二徒弟释毗，三徒弟释净。释空给徒弟起名字，是有讲究和寓意的。三个人的名字，连起来就是一句话：放话、放屁，放干净。很好理解嘛，释放释放，释不就是放的意思吗。这连起来的一句话说明白，说简单了又是一个字：空。人上有张嘴，下有个肛门，两口放。放话、放屁，都放干净了，不就是空了吗。徒弟的名字都是释空给起和加意义的，释空的名字却没人给起，是他自己琢磨出来的。某日偷闲，老头儿就坐在山上的大石头上望外面。外面有树，有村落房屋，有袅袅炊烟，有孩童嬉闹猫狗叫，他坐了整个下午，一动不动，正像是生在了大石头上的一颗小石头。太阳下山好久，老头儿才寻回了神儿来，屁股挪一下就硌得生疼，脚抽筋了。可是，这一下午，他好像看到了从未发现的一个大世界。山间石头上盘桓一下午，让释空明白了，放空或许就是他观察这个世界最好的方式。

这日，下了雪，山一片白。要说，今年下雪的时节倒是真有些奇怪，恰逢九月中秋，比往年早了太多。不过，虽说奇怪，也称不上奇观一类，人活得久了，盛世长了，酷暑飘白的景象都见过，眼下的雪只是早到了一些吧。山间大雪，上山的路难走，即使中秋，本该人多，事实证明坏天气还是阻挡了太多拜佛的香客。这么想，释空便早早离了庙门，又坐在老石头上放空自己。石头白了，释空也白了，胡子眉毛本该就是白的，不曾有的头发此刻却也白了，盖脑袋上了。突然觉着新奇，又恍恍惚惚，想着下雪的日子，这世界和寻常不同了。林子里的飞禽走兽都歇息了，耳边只是静悄悄的。可这静悄悄却不死寂，至少释空还活着啊，他在呼吸。鼻腔里的一下下震动清晰，从嘴里呼出的热气儿弱，也真实。少了林间的野物，村落的闲人，释空第一次这么认真地观察自己。从前忽视了，可一个人，不也是一个世界吗？这个世界不也值得推敲吗？可惜，没来及推敲多久，动静就打破了。

穿过很多树，更多树枝，比更多还要多的树叶，在这些缝隙中，释空和尚看见了一个人，腰间挂着一把刀，上山了。一眼看出，这个人不是山里的人。怎么辨别山里山外人呢？看脚步。山里人或禽兽，脚步都轻，静悄悄的，像是总害怕惊动什么。山外人呢，行走起来就不知深浅了，踩断了地上的树枝，碎了枯叶，弄脏了柔软的雪，都有声响。而这些真实细微的声响，对于耳朵好的释空和尚，都是扰乱安宁的大动静。些微皱皱眉头，释空不很喜欢冒失惹动静的人，不过，又看了一会儿，这人也不至于讨厌。他脸上有单纯的好奇。这棵树上的松鼠也看看，黑色的洞也瞧瞧，每片雪花飘得都不同，他就站住了，伸长脖子仰着头，去找自己喜欢的形状。盛世忙碌，少有好奇的人了，所以看起来，他也不像是生长在盛世里的人。褶皱的眉毛慢慢舒展开，释空站起身，拍拍屁股，现在离开，不紧不慢地走回寺庙，正好来得及接待这位不速之客。可是突然，一片雪花飘在光头上，这片格外寒冷，脑袋一凉，顺着身体凉透下去，让他想到了一件事。

好奇，山外人，也不是盛世人。腰间一把刀。中秋，大雪。这些描述……

难不成，他就是师父生前预言的要来取守寺佛珠的那个人吧。

真要细究起来，追本溯源，鸡鸣寺在盛唐之前就有了。只是坐落得太过偏僻，藏在陡峭的山里，知道的人也不多。开始，只是一间茅草房，其内有案几，上面摆些水果，一台香炉配尊小佛，就构成了所谓的寺庙。它最早是师父建的，师父是个很老的和尚，传说是从宫里放出来的太监，很早以前还贴身伺候过某个皇帝。那皇帝对他很好，登基以后问他要什么。老太监说，我想做和尚，皇帝就给他在宫里建了一座大寺。后来皇帝驾崩了，老太监还没死，他就从宫里出来，找到了这座深山，亲手搭了一间茅草房。其实说是寺庙也就是老和尚自己睡觉休息的地方，只是他一心向佛，每日早晚都虔诚参拜，上香火，久而久之，就吸引了四周来人。傍晚有烟的地方，不是食肆，不是着火，就是寺庙了。一个人说这是寺庙，两个，三个人进来拜拜，那它就是寺庙了。对此，老和尚也不反驳，他默许甚至大开了家门，任由过路人随时进来。来的人多了，他就取了一块牌匾，认认真真地用毛笔写上字。“鸡鸣寺”，为什么是这三个字呢？我之后也问过他。“寺就是寺庙的意思。”师父先避重就轻，拣最显而易见的那个字和我解释。剩下两个字呢？我只得再问。“没什么意思，我只是单纯地喜欢听鸡叫长安。”好吧，也合理。其实解释任何问题，用喜欢做理由，都合理。再合理不过了。从茅草屋到大寺，又过了几年。这之间我来了，又长大，师父老，更老了，又死。我做了住持，又有了自己的三个徒弟，也老到了现在的地步。回想起来，一间寺庙的开始好像真的不用复杂，真的相信就够了。或许，真的要相信相信的力量吧。这句话让我很得意，它一定是我的原创吧，该没有其他人说过。师父真的相信佛，佛就赐他更大的地方放信仰。我真的相信师父，就有了鸡鸣寺的繁荣一时。可是有一个隐忧，一直都在。

“这天见庙起，那天又要见它倾。”老和尚弥留之际，说这句话。那是个淅淅沥沥的雨夜，我在他病榻身前，牵着那对枯手，听遗言。最后的最后，虚弱不行，说话吹气都细若游丝，屋外嘈杂雨滴干扰，竖起耳朵，勉强才能听个大概。

“放心，师父。”释空以为师父只是不放心把寺庙交他手里，于是抓紧那手，贴心安慰。“我以性命担保，定好好守护这寺，不让它倾。”

师父笑了，温柔扭曲的皱纹，是欣慰。他把一只手轻轻地从我手掌里抽出来，又轻轻地摆在我的手背上。“这不怪你。是佛祖昨夜托梦给我了，他说鸡鸣寺是他最爱与眷顾的一座。”

“这不是好事吗?”释空疑惑，他的手在师父的手下，却意外地觉着很暖和。之前不知道听谁说的，老人的身体不都是冰凉的吗。

“所以，佛祖问我，你愿意为我降下福祉，拯救苍生吗?”

释空没说话，他好像透过这句大话，看到了隐藏在背后的大代价。屋外的雨依旧淅淅沥沥，像是从天上落下了无数水剑，要把这个世界砸出一个一个大窟窿。

“自然愿意。我想也没想就回答佛祖。好的，佛祖从手掌中抛下一物，我接住了。那是一颗黑色的小珠子，半透明，能看见里面有一缕一缕黑色的烟雾在狭小圆球里相互缠绕、游荡。这叫定魂珠，且在你寺庙里储存放着，一年中秋，会有人来取这珠子。”这么一长段话应该说得辛苦，师父歇了很久，才有力气继续说话。“第二日一早起床，我果然就在床头找到了一颗珠子，看起来与普通珠子无异，若是真要找不同，也只是色泽更圆润些，内心更通透些。可是，变化很快就来了。定魂珠降临的第二天，寺庙就热闹起来，越来越多的人来参拜，进香火，这兴盛来了，就再也没断过。”

“所以，真的会有倾灭的一天吗?”

“是的。我在一日梦里又见了。中秋下雪，一个清亮少年，会上山前来，腰间挂把刀。他会取走定魂珠，也会一并带走因这珠子而起的虚假繁盛。”

“不好这么说。”释空终于忍不住开口反驳。“进来参拜的人是真的，进贡不断的香火也是真的，人心是真的，佛祖是真的，繁盛怎么就成了虚假的呢?”

“放下,放下。和尚不该这么在乎所谓的繁盛。”

“为什么不在乎?”释空突然觉得委屈和气愤,“难道这座庙的今天,就不是我们的功劳吗?”

“不是。兴衰荣辱,一切都是佛祖的旨意和安排。”

“那我们呢?”

“只是替佛祖守好院子的看门人。”

夜深了很安静。释空没有说话,师父也没说话,身体却在起伏,缓慢又虚弱地喘息。释空一直跪在床前,陪师父到第二日清早。醒来,才发现老人已经身体冰凉,安详去了。料想断气时间在黎明之前。

师父走后,鸡鸣寺也一直繁盛。一座寺的好坏,好像与某个和尚无关。对很多浅信徒和路过参拜的人而言,寺庙的意义就是跪下,磕头,再上香许愿一注。和尚就是脑袋光秃秃的人,有和尚就够了,具体是哪个,不深究。所以,过了很久,释空忙忙碌碌,也老了,记忆稀薄,逐渐都忘了师父临终前的预言了。直到今天,无数刁钻条件都重合,那段泛黄记忆封条才又被揭开,真的,这一天来了吗?释空想,心情复杂,乱作一团,却还是尽力压住,冷静面对。胡思乱想间,他撞到了自己寺庙的木门。

啪。光头擦木头,清脆一声。摸摸脑袋,又慌慌张张快步走进禅房。三个徒弟从来都是慢条斯理,就没见师父这般冒失过,他们看着都惊呆了。

老实说,对于那个定魂珠的传说,我一直是半信半疑。半信的原因也只是因为它不止一次地出现，而且在不同人的嘴里都形状逼真。半疑倒是应该的，理由再合理不过：只是个虚空传说，乍一听内容都离谱。直到今天早晨，我推开屋门，下雪了。中秋下雪，倒是真的早了些。联想到十日前军爷在我耳边留下的那串话，我才犹豫，要不要真的去鸡鸣寺看看。

鸡鸣寺，鸡鸣寺，我嘴边反复念叨这三个字，怎么都觉得别扭。不久前才见过奇怪的鸡，吃人血珠子，惨叫勾魂，也听到了满城破晓的鸡叫，甚至在梦或者幻觉里，很可能还在一只鸡肚子的沙漠里，走了一圈。眼下没过多久，又要和鸡挂上联系，实在让人高兴不起来。听说庙还在一座陡峭的山上，那就更糟糕了。于是，可以解释，为什么即使看到中秋飞雪，我也没有多少兴奋，反而是包好自己在被窝里一直躺到晌午才起来。简单吃点东西，我又犹豫了一下，终于多添了两件衣服，出门。

不知道是不是下雪的缘故，街上人都很少，除了一些少见雪又贪玩的小孩，大多人都躲进了自家屋子里。我穿过平日拥挤的街道，一扇扇窗户紧闭，黑暗。可是行走当中，总觉得自己被注视和观察着，好像每一扇窗户后都有人趴着。怕雪的人都不干净，躲在屋子里的人都猥琐，这些负罪之人，黑暗处藏好了，才小心翼翼伸出一只独眼，偷窥世界雪白纯洁。不过，显然眼下不是去谴责这些人的好时候，我只顾着急匆匆地走，脚在地上留下一个一个脚印，却很快又被新来的雪盖住了踪迹。

长安一共只有两座山，一座是完全荒芜又骇人听闻的紫金山，另一座就是鸡鸣寺所在的山。不同于紫金山，鸡鸣寺所在的山不高，没有名字，却极受人欢迎，其中栽了很多树，也有寻常鸟兽，充满生机。即使上去的路有一段些许陡峭，却还常常有人爬山游玩，欣赏风景，当然相比之下，还是去鸡鸣寺参拜的人更多。这天白日街上都没人，山里自然更冷清。我也不急，就在山里这儿转转，那儿看看。天空飘雪，重开阴霾，加上山里空气本就清新，一路向上，我心情也愈发好起来。

爬过几个石头，又跨过一道细窄的小桥，我终于见到一座金光闪闪的尖顶寺庙安静地落在一个坡上。即使屋顶大半已经被厚厚的白雪覆盖了，耀眼的金色穿透力还是极强，配合偶尔从云里跳出来的太阳，一下下地闪光。即使很早就看见了那庙，不过近在眼前的路却难走得很，我又过了很久，才真的站在了庙门前。仰天看看，找不到太阳。只能猜测，这时候的时间应该已经过了下午一半了。

院门是大开的，我探头，还没来得及敲门。就有一个小和尚双手持扫帚笑来迎门。

“施主是来上香的?”小和尚问。我犹豫一下，想着佛在庙中，不可亵渎，自已是万万不能说只为定魂珠而来，但也不知道该说什么，只能点点头。小和尚见我点头，就会心一笑的，我先是伸出一只宽大袖子往院内深处挥一挥，又脚下布鞋轻转半周，一个小健步跨到我面前半个身位，带路去了。我和他便这么一前一后和谐地走着，一段时间都没再说什么话。

“冒着这么大的雪上山，施主真的可以说是虔诚信徒了。”还是小和尚先开口，我看着他那个光头在自己面前走一步晃动一下，在白色的雪下亮得发光。

“不好这么说。”我无奈，只能这么回答。既无法做到不知羞耻地接下虔诚信徒的赞美，也依旧不知道如何说明来意。不过，可以预见的是，如果接着这么含含糊糊下去，等小和尚把我带到寺庙里跪一下佛祖，上两炷香，就要送客走了。我很可能一直到最后也不知道那所谓的定魂珠到底在哪。这一路走的，心里乱得很，脑子还盘算着各种相对合理的借口。就这样稀里糊涂的，脚下乱动，也不知道怎么来到了寺庙内院。

寺庙从外面看，很高也大，它粗犷地横着盘在山上，顶都戳着天。可其实，里面大多都是空地，不知是谁种了零星几棵大树填空，根都挺粗，枝上却没啥叶子，绿色黄色，那全在地上铺开呢。这是外院，挺无聊。真正可以聊的内容都在内院，也就是我们现在站着的地方。内院小，正中有一莲花池子，夏天应该会莲花盛开，眼下自然是被雪覆盖死了，水都结冰了，而我真正能见着的也只一片白。池子正对的是主寺庙，两扇深褐色的木头门向外张开，裸露其中的内容：一尊青铜佛像，一张黄色绸带包裹供桌，三对红色跪垫。除了主寺以外，内院两侧就是供人休息的禅房，这时这刻，窗户也都紧闭着，不知道里面有人没人。不过，依旧是被人偷窥的感觉，今天倒挺邪门，一早开始就觉得被人盯了行踪动作，也不知道这感觉到底真实，还只是幻觉。

“把人带到这儿就行了。”突然一个低沉却清亮的声音从主寺里传来，过雪破风，放到耳朵里依旧清晰。“你先退下吧，释净。客请随我进来。”

小和尚对着说话的方向侧身鞠小躬，又对我做相同的动作。我也学着，微微一欠身，算是还了他方才为我引路的礼。之后，那个叫释净的小和尚就离开了。我踏进主寺，意料之外的是那屋子的门槛格外高，一不留神差点还绊了我一脚。走进屋子里就很暖和，即使两扇门都大开，放进不少过堂风，也让人丝毫不觉着寒冷，看来在屋里看不见的地方，一定炭火充足。佛就立在眼前，说来也怪，像就是这么一个像，远看近看却感觉大不同。站在莲花池前，远远看他，还能见着大概全貌，虽说依旧觉得肃穆，却不至于吓人。可等人真走近了，就只能仰头看局部。如果真要问看局部有什么感受，就是大。局部的手都大，局部的耳垂都大，局部的眼睛……咦，奇怪，我看这尊青铜佛像，只有一只眼睛，另外一只眼眶却是空的，圆润地空出了一颗眼珠的缺。是年久失修，丢了部分？我的第一个想法是这个。可是，虽说面前的青铜大器划痕遍体，也有几处地方生锈，可也不至于残缺一个部位。何况，真要缺一块，一般都是底座、腿脚这些整体偏下的部位，而眼睛的位置太高，挺难弄掉的。当然，反驳这个想法，最大的理由还是之前说的，圆润的空缺。圆润二字就已经撇开了岁月这个粗心凶手，一定是有意人为。至于，人为的理由是什么，就不知道了。

在我思考，看佛像的时候，或许是太过专注了，完全没有注意到有一个人溜到了我的身后。等我反应过来，回头去看，才发现这人是个老和尚，不知道他已经站了多久。

“不像是寻常参拜者。”开口就一针见血。眼睛和嘴都老辣得很，听声音，不难分辨，就是方才隔空传话的那个人。

“怎么看出来的?”我问，既然被发现了，倒也不用再遮掩了。甚至在心里舒一口气，如果老和尚不先开口点破，我自己倒还真的不知道该如何提起目的。

“好奇。”老和尚笑了，就这两个字，话和笑里倒是没有恶意。“从你的眼睛里，能看出好奇。来上香参拜的人见多了，有迷茫的眼睛，虔诚的眼睛，完全无神的眼睛，滴溜溜转着小心思的眼睛，却很少见到好奇的眼睛。”

“这说法倒是独特。”我也跟着笑，没有一面镜子，倒真的看不见自己眼睛里的好奇到底是怎样的。当然，也不能排除老和尚只是信口胡说。

“说吧，来意为何？”

“那我就直说了。”我深吸一口气，准备好接受一个戛然而止的结局，或者一个更长更深陷的故事的开始。“定魂珠，不知道您听过没有？”

“果然。”老和尚叹一口气，像是等到了预料之中的问题。可是，他叹气又沉默了，像是意料之中，等到了，却没有准备好答案。过一会儿，他这么回答。

“出家人不打诳语，实不相瞒，那佛珠真在小寺里。”声音沙哑且苍老，老和尚一抬手，往身后一指。“可是，就不知道施主有没有本事取走了。”再跺脚三下。

枯手一抬，佛像背后就一阵轰隆隆巨响，似乎有不少沙石落地。老和尚向那动静处起步，我便也紧跟其后。原以为这么尊巨大佛像该依靠墙，谁知道它背后竟然还留了大片面积。眼下，一扇石门背后深藏黑洞，想来刚刚的动静，就是这密道开启的声音。

“这是什么意思？”我手指那漆黑，问老和尚。他却摊摊手。

“老僧也不知道。”

“你的寺庙，你打开的门，你不知道门背后是什么？”听他这话，我倒真有些来气，觉得像是耍我，又像是有意不让我找到那珠子的欺骗与威胁。

“施主此言差矣。”老和尚解释道，“是佛的寺庙，佛开的门，门后有什么，老僧又怎么知道呢？”

“那为什么这门正好此时会开？”尽管对方的语气听着真诚且无辜，我还是不想相信，总觉得老秃驴刻意隐瞒了什么。即使久居沙漠，涉世未深，我也知人心复杂。所谓的和尚，是不是心也如脑袋干净，是不是真就放下了贪欲瞋痴，这一眼看不出，也难知。

“因为听师父说过，中秋飘雪，一个男人腰间挂把剑，会上山里来找。他也不参拜谁，只找珠子。等到那时候，你就打开佛像背后的门。”

“所以，真有这么神奇？你挥一挥手，跺三下脚，这门就开了？”

“哦。”老和尚笑了。他摊开手掌，里面有一个红色的圆形的东西。“这是按钮，我跺脚是因为脚有点痒。门的话，按钮一按，就开了。”

咄咄逼人之下，我没想到还有这一手，一时语塞，也不知道该说什么。那石门开启以后就没什么声音了，只是安安静静地开了一个黑色的口子，从里面出来流窜的风，些许有点凉。

“所以说。”老和尚说，“老僧也只知道，定魂珠一定就在这石门背后，不过黑暗里有什么，施主又要经历什么，付什么代价，就不可知了。”

“您还要去吗？”

还要去吗？我盯着不远处的那片黑暗，里面有秘密，也有真相。它既是问题，也是答案。我倔强地站着，却觉得身子有些轻微摇晃，站得不是很稳。背后依旧感觉自己有被灼热注视，感觉强烈，我一回头，这次真的有人。其实，也不是人。是佛像，庞然大物居高临下俯视我。眼神凌厉，像天地法庭，我在受审判。我突然发现奇怪的一点，围着这尊佛像转，无论人在哪个位置，身处哪个角度，只要是在它的阴影之下，那只独眼都会紧紧跟着你。还要去吗？我不知道是自己心里在问自己，还是那只眼睛在问我。或者是黑洞，和从它里出来呼呼的风。

“去！”我下定决心，深吸冷风，又吐出一口恶气。

“可不要低估代价！”老和尚提醒我，这次是善意的，我能感觉到。可是，他还是从地上捡起一盏油灯，又递给我。

“找不到珠子，我就拆了你的庙。”我笑着说，接过灯，就走进那黑洞，头也不回。

有灯，黑暗就亮了。

第十四章　天地间立五重门

开始还好奇，举高油灯，饶有兴致地看看两边石壁，结果却是失望的。石壁上没刻什么图像，没有志怪小说里三眼妖蛇、独角巨兽之类，也没有文字画符记录历史，就是空荡荡粗糙的，天然雕琢的形成。所以开始我还好奇，走了一会儿就生厌了。石路狭窄也低矮，颈脖子要一直蜷缩折叠，才能勉强前行。不仅如此，洞里还湿漉漉的，脚下不留神，就踩进一个水潭，那寒意可透心凉。石顶上也滴水，弄得整块头发、头皮都黏糊糊的。当然，最让人担心的是，油灯的寿命也随时间快速可见地缩短。光从一进洞的透亮，照四壁清楚，到越来越小，再断断续续，火苗闪烁，这之间的变化也没用多久。可以预见的是，如果再行一刻，这石洞还没到尽头，光亮就会消失，而我也只能摸黑前行了。如果真的在这石洞里放弃视野，那行动的难度，实在不敢想象。

就这么惴惴不安复行几十步，赶在油熄灯灭之前，我终于欣喜，看见了尽头，于是连忙又三步化作两步，匆忙小跑过去。光明愈发临近，刺眼的白色准备好接受我的身体，再一点点将它吞噬。吃痛光，我闭眼，却又睁开。费了这么大功夫，一定要好好看看这黑洞背后藏了什么呀。

冲出了洞，我停住脚步，原以为能看到一个开阔了然的结局，却见到了这样的景象。

一座雄伟的山耸立面前，这不是惊奇的部分。让我呆住，一句话又说不出的是，这座巨山竟然被切空内心，生生做成了五座平行递进的石头门框，顶着天。这五座门框，无论是高度体积，还是雕琢精致，与之前见的青铜佛像相比，都只能说是有过之而无不及。我站在第一座底下，仰头看着它，却是穷极视野，撕裂脖子，也看不见那门框的最顶端。看不见就不看了，天地良心，我原本是想看清楚那扇门框的，最后却透过了它去看天。下过雪的日子，浅浅的天，就像被洗多白了的一块染布，没有云，很长时间就什么都没有，只作单纯的背景。过了很久，才有一只鸟飞过来，尖锐又没那么尖锐地飞过来，轻轻地划破了这块布。我看着鸟和天都看呆了，把眼光都陷进去，竟然短暂忘了自己来这做什么。鸟从天的这头，飞走到了那头，是我看不见的地方，我这才低下头，又面对了这五座意义不明的巧夺天工。

环视四周，都空荡，什么也没有。第一座门框前却有一台未经打磨的原始石头，上面还有字。我凑近了看，洋洋洒洒地写着："五道重门，一重一关。行过五关，方知人世深浅，小珠自现。"题字的不知道是谁，不过料想是造这五道门，又放定魂珠在此的人，滔天功力，定是哪个神仙，绝非尘世凡人。

我想想，又看看天。这时候雪渐渐停了，置身于开阔天地，让我的心情也莫名平静了许多，至少不如在狭窄石道上那么焦急了。我想了想，又放了一只小木签叼在嘴里。仰头，看看天。天上很久都再没有一只鸟过来，又过去了。等不着鸟，就吐了那木签儿，向前迈开一大步。

刚一入第一道门，面前景象就大不同。

一重门：恐惧炎魔

入门，即进新世界。我不料自己只踏了这小小一步，周遭环境就改天换地，着实神奇。更感叹，造这门的人，真的是大有来头。不过，姑且不论那么多，在乎眼前情景。方才是严寒，这地方却酷暑，不仅踩着地炙热，连空气都散发出难以忍受的高温。我又向前试探了一步，才发觉脚下的异样，感觉是软塌塌又晃晃悠悠的，好像并不是踩在一块结实的平地上，而是……低头看，果然，所谓的地，只是一片岩浆上的几块浮石。每块之间，都有裂纹间隔，脚下就是滚滚、泛红冒泡的岩浆，若是一步踏错，后果不堪设想。只好战战兢兢，小心移动。有时候，还没走两步，回头看，方才踩过的　块浮石就沉落岩浆，融化不见了。没有平稳的路，也不知道终点在哪，幽幽的恐惧就在内心深处出来，很快又在更大的闭塞胸腔里蔓延开。它会麻痹你的四肢，让身体和动作僵硬，精神和反应也迟钝。最终，应该就站着不动了吧。我想，脚下的步子已经有些力不从心了，一直紧绷小心的神经也到了快断的临界。也不敢就这么跳下岩浆，自行了解。可是，看不到出路，在黑暗空洞的空间里，无限循环、重复动作的恐惧，又让我不想再走了。所以，最终应该就会站在一块浮石上。或者蹲着，不动。等着死亡，或者其他东西找上自己，而不是自己费力去找一个看不到的东西。就在我被恐惧拖累动作的时候，这里的岩浆却好像突然兴奋起来，变得更加活跃而猛烈了。

“红色的海洋。”一个声音突然说。这让我不由精神一振。就是这样的迟缓的时间，在黑暗的混沌之中，只要有哪怕一个打破“空”的东西就好了。一个声音，一个人，一声笑，一个动作，都可以。“真是不错的杰作呀。”

“一片岩浆。”我立马大声地回复，目的就是想让对方意识到自己的存在。至于话的内容，那不是目的，几乎是不假思索，脱口而出，所以也不知道自己在说什么，又想表达什么。

“恐惧的脑浆。”那个声音，没头没脑地说。

“什么？”咕嘟咕嘟，沉默不久，岩浆又开始冒泡了。我赶忙看一眼脚下，又跳到最近、最稳的另一块浮石上，为自己又赢得了少许安全的时间。

“没什么！”那声音怒吼一句，接着，我听到一声巨响。一道庞大的身体就从岩浆里冒了出来。这是一个通体发红的人形怪兽。赤裸上身，极为粗壮，胸前毛很多，透过那些杂乱，勉强能看到文身“炎魔”两个字。他下身却着蓝色短裤，腿显得略有些纤细。上身大，下身小，整个身体乍看上去，就给人一种极不协调的感觉。这怪兽脸也是红的，头顶一撮直直冲天的黄色头发，你看他，即使不动神色，也让人觉得怒气很重。好像是为了验证别人对自己总愤怒的猜想是对的，他的背后也挂了一根很长的银色狼牙棒。

“想过去吗？”炎魔伸出一只手，取下背后的棒子。一边说着话，棒子就在手里飞速转圈。“我是这道门的守门人，要过去，就得战胜我。”棒子一停，看向我，真真的目光如炬。

天地良心，这一句话可把我吓坏了。对方那么大的身躯，又是个手持利器的妖怪，无论如何我也战胜不过啊。我这一惊慌，不知道为什么又惹怒了脚下的岩浆，又开始冒泡、扑腾起来了。我只得来回摇晃，极为狼狈地平衡身体，好容易站稳了。低头一看，手不知不觉就搭在了腰间的毛皮刀鞘上。管什么妖魔鬼怪，一刀劈开，不就好了吗。这欲望很强，就如同不断翻滚的岩浆，很艰难才压抑住。刀一旦出鞘，就再没有劈第二次的机会了。眼下才是第一道门，贸然出刀，怎么看都是不明智的。于是，手又老实缩回去，耐心，提醒自己，虽不知如何应对，不如先见招拆招，看看这局深浅再说吧。

"我在这块石头上画个圈，就以这圈为牢。我俩站在圈里互搏，谁出圈就算输。"我看着他用那根大棒在脚下的石头上画了一圈。那棒子太锋利了，轻轻一转，就只留了一个圈内，至于圈以外的石头就落入岩浆，粉碎不见了。炎魔挥挥手，示意我过去。我犹豫了一下，自然没有想到更好的办法，也只得硬着头皮上了。

实话说，地上的圈不大，倒也不太小，基本上够我俩隔开一段距离，绕着盘旋一会儿。我在石头边缘绕圈，是在琢磨哪有奇迹，该如何以巧取胜。至于那怪绕圈，估计就是闲庭信步，有如老虎吃食前先逗逗猎物的轻松心情吧。估计是转烦了，突然就一个棒子挥来，我看着棒子来，连忙天上一跳，躲闪过去。我这一跳展示出的轻巧灵活显然是出乎炎魔意料的，事实上，也把我自己吓到了。突然想起来了紫金山里清扫落叶的场景，不仅是我手持扫把，跟着龙王的脚步移动，也有他把我当作落叶，在地上画圈。这些脚步变换，移动规律，好像不知不觉中，都印刻在了我的脑子里，形成了肌肉记忆，所以危险来临，下意识就做出了躲闪的动作。炎魔意外之后，很快又收拾好了精神，再挥一棒，我身如飞燕，脚踏凌空，只这一步，又避开了第二下。如果可以说我的第一次闪躲是巧合，第二次再现就借口无能了，我想这一下是真的惹恼了炎魔，因为见到热腾腾的火气从他的赤红身上散开。其实，我很清楚，只靠单纯躲闪，是打不败他的，却也是无奈被动之举。更艰难的是，尽管避开了那根狼牙棒实实在在地落在身上，可是它这两下落地，也着实敲烂了不少石头，圈在一点点变小。我要是继续这么躲避下去，最终也会退无可退。

问题显然，只是找不出解决办法。直到那棒子砸碎了最后一块多余的平地，我跳起来又落下，已经和那个壮硕火人贴得很近了，近得甚至都能闻到一道一道灼热且隐约发臭的呼吸。那张愤怒的脸笑了，笑的意思类似于看你往哪跑的嘲讽与戏弄。大棒子又挥起来，刮起一阵风，不知道是离得近了，还是这次挥棒用了更大的力气，我感觉，如果这次真的结实砸在身上，自己的这具脆身板一定会粉碎。要不，跳出去吧？眼皮向下，余光就瞥见了不远处有一块结结实实的石头，跳过去，太轻松了。要不，跳出去吧？我听见，内心里，自己在祈求自己。闭上眼，脚就下意识跳起来了。

可是，还是重重、直直地落下。我没退，即使这个圆圈是他画的，即使这个规则是他定的，即使这个世界是别人造的，可是，我也有选择。至少可以选择自己的结局。落地，我就睁眼，这一次要正面迎那一击。看到那根棒子很快又重重地向我脑袋砸过来，我也看见炎魔不可思议的表情，这个表情就说明一切了。我笑了，我赢了。

灰飞烟灭倒说不上，甚至没有立马被切成两半。狼牙棒不是锋利的刀，只有一根两根刺砸进我的脑袋骨里，裂纹过了一会才向四周延伸开。可是，脚下的岩浆却突然停了。一大片上一刻还在翻腾咆哮的黏稠红水，现在却没了动静，一点点安静下来，死了一样。鲜红也慢慢死了褪色，很快就化成了死灰的黑色。石头的缝隙也都在收拢，我的脚终于踩在结实不会颠倒的地面上。我想，这一切的变化应该都和我迎面吃那一棒子有关。

“你的恐惧呢？”那逐渐消散的庞然大物，似乎接受不了这样的结局。棒子重重砸在对手身上，自己却输了。我终于好像明白了，这一池的岩浆，好像都与我的恐惧有关。我的恐惧越深，它们就越兴奋，就沸腾越重。而我的恐惧没了，它们就像失了寄生，一下死了。“你的恐惧，怎么会不见了呢？”这个炎魔好像真的很不甘心，那双不大的眼睛也瞪得大大的。所以，即使他刚刚还嘲笑我如狮子弄食，也想用手里的棒子把我劈成碎片，我还是尝试回答他最后的问题吧，也算是回答方才心里那个“跳出去”的怯懦声音。

“我的恐惧从来都没有消失。只是在那一刻，我好像突然明白了。最大的恐惧，就是恐惧本身吧。在明白后的一点点时间，我又接受了它与这具身体共生。明白和接受，让我平静了。所以，就好像我的恐惧消失了一样。”

这门就消失了，连同翻滚冒泡的岩浆、笨拙挥棒子的庞大炎魔和我的恐惧。我终于离开了这个门，或者说是通过了它。即使跨过了一重门，又站在了第二重门前，我依旧记得清楚那灼热空气的味道，或许，那就是我害怕的时候自己身上散发的臭味吧。你怕死吗？这话我听别人问过。怕呀，怎么不怕。我当时想也没想就回答了，觉得人世间最大的恐惧莫过于死亡吧。死了就意味了一切的终结，它也会让人失去一切动作和可能。

可是，输。站在圈子里，望着炎魔脸上嘲笑的神情，我好像才明白。我怕死，也怕输。死的是肉体，可是输了，精神也就没了。所以，怕死？你是害怕死这事本身，还是只是怕自己从来没有真的活过？

结果证明，那一刻，我选择了真正地接受了恐惧，我宁可死，也不愿意输。所以，我就平静了，我既没死，也没输。现在，很庆幸，自己没有拔出那把刀。有些东西是可以用刀斩断的，我想，如果是举世无双的锋利的话，一切看得见看不见的东西，挥挥它，都能斩断了。可是，有些东西用刀斩断了也没用，断不是所有问题的答案。就好比一团乱麻绳，紧紧缠绕在了一起，你用刀是能解决问题，可是斩断了，那些被切得零零碎碎的线也就没用了。我很庆幸自己没拔刀出鞘，也应该感谢它只有一次机会吧。所以，自己努力解决问题。

第二重门，又是什么，又该怎么做呢？不管怎么样，我与和解的恐惧一齐，站在了巨大相同的门框面前。

准备好了吗？管他呢，迈一脚。

二重门：不见冰犬

即使思想上尝试做好准备，我依旧无法接受，一脚下去，身体又到了另一世界。更不用说这个世界又是极寒雪地。风很大，冰冷干硬的雪一片一片打在脸上，我完全睁不开眼。不仅仅是眼，脚也难迈，高高抬过没膝的雪，落下又陷更深，怎么也踩不着底。风还斜着吹，把脚步弄乱。所以，我看不见前面的路，甚至连直行也做不到。

突然，远处传来一声犬吠。很远很远的地方来的声音，像是穿过了很多雪和山，才到了我耳朵里。我停住脚，站在雪和风雪里，想再听清那声音一遍，好找到方向。可惜，狗叫一声就停了，除了呼呼的风和没有声音但是做了风呼呼声里噪音的雪花，这里一片死寂，什么声音都没有。我只能继续走，沿着自认为是狗叫的方向摸索。好在，雪一点点变小，很快就不阻碍视线了。可是，没有了风雪，静悄悄地行走，好像就更显得孤独了。没有了风雪，能见的视野也更大更宽了，看见更多的视野却让人绝望，一片茫茫无边际的雪野，太广阔了，广阔到让人觉着用脚丈量的能力也太过单薄，没意义了。

跨了一步，没留意脚下，不小心踩进了一块更深的雪里，这次得两只手去拔了。就是在这个时候，我看见了，雪地里藏了一块人体结构。这块之后，不远处又一块骨头，那儿还有一块。这些骨头就像人零零碎碎撒在路上的线索、记号，沿着它们走，就能找到一个真相，一个人，一个故事和秘密。即使最终什么都没找到，这些线索本身，也构成了一条路。

我跟着这些骨头走，一路走一路搜集碎片，突然有一刻感觉好像搜齐了一个人，就把手里抱着的骨头都放在一块大石头上。应该是齐了吧，我又仔细瞧瞧，想确认一下，当然也不知道这么做到底有什么意义，只是单纯手上这么做了。就在这时，突然又起风了，却不是这世界里的大风，而是就在我脚下的一道小风，卷起了聚拢的一块雪，先是盘旋在石头边缘，然后竟然一点一点流进骨头缝隙、洞里，像是骨头里那些在时间里溶解、消失的肉又回来了。填满完全，骷髅头已经变成了一张颇像的人脸。不知道为什么，即使是白雪作肉，我看这脸也有些眼熟。雪肉完成，接着骨头也咯吱咯吱响，一根一块，都在石头上剧烈地震动起来。我站在一旁，只能目瞪口呆地看着，也不敢上前扰乱。很快，骨头都立起来了，像找到结构一样，一个一个地精准衔接，重新形成了一个人需要的完整框架。看着这个“人”又站起来了，我瞬间想起来，为什么眼熟了。第二次了，父亲曾经以年轻的形象出现在铁匠的故事里，这次又以“雪人”的身份，重新站在了我的面前。眼睛瞬间湿润，过去的一幕幕全在脑子里回放。从前每天傍晚收好摊子，我回家就有口饭吃，虽然沙漠里的吃食都简陋，来来回回就那几样，不过饭永远都是热的，里面的米也没沙子，从来也不用担心小石子磕牙齿。吃完饭，父亲会让我搬两张凳子，又沏一壶茶，我俩就坐在屋外看星星。这个父亲的结构，一步一步，吃力地走到我面前，好想用雪手去摸我的脑袋。可惜，脑袋一阵冰凉，雪碰到却化了。以雪代肉，我也不知道这到底算不算真实触碰。不过，那在脑袋上融化的雪却顺着额头流淌下来，又流过眼角，化作我的眼泪，继续流下去。我应该哭得很厉害吧。

一阵一阵的风，都在我附近刮起来。每起一阵风，就有零碎的骨头片和挑选出的雪扬在空中。咯吱咯吱的拼凑结构，雪盖成形，就有了一个一个雪真人来到我身边。我擦干眼泪，见着这里有茶楼、小二，铁匠牵着红裙子姑娘的手，有龙王和他的青儿，瞎先生也在，所有的这些存在又消失了的人都出来了。他们在雪地里跳舞，快乐地动作。我就看着，不参与，光看也开心。老实说，从沙漠里出来，就没有这么开心过。失而复得，显然是人生幸事，更不用说复得的还都是我喜欢的人们。然而，相聚太短暂，就在骨头和雪们欢腾的时候，突然又从天边掀起一阵飓风，这风大且无情，一下就碎了所有的骨头和雪。下意识地我就想去救他们，可是真的一个一个扑过去了，却也只能亲眼见着骨架在面前碎裂，雪被吹得灰飞烟灭。我见到父亲无力地瘫倒下去，风替他发出呜呜的惨叫哀鸣，最后一块手骨依旧伸向我的方向，像是想握住什么，抓住什么。应该就是我，一定是我。事实上，走出沙漠，我一直让自己忙碌，跟着线索走，去找那虚无缥缈的盛唐。忙碌起来，好像就没有时间去回想沙漠里我们草屋轰然倒塌的那个晚上。更不敢去想，那时候的父亲是不是也如眼前一样，惨烈去死的呢？很快，所有珍贵的人就全消失殆尽了。失而复得，又失去，显然比从来没来过还要更让人伤感万分。

我倒在雪地里，极度地悲痛，软人腿，让我这次不想再走了。就和骨头们一起埋在雪里吧，这样的念头产生了，就在心里一遍一遍号叫，声音越来越大，最终几乎占据了整颗心脏。就这样吧，我突然也累了，对自己说这句话，就闭上眼，跪在雪里，静等着风雪很快把半身淹没。可是，远处又是一声犬吠，震颤天地，吹开稍许风雪。或许是幻觉吧，更可能像之前那样，叫一声就停了。这么想，我就没有在意，只是继续闭着眼等死。第二声，第三声，第四声却紧跟着来了。怎么形容呢，那声音就像是在脑袋里打雷，一道一道霹雳盘旋，竟然碎开了都已经冻住又封住大脑和精神的寒冰。

我终于醒了，不知道是真的又想活下去，还是想去亲眼见见那只能在冰原里发出如此嘹亮吠叫的狗。总之，用尽全身力气爬起来，跌跌撞撞又走了几步。

雪停了。依旧是那片茫茫的雪地，却好像看着更亮了。它似乎一直那样没变，看不见边，或许压根就没有边。可是，犬吠起来的时候，我觉得那声音就是边。它好像是黑暗里一个隐隐约约的光点，看不见，就用声音帮我，破开风雪，指引出一条道路。更重要的是让我知道了，自己不独行。可惜的是，即使到了最后，一直到我走出了冰雪困境，仍然没有看到那只狗。有没有可能，它并不真实存在，只是辽阔天地里的一道声音呢？所以，它也死在这片雪地里，所以才留这提醒，帮助后来人不重蹈覆辙吗？它的尸骨也埋没在深深的惨白里吗？如果真的，在哪，我能替它挖出来吗？这些问题，都不会有答案，狗不叫了，这里就死寂，静悄悄的，再也没任何声音。没有风雪的路就好走，只是单调的重复，抬腿再落下了。突然，我在某一个时间停住了，好像这里就是这个世界的尽头，再走一步就出去了。然而，前面明明还有茫茫的雪，回头看，也是什么都没有，只那一个空洞的颜色。我实在想象不到自己独自一个人，竟然真的就穿行了这么久，又这么远，这一刻，我相信，自己真的就站在了尽头。是的，这里的雪地没有尽头，可是，在我自己的世界里，也有一片冰原，那是有尽头的。不仅有尽头，还有名字，我管它叫孤独。那里也有很大的风雪，和这里一样大，甚至比这里还大。

我走到了孤独的尽头。可怕吗？可怕，雪地静悄悄的，没有路，踩上去的脚印就是路了，随处是尸骨。

却总有看不见的犬吠。

没有理由的，我笑了，竟然觉得太阳一点点透过厚云，光出来了。慢慢地摊开手，手里竟然还紧紧抓着最后一片小小的碎骨头片。我想了想，又看了看空荡荡的天，就松开了手。一阵风就来了，温柔也轻轻地带走了那片骨头，就像是一片雪花，飘向天去了。

松开手的一刹那，风雪消散，我就站在了第三重门前。

第十五章　三重门：梦女与兔子先生

谁能料到，三重门后竟然是一个丰富得会让人觉着可怕的花园。红色的，黄色的，蓝色的，你能想象得到的，想象不到的颜色的花，在这里都能找到。我从未在别处见过这里花种类的万分之一，不仅如此，所见的每一朵都娇艳盛开，没有谢哪怕一点儿，过于完美了，像是最好的春天就扎根在这里了，穿行在这园子之中，看着，闻着，感受着，都很难不让人心情愉悦。尤其是刚刚经历了冰火两重天，身心俱疲，突然让我放松下来，不用去警惕、提防什么，就只觉得整个人一下子就瘫软无力，深深陷入温柔仙境里了。一直走，也没有听到动静，这让我以为这里除了花，就只有自己一个人。直到见到了她，一个小姑娘坐在一张小板凳上。一双大眼睛盯着我，手里还托一个花篮。眼睛是真的好看，不仅大，更清澈，深褐色的瞳孔，好像有吸收魂魄的迷人魔力。我不敢久看，对视一下就立马低下头，她笑了。我看见花篮里装了满满的，五颜六色的花瓣。

"欢迎来到人间花园。"小姑娘说，声音就是孩子该有的脆嫩，不过却不普通，很好听。

“谢谢。”即使周围的一切都太温柔、美好了，有那么一瞬间，我还是下意识地打个激灵，“说一重一关，这门背后的考验和关卡在哪呢？”

“吃一片花瓣吗？”她突然站起来了，裙摆一转，起微风。当然，还有香，风带着香。我这才看见，她身上穿的裙子也是花瓣做的，旋转起来，就像春天真真的在眼前盛开。

“不了不了。太美的东西，都有毒。”我笑着挥挥手，最后半句话，作玩笑说出口。但是也不完全是玩笑，两门之后，行程就已过半，不过越是接近结尾，警惕就越要在。

“这话说的。”小姑娘翻了一个近乎媚眼的白眼，笑里藏不住的娇羞，百转千回，看呆了我，也奇怪，这绝不是涉世未深的小孩能做出的表情。“不吃，就且闻闻吧。”她洁白的手腕没进篮子里的叠叠花瓣之中，随意抓几片，又轻轻地洒在空中。

一道痴人的迷迭香就散发在空中。要说这花香真神奇，按理说，寻常气味都应该无色无形，它却在空中作弧线，七片花瓣，七个颜色的弧线叠一起，就成彩虹。我轻轻动动鼻子，那彩虹就朝我走来。给诸位一个经验，最好不要吸一道彩虹进身体，算亲身经历告诉你了。那是人承受不住的美好。

香气入鼻，先是有些呛，或许是七色夹杂在一起的味儿太重了，弄得我一连打了好几个喷嚏还不止。不知道是不是鼻子痒痒的，也影响了眼前的视线。我睁开眼，周围的一切就都变得朦朦胧胧，就像是谁趁我不注意，偷偷在我的眼珠子上涂抹了一层轻薄的水汽。闭眼再睁开，再闭又睁，依旧是这样，我耸耸肩，也不去管自己能力以外的事了，见多了奇怪的好处就是逐渐深刻地认识到一个道理：不能改变的事，接受就好。或许，视线模糊，走一段路，就是这第三道门的考验呢？我还试着幽默，安慰自己。

老实说，是挺麻烦的，看不清东西的细节，不过基本的轮廓和色彩却没丢，甚至看着更有奇特韵味了。所有的花都变成了一个一个不同颜色的圆球，它们的根就是一道竖线。所有景物都成了轮廓和颜色。我在五颜六色的圆球之间穿梭，偶尔一不留神也会撞坏柔软的结构，就轻声说句打扰了，对不起。也不知道方向，就走到了一块开阔的空地。

原来是一个热闹的集市，每个摊子都有鲜艳的色彩，一眼望去，眼花缭乱，眼珠子里都是闪烁的光点。走近一家摊子，才发现，摊主竟然不是人，而是一只兔子。当然了，所谓见到兔子，也只是看见了一个白色的基本形状，凸出的白色牙齿和胡萝卜的橙黄是辨识度极高的标志。再贴近，就冒失了，兔子先生怕也会生气。

“需要点什么？”放下胡萝卜，大门牙问我。

“有什么呢？”我瞅瞅这摊子的台布上，也看不清到底有什么。

“应有尽有。”口气倒不小。

“那给我来一斤甜枣。”我说，摸摸口袋准备掏钱。

“啥？”它太惊讶，我也惊讶，莫非红枣都不知道吗？

“甜枣呀？不是应有尽有吗？”

“太具体了。我们这个世界里只卖虚拟的东西，不卖实物。”

原来如此，我联想眼前突然消失的清晰景象，原来，这道门装的世界，就是一个色彩与结构建筑的抽象概念，至于实物，都倾覆不在了。

“虽然不卖红枣，但是你可以买一个和它一样味道的甜甜的梦呀。”见我不说话，兔子又暂时放下了视若生命的胡萝卜，向我解释与推销。

“好吧。”我的手在口袋里摸搓过一个来回了，只有一枚小小的铜币。没有另一枚，甚至就连金属最基本的碰撞响声都弄不出来。“可是，要拿什么买呢？我没有钱。”哪知道兔子连连摆手。

“不用，不用，我们这的梦，就是拿时间来换的。”

“时间？”这说法倒是闻所未闻，挺新奇。“时间怎么个换法？”

“你看啊。这个红枣甜的梦，一个梦就是二时钱。意思是，梦里的一时间，你要拿现实中的两时间去换。”

“可是，你要我的时间做什么呢？”

兔子伸出另一只手，遥遥一指远方，说道：“还能干吗，养花呗。”

“时间能用用来养花？”

“可不吗，你的时间拿来，我们去头去尾，秋冬的部分都剃掉，只留下春天的好部分，做成浆露，浇灌到那些花里。”

如果不是我之前真的亲眼见过那些花，完美无瑕，鲜嫩欲滴，看着都不似真的，我是一定不会相信，眼下听见的离奇说法的。不过，现在却真信了。原来，那每一朵花都金贵，是食所有人的春天养出来的。见我沉默许久，都不说话，兔子先生倒是急了。

“怎么说？还要不要鲜枣梦了？”

“嗯，来都来了，就称点呗，尝尝鲜。”

“好嘞，先生是要几时的梦？”

“一刻吧。”

“称好了，您可瞧见了，这秤不欺人。包时包量，您呀，就得劲享受吧。”

又是一道雾气，先是隐了近在眼前的兔子去，很快又抹去周遭。我觉得自己该闭眼了，黑暗里待一刻，再睁眼，应该就到梦里世界了。果然，诚不欺。

一只柔软纤细的手，紧紧牵着我。我没回过神却见那手的主人就蹲下了，一个美丽女人戴顶红丝绸头巾，笑吟吟地看我。那对眼睛好美，如西域绿色玛瑙翡翠般闪烁。见她蹲下还与我齐高对视，我才意识到，自己梦里借的这具身体应该只是小孩的形状。

“娘去买几颗枣，你在这里乖乖等着，长安街上人多，可不要自己跑丢了。”话毕，那看起来没什么力气的手就在我掌心里，重重扣一下，应该是严肃提醒的意思。松开了，失去温暖柔软的刹那，我只觉得心里空了一块。

长安街上人潮穿行，马车，人，一个一个从我身边擦肩而过，有些脚步匆忙的，甚至还撞到了我的小身体。所有人，整个世界都在移动，好像只有我一个小小的高度，地图坐标一样，站住了，就不能动。我不知道是借了小孩的身体，耐心就也变成了小孩的耐心。还是真的，自己等了很久，却还是没有等来那个称自己为娘的女人。这街道愈发拥挤了，甚至开始躁动，太多的人走一个方向，像是带起了一股难以反驳的浪潮，夹卷我，也跟着走。我只记得，乖乖等着，这几个字，像刻字在头脑沟沟里一样，固执地保持自己，不动。越来越难了。就在我终于要放弃抵抗，随波逐流，去一个地方的时候，终于，看见了红色。

红色的头巾，绝美的母亲，当然，还有一袋鲜红欲滴的红枣。

“真是个好孩子，久等。”她摸着我的脸，又在额头亲了一下。“来，吃枣子吧。”

我看见那张脸，远不如初见时年轻红润，如今它是苍老透了，也爬满皱纹了。心里知道，不是我耐心不足，而是她这一去一回，时间真的不停，走了几十年。

红枣倒依旧鲜嫩，还隐约挂着不知哪个时空的露珠。

就咬一口吧。甜的不知道是枣本身，还是这转瞬即逝的几十年时间，或者……是漫长等待终于有结果。我咬一口，又咀嚼几下，那甘味便从舌苔向口腔周壁散开。我细细地咀嚼、品味，却觉得渐渐眩晕，好像这甜里的内容太重，远超了这具躯体的承受能力。开始只是左右轻轻摇摆，而后剧烈，甚至天旋地转，转得我的脑袋生疼。最终，太阳一斜，身体完全倒下。

“冬日确实，该喝碗老母鸡汤。”黑暗里，一个苍老的声音说。我尝试苏醒，却觉得眼皮沉重，睁开困难。

“躺着就好。再睡会吧，最后这点时间也不要折腾了，汤在锅里炖着了，片刻就好。”那声音接着说，声音断断续续传进耳朵，听得出是个老头。我也不知道自己的身体又怎么变化了，只是单纯地凭感觉感知周围，这身子倒下闭眼，就在黑暗里又转换了身份。睁眼难，动动手脚也难，好像借的这一具身体，也老态龙钟。

“睁开眼吧，老伴。”一力轻轻推我，我听到“老伴”二字，混沌的大脑突然就清醒了，像是一只看不见的手狠狠地拨开了黑色浓雾。我再动动眼皮，这次尽管吃力，却总算睁开了。

面前果然是一个老头，比我想象得却更老些，头发、胡子，甚至眉毛都花白。他手里端了一个碗，还直冒热气。我用自己现有的那双老眼瞅瞅，嚯，滚烫的鸡汤。不仅是鸡汤，还可以说是挺讲究的鸡汤。

先是一根青绿的葱软塌塌地盘旋在浓稠的白色汤汁上，而后有切块白萝卜，很多，都快化似的，浮沉表面。如果鸡是这碗汤的主角，那主角中的主角一定就是大鸡腿，皮煮烂了，一半还勉强挂在骨头上，一半落入汤下浸泡，藏不住大片白嫩的鲜肉。碗底余留锅气火温，这气温也透过瓷器，源源不断渗进鸡汤里加深香味。

“最后再喝一口吧，老伴。咱俩几十年风风雨雨的味道和意思，也都在这碗汤里了。”老头又说。最后，那两个字好像已经说明了这具身体的一切，我也的确能感觉到，自己每向冷空吐一口气，身体就重重起伏一下，好像自己原本储存不多的一缕生机又偷偷溜走了。看来，剩下的时间是真的不多，而喝一口鸡汤，或许就是最后的愿望了。这不是一个富足的家庭，穿着，屋里布置，甚至是天花板上零零散散的漏洞，都说明，这不是一个富足的家庭。站在富足对面的简陋，或者才是合适的形容词。

我用双手接过滚烫碗的边缘，却颤颤巍巍接不住，那碗一下就要倒，里面的珍贵内容眼看也要倾覆。可是，一双手就落在了我手上，虽说都苍老无力，四只重叠起来，就建立了足够托起一个碗的力量。这手来得太及时，让人诧异。不过想来也能理解，该是事情发生之前，就早早等着的下意识反应，或者说，几十年的默契，几十年都是这么过来的。突然，一股暖流就从手掌透过皮肤，涌入心底，又顺着肠胃、食道升腾，在嘴里运攒，即使鸡汤还满满当当在碗里，肚子依旧空空，这温度，也足够让我能吐出一口足够粗壮的热气。

鸡汤进肚，油而不腻，在嘴里含着，甚至还带些甜味，就如一小股晚春温泉在嘴里迂回。只一口身子就暖彻底了，即使茅屋屋顶破洞该在的还在，寒风依旧透着洞源源不断地进来，可是，却阻止不了身子暖和。喝下一口汤，碗里的情况就更加清晰，其实除了鸡和白萝卜，碗里还有其他东西。几块黄色姜片，枸杞十数，还有一颗大大的红枣。原来，那甜味，就是这么来的。他托着碗，我就安心，一口一口地喝汤，也吃萝卜，鸡也咀嚼烂了。最后，碗里就只剩一颗皱巴巴，却红艳得惊人的红枣。

“老伴呀，对不起，对不起你，这辈子没能与你繁华，让你幸福一天。就吃下它吧。吃下它……”我紧紧地盯着那颗红枣，像是从中看出了什么，又像是试图通过它看见什么。老头见我这样，已经泣不成声。“吃下这颗甜枣，好坏一生就这样了吧。”

我微笑，腾出一只手去拾那枣子。皱皱巴巴的皮上还挂了一层油。放入嘴里，炖烂了，即使残牙，小心咬一口，它也碎与融化在口腔里了。

散开的味道，不是很甜，至少不如意料中那般甜，却也不苦。

好坏一生，就这样吧。这话听得倒是劝人安静，不过真的受用，笑着闭上眼。

漆黑。

经历过第一个到第二个梦里的角色转换，我知道借的这具老太太的身体就死去了。至于自己的意识和灵魂，却如一缕青烟，在混沌里漂浮，等着睁开眼，再听梦境安排，转换时空，不过那又会是什么画面呢？

蓝蓝的天空，有一只鸟飞过。形状奇怪的树枝过度疯长，绿色的叶子大片，也遮挡视线。我不知道自己在哪，为什么离天空很近。不过最直接的感觉还是，被遮挡视线很难受，只想伸手去撩开那些枯枝杂叶。不过，这次不能。与其说手动困难，不如说，竟然发现四肢都没了。所以，这是一具什么身体呢？我又是谁呢？琢磨不明白。只能看见之前描述的那一副祥和宁静场面。依稀觉得自己是一个圆形的身体，也猜这圆球被什么东西悬挂着。

“看！那有一颗特别大的红枣！”我突然听到斜下方有调皮小孩的尖叫。尽力地晃动一下身体，或者说借一阵过去的风的力量，我的视线也些微向下偏斜，看见了一群小孩望着又用手指我的方向。这才明白，原来这次，在这个红枣梦里的这一刻，我就自己化身成了一颗挂在树上的红枣。

“那还不快把它打下来呀。”一个小孩子起哄，一个小孩就举起了弹弓，另一个小孩又从地上拾起了一块石头，递给第二个小孩。第一个小孩又大声起哄。

“好的，看我的。”

风停了，我摇晃身体也难。视线又回到了那一片天空，其实这个画面也很好，什么都没有，所以很安静。等着那石头打我，果然没过多久，一道锋利就擦我的身体过去，破了一块皮，不过却没把我打下树。我觉得擦伤的部位疼，也说不出那具体是什么部位，因为一个圆球没有四肢五官也没有脸，真正能属于我的动作好像只有打开视线，去看那个由我在这个世界的位置高度，决定的固定湖面。不过只是单纯地看着蓝色的，什么都没有的天空，又觉得好像没那么疼了。脚下一片惋惜，好像擦伤我的身体还不够，接下来还有动作。

第二个石头很快又来，第三个几乎是与它同时，也来。这次更准了一些，擦了我更多的皮，打到了身体更多的部分，不仅如此，悬挂我的那根绳好像都开始左右摇晃了，甚至幅度剧烈。几次打击下来，我已经感受不到疼痛，只觉得自己这个小小身体，连一块完整的皮肤都没有。所以红色的外衣已经很少覆盖了，我大块的白肉都裸露在外。或许是看我，不再如当初那么圆润和好看了，小孩子很快失去兴趣，也不用石头砸我了。

我以为如果做一颗可口的红枣，自己会被放在略微发臭的口腔里，被口水浸润，被尖牙咀嚼，然后身体被压扁，藏在身体里的甜味慢慢散开。这就是一颗枣的使命了，想象起来就不好或者悲哀。可是，却没想到，眼下这个结局更坏。可以预见，等到摘枣子的时候，人们都会称赞，其他的红枣，多漂亮，或者多甜美呀。即使被反复咀嚼尸体，吮吸透血里的甜味，但至少它们都是应该赞美的。到那时候，只有我一个，孤单单挂在树上，不会被杀死，但是也失去了美。一直静静地看着天，和天空对视，却没它活得久。最终还是会被时间风干，皱成小得不能再小的一团，枯萎了，掉进泥土里。

“瞧它，怎么会有这么丑的一颗枣呀。”会有人这么说，没有人知道，原本，我是这棵树上最美最大的枣子。盛衰变化好像都是一瞬间的事，就如那天上来了又走的云，盛会走，衰也一刻不停留，于是循环循环，我们这些渺小没有自己的好坏，只是循环里的一部分，借了大世界大时间，背景里的好坏。

小孩子们，你们知道吗，其实不用拿弹弓打我，我的生命也会在某一个时间掉落、消亡。你们的调皮，或许无意间保护了我的命，却抹去了我作为一颗枣的尊严：需被人品尝再称赞的，尸体的甜味。这些道理，再长大些，你们会明白的。等我消失不见的时候，或者你们老到能明白，有时尊严这事儿，它还真的要比命贵。

这一次，我等了很久。等了很久，才等到自己从树上坠落。在等待的时候，风云好像都变换了，可是天还是那个天，看见的景象都变了好像也并无不同。我掉落地上，又陷入湿润的泥土里，下沉、下沉像是要一直沉到最底，甚至比最更底。分解、分解，一直变得更小，化成最小的尘埃，甚至比最小更小。这次是真的黑，黑得太彻底了，黑得不留一点余地。所以，我想，这个梦就这样结尾了吧，也不会有其他转机。

醒来。我在黑暗里，无声地说。

就真的醒来了。简单得太过轻易了，虚实的变换果然如兔子说的，就是一场单纯的时间交易吧。

"怎么样，客官。该是一个不错的红枣梦吧？"醒来的第一眼，就看见了那只兔子。梦醒的朦胧在本就模糊不清的脸上，又盖了一层扰乱视线的介质。我只能看到一团白色，不是清楚分辨的洁白，却是令人心烦的一团。

"不知道该怎么说。"老实回答，我的确不知道该如何评价这个梦。虽说见到的，从头到尾都只是一颗枣，甚至连大小颜色都一样，可是我总觉得在不同故事里，它就一直跳跃着，变化形状。甜吗？要有人问我这枣啥味道，我依旧只能说不知道。落嘴巴里了吗？落了。咀嚼了吗？咀嚼了。味道在嘴里散开了吗？味蕾又正常吗？答案都是"是"。那怎么就唯独味道不知道呢？不知道呀。

"瞧您说的，享受过后又回味，最后倒说一句不负责任的不知道。老实说，这红枣一梦，可不比那颗实实在在的红枣味道丰富？"

的确,这话没错,可是为什么,我总觉得怪怪的呢?

"所以,要不要再买一个梦?"兔子一摊手,桌布上原来摆了很多玻璃小罐子,我没去仔细看,也看不清楚罐子里到底装了什么东西。不过,仅凭我有限的视线和合理推测的想象,那些个罐子是空的,什么都没有。"我们这五彩斑斓的什么梦都有,绝对比真的还要深刻、复杂,让你回味无穷。"

即使已经回归现实,适应了周遭环境一会儿,我的脑袋却还是晕乎乎的,不过这种眩晕倒不剧烈,去撕裂人的脑袋,让头疼,相反只是让你慵懒,想舒舒服服沉睡一觉。所以,应该回答,好的,就再来一个梦吧。

我开口,"不用了。"没料到,脱口而出,却是这个回答。说话声音冷静又陌生。

"为什么呢?"兔子像是掐尖了嗓门,夸张地表达对于这个回答,自己是意想不到的意思。它不愿意接受,却仍然忙不迭地为自己与产品推销、辩解。"不断地变换角色,不断去做编织各形各状的美梦。难道,这提议还不吸引人吗?更何况,不要你钱。只是单纯地要点时间而已。"

"花会衰败吗?"我突然问,显然,这问题也是出乎兔子意料的。因为它也没回答,只是说了这两个字。

"什么?"

"你们用交易来的春天,去浇灌的花,也会衰败凋落吗?"

"那自然是不会的。"好像听懂了问题,兔子的声音里流露出了绝对的骄傲。"这个院子里的所有花,都只活一个春天。长在春天的花都只会永世盛开,不枯萎。"

"那……"听它的回答,这一刻,我好像突然头脑清楚了,也终于看破了这里发生的一切与原因。“那花还是花吗？”我笑了。

“什么？”又是这两个字，我依旧保持微笑。其实，两次，兔子都听清了我的问题，它只是不知道该怎么回答与应对。换句话说，它比谁都知道包裹在虚假里的真相，只是依旧固执地为虚假一层一层地包裹名为谎言的美丽装饰罢了。如果包裹得足够厚，足够美，足够看不见丑陋的真相，那就可以是一个畅销的好产品。

“不枯萎的花，还是花吗？”

兔子语塞，我在剥装饰，它亲眼见着，却没办法阻止。在脱落，那美丽的骗人纸，一层，又一层。

“一颗枣，它就是一颗枣，它的甜就是它的甜呀。可是，你卖的梦里的枣，那却是夹杂了很多人的记忆，无数颗枣的甜又混合出的一个味道。即使每一个记忆里的枣都是真实的味道，可是混在一起，就是假的了。我喜欢你的梦，可是很可惜，它是其他人的梦。不是我自己的梦。我也喜欢自己的梦，可是很可惜，现实更重要，它能提醒我是谁呀。”

“你是谁？你在梦里找不到答案，现实里就一定能找到吗？再说了，答案这事真有那么重要吗？”

“怎么说呢，与其取个错误的答案，还不如不要好了。需要纠正，虽然现在我还不能把一个确切的答案放在你面前，但也不代表不在寻找。人生或许就是这样的吧，一直找一个能解决有关你是谁的一切问题的最终答案，一直在路上。在生命的尽头，可能你会有个答案。不过更可能，你还是没有一个答案。可是，这也不是就没有意义的呀，意义已经在了，在你决定去找，又坚定走在路上的那一刻，那几刻。”

“先不说这些深刻的东西。聊些开心的事吧，我有一个存货梦，那真是绝对精彩。你先等一下，就一下下，在哪呢？”慌了，瓶瓶罐罐里翻找，不断有玻璃掉地碎裂开的清脆叫声，兔子却也不顾了。“没关系，没关系，再稍等一下，马上就找到了。您尝尝这个梦吧，这么说吧，价钱可以谈。先交货后给钱，如果这梦不好，就不收您一点儿的时间，总可以吧？”

我笑了，全然不理它，转身就走。能听到兔子在身后撕心裂肺地叫喊、阻拦，我每走一步，四周环境就清楚一点。眼珠上那层薄雾一点点散去，所谓的模糊感也在逐渐消失。其实哪有什么完美无缺，路两边的花仔细看看，好像也不是那么鲜嫩欲滴了，它的边缘也在软下去、变暗发黑，叶子上那么多被虫蛀烂的破洞怎么刚刚就没发现呢？或许只是因为交易停了，不借也不换春天了，这花园里停滞的时间就重新流淌起来。或者，更有可能的是，永远活在春天里的花也不能永恒，它本来就会凋谢。

我走出园子，再也没想着回头。却在最后一朵花的面前停住了。停住也倒不是因为花，而是因为那个之前见着的小姑娘。她不见了。

只有一个同样着装的，苍老可怕的老太婆。看见我来了，她还头一摇，很努力，很努力地咧开一嘴残缺的黄牙，做出任何人看见了也只会觉得恶心的少女的可爱表情。

“欢迎来到我的花园呀。”

欢个狗屁迎，花个狗屁的园，我一拳打到那张令人作呕的脸皮上。

“去你妈的假春天。”

第十六章　四重门：我与酒神饮三大杯忘忧

先说了吧，这故事的过程和结果，总结起来其实很简单：我与酒神饮三大杯。就是这样，听起来果然很简单吧。那说复杂点，如果一个好故事该持久，太简短也不好。酒神酿的这三杯，第一杯醉了我一天，第二杯睡去一个月，第三杯醒来就一年。其实，还是有第四杯的，那个大肚皮，赤裸上身的男人很潇洒地把第四杯推在我面前的桌上。

“这一杯喝下去，你就不再是你了。这世界也不再是这世界了。”他说。

“那我是谁，这个世界又是什么世界呢？”我端起那酒杯，不大的杯子，里面静静躺着透明的液体，看起来很普通。

“一个崭新的你，一个崭新的世界。”

我沉默，屋外下雨，我和他，还有它，就对视静坐着，谁也没再说话。

让我们回到故事的开头。四重门带我来到了一个森林，这里全是很高很高的树，有多高呢，高到你仰头却依旧只能看到树干，光线透不进来，树叶子也不见。我在耸立的木头里穿梭，夜色渐起，心里也没什么特定目的或者期待，只想快速走出去，能找一个歇脚地方就好。终于，在天就要完全漆黑之前，木头暂时到了尽头，一块空地露在面前。我见到了黄色的光和一间木屋。就匆忙走过去叩响木头。老实说，手指关节敲在这块硬木上，很有质感，声音也清脆好听。

就在我猜测这块木头来自树林中哪棵树的时候，门从内向外被推开。率先出现于视野的，竟然是一块格外凸出的大肚皮。我稍微解释一下，格外凸出是什么意思。山，第一眼见到，我完全想不到这还可以是一个人的肚子，以为是一座横过来的肉山。顺着往上，我看见了一张人脸，也是肥胖，光头。耳朵很大，耳垂更长，长得好像都快落在肩膀上了。他手里端了一个碗，我以为是在吃饭，可是见碗里晃晃悠悠，装着白色液体。看起来不是清水，却是酒。原来，这是个酒鬼和尚。

“在森林里迷路了，方便收留一夜吗?”我问，不知道会得到怎样的回答。却不料那胖和尚过分热情，忙不迭挥手让我进去，一张肥脸上堆满笑和褶皱。

“快请进，快请进。屋子里暖和。”他一手托着我的背，肉嘟嘟的掌上一个轻柔暗劲，就把我的身子带进屋子了。我刚进去，他就后脚跟一踢，把门带上了。

这是一个没什么好描述的木屋。一根一根，全是木头，就是一间绝对的木屋。可是，令我惊讶，甚至可以说瞠目结舌的是那屋子里的东西：一坛一坛，全是酒。有的坛子结实地立着，整齐排好，里面好像还有满满当当的内容。有的坛子就绝对空了，随意散落在屋里，东倒西歪流口水。怎么说呢，一眼看去，横在地上的坛子，比立着的多。

"来一碗暖暖身子吧。"我还没反应过来，一个碗就伸过来，差点怼到我脸上。碗里晃晃荡荡的液体，是不知名的酒。

"不了不了，不会喝酒。"

"酒这东西，没什么会喝不会喝，喝了就是。寒夜漫长，一碗酒下去，整个身子都暖和。"过分热情，现在看来一开始对和尚的评价简直不能更准确。那酒在我面前转来转去，最终又硬塞进我的手里，他松手了，我也不能让碗掉地上，只得好好接住。一股清香，就从碗里飘来，进入我两鼻孔，又顺着小洞淡淡地、温润地散开。不烈，只清香，那味儿闻着也舒服，不让鼻子刺痒想打喷嚏，相反却沁心脾，抚人平静神安。倒不像酒，却像茶。

"那就抿一口?"我端着碗，小心问和尚。他听我言语，乐得笑了。

"好嘛，就抿一海口。"

我扬起头，让碗顺着脖子下了一点。当然了，不止一口，倾斜的角度出了错，咕嘟咕嘟，那就不知道是几口了，瀑布一般，肆意在喉咙里流淌。等我反应过来，想起来去平那碗，才见到碗里的内容已经少了大半。

"抿一口?"就见一旁的和尚咯咯傻笑。我不好意思地摸摸脑袋。

"明天见。"不知道为什么，和尚就这么说。我明明还站在这里，直挺挺地立着，为什么他这么说，就好像我已经要歪歪斜斜地倒下呢？真是可笑啊，我明明……我明……

第二天中午才醒来，脑袋昏昏沉沉，还不时有隐约的一道一道炸裂般的疼痛刺激神经。我从硬邦邦的地上爬起来，一抬头就见到那胖和尚在盘腿打坐。我的四肢都麻了，动一下就疼，也不小心碰到了一个空酒坛。瓷器在木头上旋转，碰擦出一个奇怪的声音，声音里好像有风。

不知道是不是这动静弄醒了和尚，他慢慢睁开了眼。

“醒了？”和尚问我。这两个字其实也是我想同他说的话，可惜被抢了先。我只能点点头，又见他醒来的第一件事，就是随手拿起一个碗，喝里面的东西。不用说，又是酒。

“和尚能喝酒吗？”我忍不住问，倒没有质问的意思，单纯好奇。

“好问题。我先问你，酒是什么？”好在和尚也没生气。

“醉人的玩意。”

“可以这么说。那如果我喝不醉，这酒于我而言，和清水又有什么两样呢？或者换句话说，你的酒就是我的水，因为它能醉你，但是我不醉。”

我无语，倒真没料到他还能这么说。信誓旦旦，理直气壮，乍一听就不对，但是好像也真的难以反驳。

“酒醉的目的又是什么呢？”他继续反问我。

“额，不知道。”

“解忧呀。”和尚笑了，“我既不会醉，也无忧可解。白酒穿肠，不过一股清水罢了。消化完成，撒出来的尿那自然也是清澈澈，坦荡荡的。”

“这么说，倒真不知道该如何反驳了。”我老实说，觉得些许恶心。不知道是不是他最后那句清澈澈，坦荡荡的尿催的。

“就不该反驳对的事，反驳干吗。”和尚站起来，肚子顶着山，又猛烈一震，看着都揪心。我在想，那弹性白肉里到底装了些什么，都是酒吗，还是也有肉。好像是看穿了我的意思，他突然笑了，冲我招招手。

“饿了吧，不如先简单吃点东西。”

一盘牛肉，两个空杯子。我怕再喝杯酒，一睡就又是一天，就抢先拿起茶壶，往自己身前那杯子里倒了清水。和尚看看，也只是耸耸肩，没说什么。

“干杯。”他给自己的杯子倒满酒，又伸过来要和我的清水碰碰。我迷迷糊糊把杯子递过去，瓷器摩擦的瞬间，听声音，不知道为什么，我隐约觉得哪里不对。和尚一饮而尽杯中酒，我也仰头，喝下了那碗水。

“卜月今日见。”

像是中了这话里的蛊，这次，我连天旋地转都感觉不到，就应声倒下。

不知道过了多久，我又醒来。这次不再是正午，却是黑夜深了，我睁开眼，伸出两手放面前，看不见。无奈，在黑暗里找视线不得，也弄不清自己到底是继续睡着，还是真醒了。好在眼睛无能，黑暗里，声音还是有的。和尚睡熟了就大喘气，此起彼伏的呼噜声别说是要掀翻屋顶了，看样子是要把整个世界都一起颠倒坏了去。是现实没错了。夜里该睡觉，可是我刚从梦里来，自然也无法再在很短的时间内回去,更不要提眼下还有这扰人的声音地震。我就在地上又躺了会,觉得背后硬也冰凉,一会儿缓缓地黑暗里起身,靠着一块木头坐一会好了。坐着,坐着,就坐到了天明。

“你醒了?”天一亮,我就死死盯住了和尚,待他睁眼,就说这话。这次,不能被他抢先了。可谁知,这人还无耻。

“你这一觉睡得可好也可长呀。”不回答我的问题,直接绕开,再一改疑问句式,以称述戳刀。丝毫不留我回答和分辩的机会。

“酒太烈。”我只能这么说。

“不要怪酒,醉不醉可是自己的事。”和尚依旧不给我面子,生硬拆开我每一个可能的借口。“你像我,喝不醉。所以,还是人的原因。”

“所以……”我努力忍住怒火。“你能不能不给我喝酒了,这一杯下去就醉一天,一个月,多耽误事呀。”

“不是我找你喝酒,是你自己的忧愁给你斟酒。”和尚又喝一大口。

“什么?”

“你内心满满地都是忧愁,喝水也是酒。”

“那该怎么办呢?怎么解忧?”

“就不如多喝酒吧,反正不喝也总是得醉。”一碗又递过来。我不气反笑,睡得久了,脑子里也空空荡荡,装不了什么思想和情绪。仔细想来,现实与梦,醉了与醒,好像也没差太多,酒既然温了端来,那也不拒绝,喝了便是。

“下一年冬见。”

有了两次经验,这次和尚话还没说完,我就率先躺下来,闭上眼，等休眠。

“醒了？”

“醒了。”

“这么醉下去可不是办法，多耽误事呀。”

“确实。”我第一次觉得他说得太对了，可是这话怎么听得这么耳熟呢，我是不是自己也说过。“那有什么办法吗？”

“这有坛酒，喝了就忘忧，一劳永逸。”和尚肥手一指屋子里的角落。果然，那里藏了一瓶破破烂烂的看起来就很古老的酒。

“什么酒？”

“酒叫忘家味。”

“喝了就再也不会醉了？”

“不仅不醉，还得永世快乐。一天忘一点，耐心等些时间，最后就什么都不记得了。”

“所以，忘忧就是把之前的记忆都忘了？”

“忘了不好吗，你看我，每天都清清楚楚的，脑袋也空空荡荡的，把酒当水喝也不会醉。宛若新生。”

我犹豫了。

“我想，你也不是寻常和尚吧。因为如果你之前说的都是真的，那普通和尚，一定是弄不来这种酒的。”

听我这言，和尚笑了。“既然你问了，我也不骗你。在下本是佛祖的酒坛。日日与他为伴，突然有天，佛祖闭上眼，叹一口长气，我感到了忧伤，就连忙把身体往他面前凑，他没说什么，只是喝了一大口。从前都是小抿，这一海口，确实是吓着了我，感受到自己体内的重量迅速消失。‘人间疾苦呀。’佛祖说。‘酒呀，酒呀。你在天上是快乐水，到人间就是救命药。我要把你遍洒人间，饮天下一大醉，解黎民苍生忧。’‘那……’我弱弱地说，不敢反驳顶撞，只是弱弱地说。‘为何不直接一道福祉降人间，破了那人间疾苦呢？’佛祖笑了：‘不得呀，不得呀。人间该疾苦。’‘该疾苦，为何忘忧？’‘我该赐他们肉体受苦，却也该度他们的精神。废话少说，去吧，我给你和尚形，去饮人间一杯酒，酒叫忘家味，喝完此生不再忧。’”

“佛祖的酒坛。”

“是的。”

“喝完这杯，此生就不再忧。”

“是的。不好的事，就不断地忘。每天都新。”

“那我若是不想喝呢？”我抬起头，与和尚对视。

“那就难了，此生多疾苦。”

“好的，谢谢，我明白了。”

“所以，还是不饮了。”我对和尚说。他不说话，只是默默收回酒杯。我知道，和尚是好心度人，如此拒绝一杯酒，或许也真是拂了他一片好意。不过，决心坚决。

“如果真忘了一切，那或许，如此醒着也是另一种醉了吧。”我说。“不知道为什么，总觉着与其空着活不痛苦，还不如多醉多艰难。不管怎样，还是谢谢佛了。”

“别道谢，拂了这番大好意，往后路漫长，你就再无庇护了。”不再过分热情，和尚变脸，表现出绝对的冷漠与厌恶。

“佛不度人人自度。”我还是笑着答。

“好自为之。”

“醒了吗？”我继续笑着问他。

这次他没说话。

我睁开眼，树林不见了，屋子也不见了。自己已在最后一道门前，这里即是终点，跨过它去，定魂珠就该自现。

“醒了吗？”

“醒了。”

原来，自己与自己对话，也能在胸腔里碰壁回响，反复又声大。

第十七章　五重门毕，小珠自现

站在最后，图画皆失，身体又重归混沌黑暗。什么见不着，只闻这声："你究竟有何欲求？"

"无欲无求。"我答。

这一问答，地面就突然幻化成水，无数手从水面里伸出来，抓住我的腿。我只感觉，自己被缠绕住，这些手挂在我的身上，依附了，就疯狂地往上伸展、蔓延。手不见了，换成了荆棘藤蔓缠身。我动弹不得，心里却冷静。即使从第一道门，走到最后一道，现实里的时间应该也没过多久。可亲身经历了四重关后，我好像也领悟了许多，对自己，对这世界，都有了更深刻的认识。当然了，这些深刻不知对错，也不该用对错来评判意义，真要给个定义，也只能说是发生在浩瀚宇宙里一个渺小个体的内部探索罢了。不过，很安静，这个探索，让我觉得很安静，以至于能真正平静地面对很多事，处理很多事了。

"无欲无求，还要定魂珠做什么？"那声音又问我。

"就一颗好看的小珠子，取来瞧瞧，在手里玩玩。"

“哼，你口中这所谓的小珠子可是能留一人阴魂。”这句话让我觉得，那声音在注视我。可是，我依旧平静，看就看好了。不管以什么眼神，什么角度看我，就算把这肉体看破了，我还是我吧。

“能留住农家炊烟吗？”我笑了。显然，回答里的内容出乎他意料。这一笑，或许又激怒他。

“严肃点，可别小瞧了。不仅是人，它还有续一朝盛世的神通。”

“既然如此，那它能再续这浩瀚天地百千年吗？”我继续笑着，只想着回答声音里的内容，全然不顾他说话的态度。

“好小子，你穿过四重，辛苦来取我，难道就是为了这么取笑戏弄我？”我知道了，其实早也猜到了。这藏在最后一门黑暗处，只闻其声不见其人的家伙，就是那颗定魂珠。

“戏弄倒真谈不上，不过辛苦？好像也不能这么说。实话就是，开始真的只是好奇，可能是因为看见、听到那么多人就为一颗珠子趋之若鹜，不惜赌命，实在费解。后来嘛，就只能算是机缘巧合吧，这么多偶遇的人和线索都把我一路引到这儿。所以，怎么说呢，与其说是自己主动地辛苦争取，不如说只是身体被动又糊里糊涂地带到了这。”此言不虚，我回忆自己是怎么得知定魂珠，又是如何一路追到、走到眼下这步的，其实真的只能说是阴差阳错，机缘巧合，一笔糊涂乱账罢了。不过仔细想来也是，如果真是一环一环紧密设计，步步为营，或许才反而难有此机缘与这活在传说里，又藏在重重关卡、幻象之后的神仙玩意见上一见。毕竟机缘看天，人算不如天算。

“少得了便宜卖乖。说实话，取我去，要用在哪里？”

“额。”我的手在黑暗里摸到下巴，就手托下巴，仔细想想。“用在哪儿现在还没想好，不过如果你真愿意和我走，那很可能我直到最后也不会用到你，很可能找个合适的时间和地方就留下你好了。就抛在天地里如何？既然你原本也是从那里来的。”

“抛在天地里？”我听出定魂珠的声音在微颤，好像这是一个它闻所未闻的答案。

“是呀。”我继续解释，“找一棵巨大的树，塞在黑色的树洞里。或者找一片广袤无垠的海，就扔进蓝色漂亮的水里。嗯，或者或者，埋在一座深山最底的土里也行。”

“当真如此？”

“无所谓喽，也不是什么大事。”我耸耸肩，黑暗里它当看不见我这动作。可是，不知道为什么我总觉得自己说出“无所谓喽”，这话里腔调就自带耸肩的画面了。

“好一个无欲无求。第一次听人这么说和解释，满意极了。”终于，我见到黑暗里亮了一道光，一颗珠子自光里出，不用说，就是那定魂珠，它飘了一路，又轻轻地落在我手掌上。“记得你方才说的话，也要好好做到了。眼下，五门已过，我这就领你出去。”

一声巨响，天地震颤，漆黑里突然生生裂道大口子，光就透过这口子射进来，世界瞬间亮了。我用手捂眼睛，稍微留一道缝儿，慢慢地接受和适应光亮与时空交替带来的眩晕。等到完全能睁开眼，就急忙检查周遭环境。自己已然不在后山的旷野中，却在主寺一间禅院的床上躺着。释空坐在我身边，见我醒就笑了。

“施主，还好吗？自你进那黑洞，整整七日，不见踪迹。我命几个小徒弟找遍了后山，依旧没你下落。都不知你去哪了，像是凭空消失一般。可是，今早却见你突然躺在佛像面前，嘴唇青紫，脸色惨白，怎么喊都不醒，眼睛就死死闭着，眉头还紧锁，像是正在看不见的地方经历什么。我猜想，应当是与那定魂珠的考验有关，考验没结束，你就难醒，于是就和徒弟先把你送到这床上先温暖躺着，再静等苏醒。”

“谢谢住持了。”我两手撑起上身，想好好谢释空和尚，却不料这躯体真是瘫软无力，没等靠床背上，又滑溜溜，泥鳅一般倒下去了。释空摆摆手，示意我不必这么客气。

“施主这番去洞里探索，找到定魂珠了吗？”他突然问我，听语气很轻松，好像只是无意提到，话里聊的事也没什么大不了。可是，那语气也太轻松了，太无所谓了，正是这样，反而让我觉得这像是刻意装出来，做给我看的效果。于是我留了个心眼。

“不知道呢。在黑洞里昏迷，醒来就是这儿了。”我故意露出不无可惜的神情，也深深叹口气。果然，释空的脸色一下就变了，他一定是太在乎这事的结果了，所以一直引以为豪的老人与和尚特有又叠加的处事不惊也短暂地从他脸上消失。那一瞬间的变脸，让我清楚知道，释空与这定魂珠一定有很大关系。

定魂珠还在手里吧？我突然想到这个问题，就立马握了握拳头确认。完了，掌心里竟然没有了定魂珠的实物触感，这一刻我自己也慌张，内心里万马奔腾，方寸大乱，小珠子该去哪了呢？很显然，它一定没有落在释空的手上，不然释空一定不会问我找到没有，神情也不会这么紧张又大变。可是，如果定魂珠既不在我手上，也不在和尚手上，那会在哪里？这事情太大了，我不管释空此时的心理活动，只能自顾自地闭上眼，一点点捋清线索，仔细回想细节。汗珠一点点从我掌心中渗出，很快黏稠一片。额头的温度也骤然升高了，好像全身的血液都在头脑处汇聚，又因超负荷运转记忆而沸腾。一个个画面，一句一句话，全都在我脑子里，走马灯一般飞速闪过。等等……一句话停住了。

“今早却见你突然躺在佛像面前……”就是这一句话，让我一下舒展开了握紧甚至都把指甲扣进肉里的掌心。睁开眼，就见着释空正警惕又奇怪地在注视我。我不避他的视线，那浑浊老眼便又灰溜溜地低垂下去了。现在，我知道定魂珠在哪儿了。事实上，之前它落在我手上或许也只是一个抽象的寓意。那似乎真实的触感，也只是梦里和幻想中的错觉。从未真正落在我手里，可是，我之前就见过它，眼下也知道它在哪了。我又看看释空，看着看着就笑了，刚才短短的时间里，通过这老和尚的动作神情，已经能大致判断，虽然不知道取来有什么用，不过他的确是真想要那颗定魂珠。然而天不如他愿，结果也很显然，即使做了这么多年的和尚，最后又当了这间寺庙的住持，释空依旧没有找到定魂珠的下落。见我如此干净又直接地笑了，释空就像是被看穿了心思，坐也不住。

“醒了这么久，一定也饿了吧？我叫徒弟去柴房，给你弄碗面。”

释空出去了，我心事了结，也就在床上继续舒舒服服地躺着。躺了一会儿，翻了两身，又迷迷糊糊睡去，醒来还是没见释空的人，桌上也空空荡荡，别说热汤面了，没摆任何吃食。我不知道这老和尚又去哪儿，琢磨什么坏心思了，不过也不想过多去想这事，想也没用，静观其变，见招拆招就是了。这时候天色也渐渐有些黑了，我躺太久也觉着无聊，就站起来，在屋子里走走。总的来说，这是一间干净的禅房。虽然布置简单，家具摆设也都看着十分陈旧，不过一眼看去，你还不得不承认它是干净清爽的。地上没一点灰尘，天花板上没有一点灰尘，桌椅板凳也没有一点灰尘。事实上，破旧和简陋也给这屋子增添了干净的印象。磨掉漆的红木衣柜，洗得褪色的床单被褥，不恶心，反而因为过分洗刷而显得整齐清爽。显然，旧如果不与破相连，那它一定就是和干净有关。我在这屋子里踱步，因它面积不大，走来走去，也就像是原地转圈。实在是没趣厌烦了，就翻看家具。衣柜打开，一股时间发霉的味道就汹涌出来，里面没装任何衣服裤子，却好像有一两只死透的大虫子，肚皮翻白，四肢摊开，就把衣柜当墓穴。我赶忙又拉上关紧了。其余家具的内部，好像也一般无趣，没什么值得分享的内容，都是些寻常旧物，大多也霉了，烂了，像是很久之前被遗忘在这儿，而遗忘又意味着封存，抽屉一拉，时间就被分割成一格一格的小空间的形状，它闭塞停滞，陪着这些不被需要的物件一起坏死。我咂咂嘴，也不知道翻看这些旧物旧家具，自己该是怎样的心情。原本就没几样家具，抽屉也不多，抽拉几下，很快还剩最后那张大桌子没碰。不知道是不是留到最后的东西，都会自然而然地被赋予特殊的含义。总之，我站着看那桌子，看了一会儿，莫名地觉得，它有些意思。材质看上去不错，像是用了大棵好树木做的，四脚都有精致雕刻，虽说暂时也看不懂刻的具体是什么图案，不过明显出自巧妙工艺。相较屋里的其他物件，这桌子一定算大的，事实上，在如此面积的屋子里，甚至看着还显得气派。大桌面上，有很多摩擦，这里说的摩擦，不是用刀或者锐器刻出来的凹陷划痕，而是被袖子手肘之类更温柔的物件，配合漫长的时间，一点点重复叠加，催生弄出来的一片惨白印记。不是一时兴起的锋利弄的几道，而是习惯和重复留的一片结果。不过稍微觉着奇怪和看不懂的是，除了一片宽阔的白色印记，桌的最顶处，还有一小块红色的斑点。不是完整一块，而是一点，一点，好几个红色的点，间隔连成的一块。不过，其实是可以先不去想小的意外，所谓意外大多都是可以忽略，也不影响一整个故事发展、结局的，关注点该放在大的时间与习惯身上。

很快，我不甘于只看，也忍不住伸出手，轻轻摸那大片的白色，摸上去虽说有些糙糙的，却不至于磨手，摩擦就有温度，可我总觉得那温度不是真摩擦出的新热，而是藏在印记之下的时间被揭开了口子，露出了太久以前的余温。温度有了，画面就出来了：一个老和尚埋头伏案，小心地写着一方一块的字，当然了，不小心也可以，那就洋洋洒洒，长袖挥出了字，不再按个算，得是一片一片的字。我不由惊叹，原来，渺小人留下的浅薄痕迹，也能穿越宽广的时空黑洞，把旧画面完整复原，重新摆在现在的眼前。甚至不仅复制照搬，还增加一些内容，打破时空，新旧组合。在这幅画面里，我站在现在这里，老和尚坐在过去这里，可是只要不触碰虚实，我们就能和谐同画。我站在和尚身后的不远，双手交叉于胸前，合理的距离能让我看见他正在匆匆忙忙地写什么，但是又恰好看不见每一个字具体是什么形状。就这么，我站一会，看一会，他写一会，相安无事。直到笔直的毛笔在薄薄的宣纸上重重一个停顿点，然后慢慢就倾斜倒下。是写完了吗？手中的毛笔停落，老和尚的身子却不再动了，好一会儿，他突然动了，看那脖颈旋转，是要回头来。终于，我瞪大眼睛，屏息迎接那张一直只有背影的面孔。

然而，那条脖子还没来得及完全旋转，一把尖刀突然直挺挺地刺进了脖子下的心脏背面。几乎同时，血从老和尚的身体里出来，飞溅。眼前的景象，绝对是出乎意料的，一时间我呆呆地站住了，惊恐把我凝固成一尊雕像，既手足无措也动弹不得。眼见老和尚头又转回去，对着桌子吐了一口血。红色在桌子顶上绽开，现在可以解释，那突兀的小意外是从哪里，又怎么来的了。一股血腥味在屋子里迅速弥漫开，我忍受不住这剧烈的恶心，紧紧捂住鼻子和嘴，可是毛孔呢，身上其他的那么多洞呢？所以捂住嘴鼻也只是杯水车薪，依旧抵挡不住气穿透身体，别人的血和自己的在体内大量空隙处气味交汇、矛盾冲突，最后难受想吐。

“施主，醒了？”就这一声音，瞬间把我从煎熬的幻境之中拖出来。我定睛一看，原来是释空回来了，手里端一碗面，站在跟前，笑吟吟地看我。下一反应是，额头仍然一颗一颗淌汗，豆大的汗珠，滚烫着，如雨下来。一身衣服不用说，紧紧贴着背，全都湿透了，黏在皮肤上。我只得把脸上的汗赶快先抹掉，然后很难地挤出一个笑。自己看不见，不过料想效果应该是比哭还丑。

“醒了，方才好险，做了一个很深也很真的噩梦。”

“站着做梦？”释空老狐狸，几个字就点出了我这借口站不住脚。

“是呀。魔怔似的，又或者身体精神实在太累了，总之，站着闭眼就进那幻里去了。”我弱弱地解释，却连自己都不相信话里的内容。“面得趁热吃吧，不然一会儿又得凉了。”赶紧岔开话题要紧。

“太累了，真的太累了。那就不打扰施主了，面先搁桌上，早些歇息，老僧明早再来看。”释空是笑着退下的，看起来是神情温柔和善没毛病，可就在他转身的瞬间，却又眼角倾斜，偷偷瞥了我一眼，那眼光里的寒意和冷酷让我只觉得心脏突然剧烈跳动了一下，接着就惴惴不安。

门关上，这时候天已经是完全黑了。即使随着时间过去，这黑还会越来越深，越来越宽广，吞噬下越来越多的东西，让越来越多的罪恶、秘密、苟且隐藏。不过，对我而言，这样的黑就已经够了。我盘腿上床又坐了一会儿，睡意全无。面吃了两口就没吃了，冷了，就坨了难吃。喝汤吧，也是难以下咽了，卡在牙缝里都冰凉。没办法，把满满当当的碗，又放回桌上。可是想想这样会不会有些不礼貌，出家人应该也忌讳浪费。我就只好又端起那碗，开了这房的后窗，把碗里的内容都干干净净倒掉。后窗以外是山的另一头，应该也不是寺庙了，料想和尚平时扫地、散步也不会经过那儿，都不用等到明早，很快夜深，山间走兽就会悄悄出来，把地上的残羹剩饭叼了，抹去印迹。这样，碗就空了，光明磊落地摆桌上，连汤都不剩一点。假象就成立:我真是饿惨饿疯了，对着一碗冷汤面风卷残云，乞丐一般。吃完就该舒服睡下，这好像是寻常人的思维模式。尽管我没吃东西，白天睡多了，原本也不应该太困，可是不知道为什么，或许是看着桌上的空碗，真的就相信了，自己吃下去好多，饱了，也应该困了。打了两个勉强的哈欠，我干脆就躺下好了。就是在这枕头上一躺，我突然又清醒了，眼睛睁开。枕头里藏了东西，我爬起来，从棉花里掏出来。

灯下一看，原来是一叠宣纸，上面密密麻麻写满了字。这些字让我很自然也顺理成章地想到不久前那个站着的梦，或者说突然魔怔的时空。老和尚趴在桌上急匆匆地写字，像是在诉说什么秘密，记录真相。可是就在他转头直面我的瞬间，却被一把尖刀戳破了心脏。会不会，这枕头里搜出的一叠纸字，就和伏案挥笔的老和尚有关呢？如果真的与他有关，文字里会不会也藏了他意外遇害的缘由呢？我抓着那把薄薄的纸觉着兴奋，从床上一跃而起，直冲煤油灯下，在黑夜昏黄中，把纸张小心翼翼地展开。

第十八章　日记：与蚯蚓君的神奇经历

以下文字就摘自那一叠纸，标题是“11·15与蚯蚓君的神奇经历”。当然，摘选不完全，只是片段，我看着觉得还有趣，更重要的是，其中很多内容诡异惊奇，比如标题里“蚯蚓君”是何人，为啥把自己交给这信的作者，珍重托付，作者又为啥轻飘飘就答应了对方明显过分的请求。如此种种小疑惑遍布整篇故事，仅凭鄙人的浅薄阅历，也难参透，就记录下来，与诸位分享，求指教。私以为，这老和尚笔下插科打诨，灵动活泼，全然跳脱了和尚身上惯有的严肃死板，照本宣科。这就有些奇怪了，也更让我相信，坐在这屋子写这字的和尚，并不是释空，而是另有其人。因为，我所认识的释空，精于算计，心机颇深，绝非能写出这样字的人。除了作者不明，纸里的具体时间如今也无从考证，只见到纸张都泛黄，有些许破，在故事前开头处，隐约写着11·15。可即使数字说明了日月，依旧不知道具体是哪年的日月。这叠纸里的内容，虚实参半，不可全信，倒也不该全盘否定。总之，诸位如我一样，权当无聊时随手翻翻的闲纸杂字，看看，乐乐就好，信与不信都不重要。当然了，如果真能从字里行间找到些推动现实，引导我接下动作的蛛丝马迹，那也是再好不过了，却不奢望。闲话少叙，节选如下：

11·15与蚯蚓君的神奇经历

现在回想起来，我与蚯蚓君的相遇，实属巧合。记得那是个普通的夏日中午，我走在有很多树，却少人的旷野中，回家的路就要自长安某街开叉，穿小道过这旷野。原本匆忙过去也就相安无事了，可就是在抬脚的时候，好巧不巧，我低头见着了正在痛苦蠕动的蚯蚓君。与蚯蚓君素来无仇，我自然是把脚缩回来，不踩他。可至于，救不救他，这事就复杂了，素来无仇是真，却也难称有交集。我犹豫，想着现在时间还早，不如先与蚯蚓君交谈一番，再做下一步的判断。

我蹲下来，脸也贴着暗红色的地上，果然滚烫。蚯蚓君见到我，暂时停住了蠕动，以静止摆好谈话的姿态。一段时间里，双方都沉默，我觉得，体积大的该先开口。

“蚯蚓君？这么称呼合适吗？”我小心探询，还不清楚，这位懂不懂人类的语言。

蚯蚓君扭了一下腰，我觉得他若是有眼，听了我这话，一定会翻大白。“您觉得，就眼下这个情况，我还能在乎一个称呼吗？”他说。

“这倒是。”我看看他确实，烧得皮都发红了。“那再见了。”

“别别别！”蚯蚓君一改方才的埋怨口气，连忙劝我停住。“咦，不知为何，蚯蚓君这名字突然听着悦耳，甚至可称作鄙人此生所能获得的最好称呼了。”

这夸奖受用，我又不走了，与蚯蚓君的对话也得以继续。现在想，原来，我是有机会躲开即将发生的一切灾难的啊，而且机会还不止一个。可是，都被我一一错过，这就怨不得别人了。“所以，有什么能为蚯蚓君效劳的吗？”我问。

“效劳不敢。不过，鄙人确实有个请求。”

“什么请求？”

“请把我转移。”

“转移到哪？”

“很简单，就是X山腰石壁上第三棵树的树洞里。”蚯蚓君的语气诚恳，我却又想走了。

X山我从来没去过，甚至也没听说，所以距离这里一定很远。

“告辞。”我本来想解释下原因，不过说出来的却是这两个字。这是我第三个可以离开的机会。

“当然了，帮忙一定不是白帮忙的！”蚯蚓君几乎是大吼了。“作为回报，我能送你两个终身受用的奇妙技能！”

“奇妙技能？”

“是的！”继续大吼，要破音了啊，喂！“无痛分裂和软绵绵扭曲！”

“额。”我托着下巴，陷入了沉思。“乍一听，好像的确很厉害。可是，仔细想想，也仅此而已了，都没什么实质性作用啊。”

“瞧你这话说的。无痛分裂给了你一个重组的机会。试想一下，万一哪天，你就被人举着菜刀，拦腰砍成两段了呢？这技能不就救命了？”

蚯蚓君的口才不错，我点点头，脑子里竟然真的出现了一个肥膘大汉穿着木屐，手举菜刀冲向自己的画面。“那软绵绵扭曲呢？”

“这个技能就更厉害了。”蚯蚓君口若悬河，若非时常遇到危险，自身难保，长相又过于恶心，他一定能做一个好的说客。“你会吗？”

“什么？”

“你会像我一样，趴在地上，软绵绵地来回扭曲吗？”他问。

“额，这有什么用吗？”

“你别管有什么用，你会吗？”他持续发问，语气炙热起来。

“我不会。”老老实实，确实不会。

“那不就行了，不会就等于有用。技多不压身嘛。”蚯蚓君舒一口气。“况且，学技能这东西还要碰到有缘人。鄙人不才，一生所学之术，也只有这俩了。”

我托着下巴，还在犹豫，如果就这么丢下蚯蚓君，畅通无阻地过旷野，去原本该去的地方。那么，蚯蚓君的两个技能就无法学到了。虽说功能稍微鸡肋了些，可是想到若是错过，这辈子也再没机会学习了。这么想，竟然还有点舍不得。思来想去，太阳正当空，温度太高，好嘛，暂时走不了了。于是，我准备帮助蚯蚓君。

“那就上路吧！蚯蚓君！”我跺跺脚，也不知道是鼓励自己还是看看能不能侥幸踩死蚯蚓君，少些麻烦！

“好的！额，什么什么君！你叫什么来着？”没踩死。

“您觉得，在这么热血的时候，称呼还重要吗！”

太阳又升起来了，表现得非常热烈。如果有一阵风吹来多好啊，我想，蚯蚓君倒是钻进了我的宽大袖口，休息起来了。

我没有马车，可是按照蚯蚓君的说法，要去X山，还得快。怎么办，只能走路啊。没办法，我买不起马，更买不起马后挂着的车。

“所以说，贫穷在人类世界，是个很大的麻烦呢！”蚯蚓君躺在我的袖口里，不走路，还抱怨。“颠簸！路途过于颠簸了。”

“喂！搞没搞错，真正走路和应该累的人是我呀！”我忍不住反击。

“哎哟，吃不住，吃不住，屁股硌得生疼。脚步就不能再快些吗？记得你们人类从前不是有个叫夸父的家伙吗，他可是能和天上的太阳赛跑的啊。”

“那是神话故事好吗？更何况，他最后还跑死了呢。还有，你真的有屁股吗？这么看来不是就滑溜一条吗，哪里分什么屁股身子腿了？”

“这就伤人了。”蚯蚓君缩回口袋去，不说话了。我倒也懒得安慰他，大热天在路上走，已经够让人头疼的了。不仅没有风，这灼烧的温度还在上升。我一步一步向前，最后脚下沉重，只是在进行单纯的机械动作了。突然，热度一个紧凑的陡增，我只觉得眼前有无数白色的小亮点，一下没忍住，就倒在地上。

迷迷糊糊的，我好像看到了什么，却又没看仔细。等我再清醒，自己就坐在一个光滑的大石头上了。周围只有空荡荡的白色，像是身处一个四面光秃的正方形空间。

“醒了？”背后突然一个声音，我这才觉得热浪强烈，一回头，竟然是个圆圆的光球！也坐在石头上，跷着腿，看我。

“您是？”我小心问。

“怎么？我在天上就认得，落下了就不认得了？”

“太阳？”我觉得有些不可思议。不过，也该见怪不怪了，蚯蚓君都能说话提要求，今天像是什么都可能发生的一天。

“太阳公。论起称呼，若是尊重本人，就得加一个公字。”太阳说话，冲着我的脸就射一道光，言语之间不无傲慢。

“好吧，太阳公。”我叹口气，遇到的都是些什么。

“好了，先说事吧。我需要和你引渡一个人。”太阳公从身后掏出了一个记得密密麻麻的笔记本，然后对着上面找字。“嗯，我看看哈。对了，是这个蚯蚓君。你交给我吧。”他合上本子，就冲我伸出一个手掌。

“蚯蚓君是我的朋友。”我说。

“朋友什么，不存在的。没有永恒的朋友，只有永恒的……”

“利益？”

“不对，是只有永恒的太阳。”这话说得傲娇。

“对不起，你或许说的没错。不过，蚯蚓君还是不能交出来。答应了的事，我得送他去X山的某某树洞。”

“要与太阳作对？”太阳公微微发怒。

“能先问下，您需要它做什么？”我有些好奇。

“烧死在路上。”

“嗯？”我以为还有后续，等了好久，却没听到多一个字的解释。“就光秃秃地烧死在路上？”

“就光秃秃地烧死在路上。它若是再挣扎一下最好了。”

“这么做的意义在哪呢？”

“体现权威。死亡，是最能体现我权威的事了。”

“可是，蚯蚓那么小，死在路上也没人能看到啊。”

“看不到的事也不代表就不存在啊。那你说人走路的时候，为什么老是踩死蚂蚁？”

“踩死蚂蚁是因为不小心啊？”

“哦？不小心啊，那没事了。我在天上看，还以为你们踩死蚂蚁也是故意的呢？”

“总之，放蚯蚓君一条生路吧。如若没有之前的沟通和承诺，那你弄死他便弄死了，我是不在意的。可眼下有了联系，再让我假装不知道，交他出来，就不好了。”

“你也不要固执了，我让你为难自然是有交换的。这样吧，我送你一个超能力。”

“什么能力？”

“嗯……我允许你踩死蚂蚁。”

“额，可是我本来也可以踩死蚂蚁啊。”这是哪门子的超能力，为什么能被我选择的能力一个比一个弱智呢？

“那不一样，我给了你踩死蚂蚁的合理性，是有太阳认证的。别人踩死蚂蚁是不合理的，但是你踩死蚂蚁就是正常的、守流程的。”

“可是，我为什么要踩死蚂蚁呢？”

“哎呀，不和你废话了，不交出来也行，后果自己承担。”是真生气了。“到时候，死在路上的可就不只是一个了。”说完太阳就消失了，我睁开眼，自己还是躺在地上，只觉得背后的皮肤都烤焦了，要是用力一起身，那一定连衣服带皮都粘住了。

“方才你昏倒了，一直在说胡话。”蚯蚓君不知道什么时候从口袋里出来，趴在地上，在我耳边说话。“放过蚯蚓君吧，你说。然后又大呼，杀死太阳！”

“哦，我真的是这么说的吗。听起来很热血呢！”我虚弱地笑笑，手指挣扎一下，还是没有力气起来。

“夏天，还是不要太热血了吧，都要被烤死了。”

蚯蚓君说话的时候，我仰着头看天，突然太阳一亮，射出一道一道的光。我急忙大喊：“快跑啊！蚯蚓君！”

一道一道的光射在地上，这光像锋利的箭，每出一道，就在地上留下一个冒烟的黑点。我看蚯蚓君灵活地在身边扭曲跳着，竭力躲闪。他开始很慌张，可是到了后来，却笑了。还是那种放肆的大笑，好像这是个游戏，还无关生死，只像跳皮筋那样轻松。

“狗娘养的太阳！来啊，和本大君好好耍耍啊！”他把自己的身子竖起来，一面躲闪还一面高呼。太阳被激怒了，射出了更快更锋利的光，蚯蚓君却太灵活了，用更敏锐的躲闪对应。可是，我动不了啊。热乎一下，只闻到一股焦臭味，低头一看，光打在了我胳臂上，留下了一个黑洞。我使劲动胳膊，却不能了。

“快钻进我的胳膊洞里！”我冲着蚯蚓君大呼，我突然觉得，这个从天而降的黑洞神了，一下就把我变成了一棵树。这个黑洞就是树洞了。所以，钻进树洞吧，蚯蚓君！如果真的反抗无能，要利用好灾难带来的资源啊。

蚯蚓君听到我的呼喊，就立马跳进了那个黑洞里，我的胳膊竟然又能动了，甚至比从前更加灵活。蚯蚓君带着我的胳膊跳动躲闪，而我的胳膊又带着整个身子跳动躲闪。我没想到，蚯蚓君的体内竟然藏了这么大的能量，能控制住我这么大的一个躯体。一定很丑吧，我的身体就像被一个无形的手抓着，然后在地上甩来甩去的。终于，太阳也累了，暂时停止了攻击。地上千疮百孔，我和蚯蚓君也大口喘气。我的大口喘气声自己是能听到的，而蚯蚓君在我胳膊的洞里喘气，那声音呼呼有回声，就像是山穴里的风。

“这个胳膊要坏了。”好一会儿,蚯蚓君爬出来,对我说。

“坏了就坏了吧。”我笑笑。

“坏了就要割掉不然会伤了全身。”

“便这么做吧。”

“得借一道太阳的光。”蚯蚓君说。

我闭上眼,别过头。“你看着来吧,我是真的没力气了。”

“去你娘的太阳!”果然,他仰天高喊。

啪,一道干脆利落的光,射在我的胳膊上。很快,一条胳膊就下来了,连一点血都没流出来。这么做,倒是简单高效。

“额,是不是要对称点好看?”我听见蚯蚓君在嘀咕,可是还没来及阻止他,他又大叫一声。“太阳,你娘还得再去一次!”

太阳又是一道光,我叹口气,另外一只胳膊也下来了。

“这样就好了嘛。”蚯蚓君倒是很满意。“这样看,就更像一棵树了。”最后那句话我没听清,是站在故事结尾,补充上去的。

“我很口渴。”我说,嘴唇发白干涩,只觉得自己整个身体里的血好像都流得干涸了。眼下这么热,额头却干干的,一滴汗都挤不出来。“能喝下一整条河。”

“嚯,夸父附身。可是,你走路真的很慢哎。”

我闭上眼,慢吗?不知道啊。不过,到此为止,一切也只能这样了。

“怎么办呢,蚯蚓君,你应该在眼前的这个夏天就晒死在地上的啊。可是,没有。”我想。

“那只能拿我的两只胳膊来换了,甚至是一条命啊。不过,这样难道能平息太阳的愤怒吗?”

我以为自己死了，可是没有。醒来发现我在一个干裂的渠道里。而蚯蚓君躺在我的胸前睡觉，这家伙知道享受，还用一片叶子遮挡太阳。

“那就继续走吧。路还很远呢？”蚯蚓君又钻进了我的袖子。

“我们为什么躺在一片荒地里？”我问他。

“什么荒地，这刚刚还是一条河呢。”

“一条河？”我惊呆了，“这么说，我真的吸干了一条河？”

“当然……不是。是我吸干了一条河，然后给你做了下人工呼吸。我的口水，你只喝了一点点。”他若无其事。我摸摸嘴唇，果然是湿又黏糊糊的。

“你怎么能这么对我？”我绝望地哀号。他却一把拉住了我的衣领，男人味十足。

“已然发生的事可就别说了，快走吧，宝贝。”蚯蚓君背对着我，突然转头一笑，说出了这个故事可能最帅的一句台词。“对了，刚刚借了一道风。”

“怎么借的啊？”我好奇。

“额，难道还没发现吗？你看看自己的腿。”

我低头一看，还没发现呢，不知道什么时候，腿竟然没了！

“没来得及说，在你睡着的时候，我拿腿换了一程风。”蚯蚓君耸耸肩，很轻松的样子。

“我的腿！是我的腿！”气得我真是暴跳如雷。当然了，腿都没了，也跳不起来了。我觉得，自己一定很滑稽，四肢都没了。

“哎呀，要做大事，就别纠结这些细节了嘛。起初，我倒是也想拿自己的换，可你也知道，我没有腿啊。”

“你们俩到底吵完没有，到底怎么说，还上不上来了?”空中飘来了一个声音，我抬头一看，是一道风。按道理风是看不见的，不过这个能很清楚地看到，因为挂着我的两条腿。

“快上去吧。”蚯蚓君还拍拍我，自个儿先上去了。“票钱都付了，可别浪费了。”我很气，可想想话也对，只好学他滑溜一下，也上去了。坐在风上面，倒是真不需要腿了。可是，往后的日子，它也能带我们去我们想去的地方吗？不想了，还是活在现在吧，只能这么做了。

风在高空疾驰，那是连太阳都赶不及灼烧的速度。我闭上眼，短暂享受这用双腿换来的体验，竟然忘了去思考没有腿的未来该怎么办，满脑子只觉得那一刻是无比清爽和顺畅的。原来，自然的清凉是这样的呀。今天可着实神奇。太阳先是让我见着了它的愤怒和可怕，如今风又让我见着了它的温柔。

“哎，如果不用，能不能把腿还给我啊?”我突然想起来什么似的，问屁股底下的风。多少问一句嘛，挣扎一下。不过，结果也是可以预料到的。

“你是想死吗？信不信我把你从这上面丢下去。”很暴躁。

蚯蚓君还劝我，“风其实也挺可怜的，一直悬在高空上，停不下来。就只能一直吹一直吹。你说，它要是有双腿，不就能自己停下来了吗?”他还劝我，可是，我的腿还不就是你给弄走的吗。

“看看下面。”风突然说。这一刻，它不温柔，也不暴躁了。“有一座很大很深的山，还有数不清树木的森林。”

“我们到了。”蚯蚓君说。

进山的第一件事，蚯蚓君帮我弄了一块木板，也不知道是哪儿的树做的，垫在屁股下，不硬也不硌到哪里，摩擦地面，也只有很顺滑的感觉。这也算是弥补了他弄丢我双腿这件事吧，虽说一定弥补不全，好在我本就不是个贪婪和计较的人，这种程度的努力足以让我消气不少了。

就这样，蚯蚓君在前，我和木板在后。他在肩膀上挂了一根绳子，拖着我走，我以为他会吃力，可是并没有，游刃有余程度的轻松。简单来说，这是一座深山，看起来像是还未被人为过度开采的样子，只有在入山口有一个歪歪倒倒的牌子，似乎上面写着一个英文字母“X”，其实要我说，更像是禁止通行的叉的标志。我们在很长的一段上山路上移动，除了我屁股底下的木板摩擦地面，一直有沙沙的噪声，剩下的就很安静了。好一会儿，我们才到半山腰。蚯蚓君提议休息一下，他有些累了，我自然赞同。尽管，目的地应该不远了，可是，充足的休息和准备，在一个故事的任何时刻和阶段都是需要的。

我们坐在山腰上，都在看远方的树。生活在都市多年，我已经很久没见这么深的山了，景色真是让我着迷。幽静和空灵，这是我身处其中唯二能想到的形容词。幽静是环境，空灵说的却是心境，走在山间，又或者只是单纯坐着。幽静的环境和空灵的心境，就会给你这样一种感受：静只是一刻的，可是，这一刻却可以是永恒的。在这儿的时间，都好像停滞，或者流淌缓慢了。我和蚯蚓君如是说了，他笑笑，只吐了两个字。

“确实。”之前下了些小雨，这时候停了，却依旧湿润，白雾出来。

雾在山下看得不清楚,到了山顶,应该也没了。那一团厚厚雪白的气体,就只是聚集在山腰间上,让一切实物模糊。

“你听!”蚯蚓君突然打破沉默,自从进山以后,他一直是细声细语的,可是这一下却大声,像是把雾都震破了似的。我顺着他面朝的方向看过去,那里没有树。

是一片很大的环形空地,被一层一层的土丘围绕起来。空地就是干干净净的空地,像是个湖的作用,可是眼下却干涸,所有猜想都无法确定。我屏息,听了一会儿,却不知道他要的答案是什么。天空划过一只鸟,却还是静悄悄的,没有制造什么动静。

然而,就在我忍不住开口问他的时候,就听到了小小的一个声音。虽然几乎细不可闻,但真要捕捉到了,还是很清楚:这是海浪的呼啸声。我不敢相信自己的耳朵,又仔细听了一会儿。果然,是海浪掀起的声音。可是,这是一座深山,周围除了树木也只有这一个空坑,哪来的海呢?

蚯蚓君笑了:“看你这表情,想必也已经听到了。现在的问题就只有一个:耳朵是可信的吗?”

“自个儿的五官都不信,那还有什么值得相信的?”

“那你再看!”蚯蚓君又用脑袋指了个方向。我仔细一看,土丘上站了一个小孩。

“如果你需要这个。”蚯蚓君递给了我一个放大镜。为什么不是望远镜呢?我不知道,不过接过放大镜贴在眼前,果然看清楚了。一个小孩全身赤裸,正在握着小鸡鸡,对着深坑撒尿。他好像嘴里还在哼着一个曲子,借着放大镜,我甚至能听到那曲子的音调。没有词,只有悠扬起伏的旋律,像是某种古老的神曲。

“五官还能相信吗?”蚯蚓君笑着拍拍我的肩膀,我取下放大镜,不知道该作何回答。“据我观察,自从人类走出自然,到自己创建的社会发展,他们的五官就在慢慢退化了。我所谓的退化,指的是只有即时性,没有延展性了。”

“哈?”这理论新奇。

“只能看到、听到眼前发生的,却无法和过去、未来产生联系。”

“你能看到未来?”

“我就身处未来。”蚯蚓君又笑了,高深莫测。

“身处未来?”

“是啊。”蚯蚓君跺跺腿。“最简单的解释:这座山即是未来。”看我一头雾水的样子,蚯蚓君更耐心地说,“这么说吧,我们站着的这座山,其实在眼下的这个时间,并不真的存在。”

“什么?”这话真的让我震惊了,且不论话里的内容,他严肃的表情不像是玩笑。可是,我暗自屁股用力,土地明明是结结实实的,空气里还飘着腥味呢?怎么就不存在了呢?“如果,如果这山不存在,为什么我们能看到,甚至身处其中呢?”

“这就是所谓的联系了。”蚯蚓君继续平静地诉说自己的理论。“因为这座山与我是存在联系的。”

“什么联系?”

“这座山在可能很久,也可能不久的未来,是我创造的。”好了,荒谬之言终于到了极致。一只小小的蚯蚓竟然能创造一座庞大的山?神话故事都不带这么写的。可惜,并没有停止,他还有话说。

“其实倒也没什么困难的。就是用我的屁股拱土,一点点拱出了这么一座山。”蚯蚓君站在一块石头上,眺望这座深山,满怀深情。

“对了,那我为什么能听到海浪的声音呢?”我突然想起来了这点,当然了,还有那个赤身裸体撒尿的孩子。

“那我就不知道了。估计是你与一片海的联系了,我没有参与,所以看不见。”

“可是,不是你让我去听的吗?”

“我是让你听,我放屁响不响啊!不好意思,方才放了一个大屁。”

蚯蚓君的话让我无语,可是,我也懒得和他争执什么,或许是因为,此时此刻满脑子只有那个奇特的画面,还有一个深深的疑惑。如果说那个画面真的与我有关,又会是一个怎样的联系呢?答案费解,至少眼下是这样的。至于费解的原因,就像蚯蚓君说的吧,退化的人类并没有可视未来的能力。

风是留下了我们,倒也没有立马离我们远去。在沉默里站立了很久一段时间,我和蚯蚓君都能感觉到它在这山间盘旋着撩人的清凉。当然了,这清凉的原因不明。也许是风没走,也许是因为沉默站立,它本身就有寒冷的效果。总之,我们就呆呆地站了一会儿,各自看远方脚下的树在晃动,也盯着那个空空荡荡的深坑,撒尿的小孩已经不见了。

“走吧。”蚯蚓君提议,他的声音在空气里颤抖,打哑。我猜想,雨后的潮湿,该让他兴奋,可是距离最后的终点还差一点距离。答应蚯蚓君的,是把它顺利地送到 X 山腰石壁上第三棵树的树洞里。虽说当初也没立什么白纸黑字的证据,可作为一个自诩以高尚品格活着的人,我一直以来的诚信和可靠,就是不容许任何意义和程度的妥协的。更何况。“快到了。一切都快结束了。这嘈杂而烦琐的引渡过程。”蚯蚓君又补充了一句这样的话。

“我们已经站在山腰上了。”我想都没想就接上话茬，可刚说了一半，却被神经提醒了蚯蚓君方才的用词，“引渡”。之前说的难道不是简单的“转移”吗，又何来如此沉重的说法，我莫名地觉得有些不对劲，可又说不出来具体为什么。如果说“转移”，那需要负责的主语就只有蚯蚓君，可是，“引渡”对应的却是两个主语了，一个是蚯蚓君，另一个接受的对象，又是谁呢？我觉得不对劲，可是并没有开口问他。不急吧，再往下走走看，答案或许能自己浮出水面呢。

话说的没错，我们已经站在山腰上了。这里只有一条很窄的路，紧贴着人，就是面巨大的石壁。按理说石壁上本不该长什么，最多只有些杂草什么的，可这块石头上却有两棵树。正常的逻辑是，石头上还应该有第三棵，那就是蚯蚓君的家。然而，现实却是，我围绕着石壁，找了半天，都没见着第三棵树。

“你确定，你的家，是这座山的第三棵树吗？”我问蚯蚓君。在“这”和“第三”上，都夸张地加了重音。

“是的。”他非常笃定地点点头，表情让我无法怀疑。“要用关联的眼光去寻找，就在不远的附近，我很肯定，也已经闻到了那个树洞的新鲜霉味了。”

我又找了好一会儿，依旧毫无线索。那么庞大的一棵树，如果真的存在，怎么会就这么凭空消失了呢？

“或许，这树是藏在石头里面呢？”蚯蚓君突然在我耳边说。我转头望向他，只见他盯着自己面前实实在在的石壁，若有所思。

树，怎么会藏在石头里了呢？

“有时候，本质不会那么简单就浮现。所以，看，仔细地看，去感受事物之间的联系，或许，你能看到时间在这些事物上留下的痕迹，也能从这些痕迹里，看到一段漫长的时间和岁月。”很玄乎的一句话，听不太懂，却莫名觉得有道理。

于是，我闭上了眼，试图像他说的那样，看得深刻一些。呼，吸。呼，吸。我能明显地感觉，不是听到，是感觉到，自己这鼻腔之中，先是很沉重，而后愈发平静，声音小了。就好像是一片海的涨潮和退潮，它是一个过程和循环。而我的呼吸，也是一个开闭的循环。

眼睛闭上就是黑暗了。黑暗之后的一段时间，出现了无数小小的五颜六色的光点。可是，当这些都散去，平静又还给了我一幅真实、完整的画面。

我站在悬崖边，悬崖下面就是一片海。环顾四周的环境，原来，这就是之前见着的巨坑，而我站在了它的正上面。唯二不同的是，撒尿小孩不见了，坑里也被无限的、蓝色的水填满了。这时候，海浪声就听得很清楚了，远远近近的，不断地打进我的耳朵里。

也不知道为什么，我突然，就是想去靠近那片海，想近距离地看看它，甚至是伸手去感受那实在的寒冷冰凉。可是怎么去呢？顺着悬崖边左右走了一段，我才终于找到了一根藤蔓，很长也很粗，它一直从我的脚边通向了黑色的深渊。没有过多去考虑绳子结不结实，因为这是唯一出路，如果想继续，看到些什么，我只能抓着它往下爬。

原来，这藤蔓上长了很多很多的刺，发现得晚了，也没办法。很多东西，一旦抓住了，就要抓紧了，开始了就没有退路。我确认，自己的手在一开始就已经被弄伤了，无数的倒钩刺儿都扎进了单薄的肉里，很快就有鲜红浓稠的血，从我眼前滴落。讲真的，实在花了我很多时间,从悬崖上落在实实在在的深渊上。当然,也费了身体里的很多血液。等我又多走几步路,真的站在那面海跟前,只觉得天旋地转,整个自己都在左右晃动,已经站不稳了。

这是一片相当宽广的海,海水呈现出的,是极度淡蓝的颜色。从前见过的海边都是金色的细沙滩,可我的眼前只有无数郁郁葱葱的树,而树的尽头就是海。像一个寓意:经历了一些高度,才能见到平阔。

我穿过了那些树,才吹着了海风。我实在无法告诉你这海有多大,只能用相当宽广这种词简单敷衍一下。不过真实的画面是,它的尽头也太蓝了,以至于和同样蔚蓝的天都连成了一片,又是一个循环了。这短短的时间里,我见到也感受到了太多的循环了,所以也难免开始臆想,世界万物是不是都可以视作循环,至于我这平凡而短暂的人生,能不能也因为追寻某个规律,最终连成个可以一直延展下去的圆圈呢?

太蓝了,实在是太蓝了。看得我痴迷,眼珠子里的黑色也逐渐蓝化了,清澈了。我顺着那远远近近的海的尽头就走,一步一步的,身体里更多的面积接触冰凉。可是,脚下的步子好坚定,就好像那个尽头就是能够把我这有去无回的一生也变成可循环的最终奥秘。很快海水就没过了我的膝盖,然后是腰,脖子,最后到了鼻子。超过了鼻子,我就很难抽出孔去呼吸了。窒息的感觉很难受,我只能试图张嘴呼吸水里的气泡。原来,海水不是咸的啊,没那么咸,就像是一片不那么悲伤的事物流下的眼泪汇集而成的。这个味道自嘴进,接着长久地卡在我的喉咙口,却出乎意料地让慌乱的心安静了下来。

就这样了吧，我想。或许，就是这个想法，才让我真正地安静了下来，放弃了挣扎。挣扎是为了继续，如果心里接受了就此停下，挣扎也不会了。就这样了吧，我想。于是，我体会到了，真正的安静其实是一个可以长久到永恒的状态。它呈现出的是静态的样子，可实际却也是动态的。我闭着眼，四肢僵直，甚至整条漂浮起来，却依旧可以思考，可以感受周围最细微的变化。

“所以，你真的真的愿意，送蚯蚓君回家吗？”一个低沉的声音突然在远处响起。我不知道它是谁，不过它应该不是用嘴说话的。

“我愿意。”我想张嘴，可还是紧紧闭着。不过，我很清楚，这样的回答，它听到了。

“哪怕是以牺牲双眼，做代价吗？”那个声音又问我。

“送它回家，为什么就要丢了双眼呢？”我问。

“因为太黑了。”

“什么？”

“难道不知道吗，宇宙的尽头就是一片漫无边际的黑色。”

“所以，这和蚯蚓君回家有什么关系？”

“当然了。因为宇宙的尽头，就是一个树洞。”

“所以，这和我的眼睛又有什么关系？”

“怎么说呢，一棵树不能有眼睛。正如，永恒一定是黑暗的，而不是光明。”

可是，树和我又有什么关系呢？回想到这一路的遭遇，和那座只有两棵树的山，我隐隐约约明白了答案。原来，从一开始，蚯蚓君就想把我变成山里的一棵树。而我这一直以来，“转移”或者按蚯蚓君话说，“引渡”的并不是他，而是我自已。我愿意变成一棵树吗？

在不知情,甚至被欺骗的情况下。难道,我不该生气吗?被他有意地断了四肢,由一个复杂而高度文明的人的身份,简化成一棵只会站立,也没有声音的树。总之,不会答应吧,最后这个无理的要求。

“回到开始的问题,哪怕是以牺牲双眼做代价吗?”

“是的。”我说。

几乎是话音刚落,我没了双眼。其实,这么说倒挺牵强的,因为我本来就是闭着眼睛的,并没有被谁强行抠去眼珠子。可是,还是感觉到它们从眼皮里消失的痕迹,像是碎成沙子,又在风里被吹散。那薄薄眼皮下原是鼓囊囊的,现在却整个空了。不过,有一说一,真去了这眼珠其实也不失为件好事,因为在黑暗和水里沉浸的时间里,我也能清晰感受到,无数海洋生物擦肩而过,各种形状,各种动作。抛开蚯蚓君对我别有用心的欺骗,他的理论却是对的吧:世界里的联系,或者时间留下的痕迹和线索,这些东西都不是用眼睛能看到的。而往往,我们能借着眼珠看到的,也不一定就是深刻的真相和事物该有的模样。当然,失去眼睛,还有另一个好处,我的身体更轻了。

去除了眼睛、手臂和腿之后,尽管不知道为什么还活着,可显然,我也再难称作一个标准的人了。如果只有一根干巴巴的躯干,就不如说是一棵树更妥当些。至于,作为一棵树,该如何生长活着呢?我还没来得及想一个答案,时间就好像已经不够了。

沉入海底。在最后为人的一刻,我张大了嘴巴。

把这一瞬间当作永恒,嘴巴就是树洞了。

就是这一刻,抓住了!蚯蚓君纵身一跃,他从悬崖的高空落下,在空气中划过一道完美的弧线，接着落入深海里。天上的鸟没来得及叼住它，太快了。可冲击海浪的巨大压力，还是划破了它全身的皮肤，就像是一把锋利的液体刀，自首到尾，做了一个开膛破腹。可是，不管这么多了，他还是笑。狂妄而放肆地笑，回家了。血在深邃的海里散开，很快就消失不见。

视线在海里模糊，可是他还是找到了那个缓慢下沉的躯干。准确无误，那曾是个人类社会的文明，现在却是棵简单的树了。他看见了，那棵树开了一个口。树洞，蚯蚓君在心里欢呼雀跃地想着，然后以更快流血的速度，冲刺进去。

可是，还是功亏一篑了，我发誓，就差那么一点点，他就回到那个树洞里了。甚至已经闻到了那黑洞里雨后发霉的腥味，清晰得就在鼻子前，可最后一滴血却从身体里滑落出来。无力，无力。最终，还是没做一棵树洞里的寄宿者，蚯蚓君却和那棵树一样，落入了一个更为广阔，更为黑暗，更为永恒的深渊。

相信很多的你们一定同我一样关心：蚯蚓君到底有没有遵守承诺，教一个人类自己的无痛分裂和软绵绵扭曲呢？天知道，或许该接受吧，总有一些我们没办法弄清楚的故事细节。有时候，我们甚至很难弄清楚一个故事为什么开始，它的整个起承转合又有什么意义。总有一些我们不清楚的事，不过，还是很有趣不是吗？至少，它们让我们看见的不只有眼下，也有开阔的过去和更加开阔的未来。

好了。这就是故事的全部了，本来说到这里就足够了。可如果真的非要再挤出点分享的欲望，那倒是还剩下一张画面。或许，有的人认为是很多张，不过，我坚持是一张。

天空很蓝，有一只鸟划过，倒也没留下什么痕迹。深山里有无数棵树，山腰上却只有两棵，都是从石头里钻出来的。穿过这些树，有大海，色彩也很蓝，蓝到能与天同色，就没有边际。太阳挂天上，又大又热。它白亮的光打在水面上，金光闪闪。风吹，海浪就上下扭动，像什么呢？嗯，一只蚯蚓吧，一只会软绵绵扭曲的蚯蚓。就这样了吧……

等等！水上还浮着一块巨大的木头。它平躺在海面上，太大了，方方正正的，中间却有一个深不见底的黑洞。这木头的形状也太像一个棺材了，像这天地的棺材，它从这木头里来，又要回这木头里去。就在海上浮着，可是长久观察它，为什么风吹了也不动呢？

谁能想到海底下，它竟然向着海的四面八方，生长出了无数枝干。分裂，应该也不痛吧。这些枝干太粗壮，一根一根缠绕着，看样子，也深深地扎根在海底了吧。

所以，总结下来，关于软绵绵扭曲和无痛分裂的故事全在这里了。

第十九章　质地难得的木鱼

文字虽说不短却也难称冗长，结果却是看得费劲。想来主要原因是内容太过诡异，匪夷所思了，我趴在煤油灯下，足足读了一个时辰，才勉强放下最后一张纸。相信诸位阅读后的心情，也该与我一样，既有些兴奋，见了一个前所未有的奇异故事，但可能心烦意乱更多，好像即使真真地看与触碰到了故事的外形表面，也很难穿过它，弄清其本质与意义。像无头苍蝇在透明瓷器里反复碰壁，找不到出口，又如一头没有方向的蠢驴，黑暗里被一只手牵着走，自以为已经走了很远的路，实则兜兜转转，原地踏步。被人愚弄的感觉，总是糟糕而心烦的。诸位或许看过也就算了，即使心烦，也能很快把故事抛脑后，毕竟是事不关己，找不到答案，忘了就是。可是，我不一样，这故事于我而言，却是需要得出实在线索的工具，它既要串联之前已然浮现的点点疑惑，也得指引下一步的具体方向。所以强行压抑住心烦意乱和无名怒火，我还是轻轻地把脆弱的宣纸一张一张按照页码顺序，在整张桌上平铺摊开。冷静，我闭上眼，在黑暗里提醒自己，需用冷静和看待动态联系的眼睛面对这个故事。黑暗好像真的有抚平人躁动情绪的温柔力量，冷静，冷静，我置身其中又反复和自己说那两个字，几遍过后好像真的就冷静下来了。

蚯蚓君，通过文中的描述，不难发现，所指即为动物蚯蚓。而所谓君看来也只是客气和尊重的说法，可以去掉，并不会影响指代对象和意义。整个故事归结下来，说的就是一只蚯蚓，想回到某座深山的某个树洞里，它找了一个偶然遇见的路人帮助，而这个人不知道为什么就答应了它的请求，然后不断牺牲自己肉体部分，送蚯蚓进山。可是，蚯蚓所说的树压根就不存在，这人不气恼自己被骗，反而做了最后的牺牲，把自己变成了一棵树，让蚯蚓钻进去。故事内容基本上就是这样了。如果说对这整个故事一头雾水，那就得把它看作一个模糊笼统的大问题，再把大问题分解成几个容易解答的具体的小问题。小问题逐一击破了，迷雾就退散，隐藏的真相也自然浮现眼前了。

蚯蚓为什么想去一座深山，文字里的“我”又为什么愿意帮它这个忙。如果说第一个为什么有没有答案也没那么重要，那第二个为什么或许就是整件事的关键了。为什么牺牲自己，又帮蚯蚓找一个家呢？思绪似乎就卡在这里，又缠绕住了。夜好像已经很深了，庙里的人声动静早就停止，山里的飞禽走兽在这一刻也销声匿迹了，整个世界都安静了。我也该睡了，所有疑问就都埋在黑夜里，等太阳升起，再挖出来一一寻找答案吧。我又回到床上，舒服躺好了，和自己告晚安，就闭上眼，等安然睡去。

可是，很久都没能陷进这夜的黑里，翻来覆去，坐起来又躺下，这么来来回回折腾好几趟，即使哈欠连天，困得眼泪都挤出来，我依旧睡不着，难解的疑问不断浮现在我的脑里和眼前，哭泣、尖叫，拉扯神经，扰乱心神。今夜的秘密就该今夜解决，好像凶手是黑夜，明早太阳出来它就悄悄溜走了。睡不得，我也只好坐起来，靠床一会儿，只觉得屋里闷得难受，就又匆匆忙忙套了件衣服，推开门，在院子里走走，透透气。

我以为夜黑到这时候，整座山都睡着了。可显然，寺庙里还有不小的动静。我路过释空的房间，见灯还亮着，透过窗户纸，能看见里面的人物影子。我走近，想隔着窗户，看看这老头在做什么。突然，只见那屋里，一个庞大的黑影闪过。释空老了，身材瘦小，绝对做不出眼前这个黑影，事实上，第一眼看那个物体，只觉得它太大了，像怪兽，绝非人形。这一下可把我吓得够呛，虽说对释空向来并无好感，不过他好歹是个寺庙的住持，平日里积德不少，眼下见死不救，也不知道会不会哪日被佛怪罪。再说了，好奇，一定是有的。即使害怕，也好奇。甚至可以说，这二者是成正比的，极度惊恐下，兴奋多了，好奇也跟着膨胀不少。我犹豫一下，就准备破门进去。可就在这时，屋里又有新动静了，有人说话。

“定魂珠要是真没了，这寺庙也会现原形了。”我把耳朵凑近了，仔细听。声音清楚了，很快就分辨出，是释空在说话。“等前来上香的人发现，这儿压根就不是什么寺庙，只是一棵被虫蛀了洞的树，你看，哪个傻子还会再来给我们送钱。”

“都到现在了，你还想着钱呢？你怎么不想想，寺庙现原形了，我们几个不也露真容了吗？我这个树妖，释净那个水鬼，还有你，释空，你也没得跑。哈哈哈，蚯蚓怪。这么大，这么长一只蚯蚓。只听过蜘蛛精，兔子精，从来没听过还有蚯蚓怪的。难道只是因为你足够大吗？哈哈哈哈，可是蚯蚓大了又有什么用呀，更大的软绵绵恶心蠕动吗?”

“闭嘴!”释空恶狠狠地说。终于,放弃伪装了吗,和尚的善皮扒下来。谁能猜到皮套里竟然藏了个蚯蚓怪呢。我蹲在墙边,手捂住嘴,真怕自己一不小心,就惊讶得叫出声来。所以,那书信里,所谓的蚯蚓君,看来就是释空了。它在一个老和尚的帮助下,在深山里找了一棵树洞藏身。而根据他们方才说的,这间寺庙就是蚯蚓的树洞了。至于老和尚去哪了?我猜,他已经死了吧,不论是自己选择的牺牲,还是我亲眼看见的被尖刀偷袭扎死,不用说,都与蚯蚓有关。

“现在只有一个解决办法。”释空沉默了一会儿,又说。这次他的声音格外低沉,不像是用嘴说出来的,更像是身体内部骨肉振动的回响,听着瘆人。联想到刚才屋子里见到的庞然大物,应该就是真身释空了。我不禁在心里替自己抹把汗,幸好刚刚没有冲动做英雄,真破门进去。“我们应该,也只能杀了那个家伙。即使找不到定魂珠到底在哪,他没出这院门,就一定还在身上。只要我们杀了他,把他尸体留下埋在院子下,那不就等于把定魂珠仍然留在这里了嘛。”释空的话一出,就得到了几个妖怪的应声附和。

“好主意。”

“也只能这么做了。”

“该怎么杀呢?”

“不如放火好了,寺院里着火,任谁想,都一定是意外。当然,干净利索,也不会留下任何痕迹。”

“好主意。”释空拍板决定。“就放火吧。大家先变回人形,然后都去准备准备,下半夜就把那家伙的禅房烧了。夜都这么深了,他应该早就睡着了,神不知鬼不觉,甚至不用发出一点声音,我们就能让他永远睡着。”

听到这儿,我就算是个傻子,也该清醒了。这座鸡鸣寺的鸡鸣,原来不是清晨鸡鸣响长安的鸡鸣,而是鸡鸣狗盗的鸡鸣。这也不是什么寺庙,只是蚯蚓妖怪伙同其他变异畜生藏身骗财的洞穴。定魂珠能给这一切罪恶真相披层虚假外衣,只要这珠子还在,虚假繁荣就在。香火鼎盛,佛佑万民,一切也都看着真实,那么好,那么好。我听见屋里已经有站立起身的动作了,妖怪们的身躯大,造声也大,我又恍神一下,不过还是赶在它们出门发现我之前就躲在了院中的一棵大树之后。不一会儿,几个肥头大耳,面慈心善的和尚就慢悠悠走出来了。全然看不出,竟然都是妖怪。更不要问哪个和尚,又具体是哪个妖怪了。我等到它们都四下散开,分头去准备柴火了,才悄悄地潜进主寺里。我要走,但也要把定魂珠一并带走。绝不能让它落入居心叵测的妖怪手中,即使我也不确定自己是不是它最好的主人。

即使是夜里,主寺里也有灯光。数十甚至数百盏蜡烛俱被点燃,围绕了青铜佛像一圈。不过,很明显的,佛像的细节,神情动作,都不如白日里见着的清楚。可是,那一只独眼,却在昏黄摇曳的烛火光里,闪烁出一道清晰的幽冥绿色。我笑了,不假思索就爬上佛盘腿的膝盖上,又踮起自己的脚,高度就够了。手伸长,正好平齐佛眼,就抓住那珠子,轻轻松松抠一下,眼珠就掉出来了。

“这就是定魂珠吗?”我看着那颗静静躺在掌心的小珠子,毫无杂质的通体透明里,就装了一缕漆黑幻影游荡,它还在持续散发绿色的光。只觉得奇特,不过倒也一下子看不出真藏了什么逆天的功力。

少了眼珠子，我再看那青铜佛像，就真的突然一下，黯然失色了。好像没了青铜封闭时间，漫长的岁月经历全都显现出来了，无论是铜器整体破败的脏绿基调还是这儿一点那儿一点的深红脱落的锈迹，眼下都不知羞耻、毫无保留地展现在我眼前。最显眼的还是两只空空荡荡的凹陷眼眶，像是被挖去双眼，剥夺视线。老实说，在此之前，我也去过几次寺庙，也跪拜过几次佛，全是金装玉砌，从未见过哪个如这尊一般落魄的。可是，我长久看那佛，即使他没有一对明确的双眼，我却依旧觉得，与他对视，寒夜里温暖人心。开始觉得的落魄慢慢承认是错觉，或许这尊形象，本就没有安排双眼吧。佛既是超越天地，凌驾一切的存在，闭眼也知人间疾苦，又为何非要如凡夫俗子一样，以双眼视物呢？

我与它对视良久，只觉得体内涌动很多介质。头脑里更是风起云涌，变化很多。不过，一时间，你要真问我见到了什么具体，又多了怎样的想象领悟，那我是说不出来的。只能说旨意参悟，都是潜移默化，此时此刻的获得，就只是先存下，囫囵吞下了一大团世间大道，仍需往后长久的时间，逐渐稀释了，风化了，升腾了，一缕一缕散开，方能看得清楚。对视、获得，最后是跪拜。我仰一大头，重重在空中甩一道弧线风，却又轻轻落下，也叩不响面前那盏黄色拜垫。身子投地的时候，我才看见不远处摆着一个木鱼。

既然都在眼前了，不如敲几下喽？我笑着取它来，拿在手上。我虽不是虔诚信徒，也没见用过几个木鱼。不过，要我说，这块是个好的。怎么说呢？不大不小，正好握住。不重不轻，握紧了掉不下来。不滑不光也不粗糙，手中触感既不能说讨厌也谈不上喜欢，这样才绝对客观。我托起那木鱼，附耳靠近了，才轻轻敲两下。“当当。”两下内部清脆，不响却清楚，掷地有声，又在黑夜里散开回响。

“木鱼配这佛。”我感叹道。

做完这些，礼毕该走。我刚准备放下木鱼，起身离开。却闻一声。“定魂珠与你也安心。”是个老人说话，声音慈祥温润，却质地稀薄，中气不足，不似活人说话，倒更像灵魂传音。

“为何这么说？”

“质地不坏。”就这么简单？我心里纳闷。

“就这么简单。”那声音看穿我的心思，笑着说，“像这块木鱼，出自好木头，精细雕磨成形，就能存一段时间，声音。才有了我们现在的对话。”我这才发现，对方的声音原来是从手中的木鱼里传出来的，看样子真如我所想，这人已千古，只是留了一道魂魄，几句声音在灵气物件里储存着，等待合适的时候，再放出来。

“您就是这珠子当时的主人？”我问。

“可以这么说吧。我曾孤身守了这山间一处茅草小屋。屋里一案几，摆一尊破佛，每日潜心供它，风雨无阻。某日清晨醒来，佛前莫名就有此一珠。”

“就是定魂珠？”

“非也。那只是一颗普通的透明珠子。”

“如何炼化？”

“把珠子挂胸前，每日诵经，潜心参拜，行一山海，吞吐天地百川。再坐一昼夜，见日月神色，感悟天地精华。”

“就有了定魂珠？”

“不。这些都不重要，只是我凭空造出来的胡言乱语罢了。你间，如何炼化定魂珠？或许只有一条路吧。大善炼珠。”

“所以你死了？舍命救了那只蚯蚓？”

“不对，反了。不是所以，是因为。因为我舍命行善，才有了这颗珠子。”

“珠中飘荡黑色，即为你阴魂？”

“又错了。我凡人一个，魂也浅薄。肉身灭不久，就消散成天地间的一缕青烟了。珠子里装的魂，是大善之魂，天地之魂。”

“我怎么老是错。”

“还年轻。”

“把珠子交我真的放心？”

“一定。毕竟，质地难得。”

我不知道该说什么，就不说话。一长串对话似乎是结束了，那木鱼的清脆回声儿却还在这间寺庙里回响，只是听起来一声一声，逐渐慢下也微弱了。

“在重门过关的时候，你有句话说的我喜欢，佛不度人人自度。其实奸人拜佛，佛即魔鬼。虔诚者不拜，佛也自在心中。如果说佛只坐在寺里，便拜也无意了。我这几十年参悟的道理，才明白，佛无形无影，又无处不在。在茅草屋，在大小寺里，在天里，在地里，在天地之间。是天，也是地，是云，也是风。”

最后几个字，震颤我心。

“也可以是你吗？”

这话说完，寺庙里发生的一切就真的结束了。天地悠悠，再不闻木鱼说话。那木鱼失了灵气，就死木头一块了，敲打起来也不清脆，却钝钝的，涩涩的。“可以是你吗？”“可以是你吗？”木鱼无声，这一句话依旧在脑子里反复回荡，像是就这么死死地种在了我的精神里。“可以是我吗?”木鱼的余音在我脑子里不止，这句话又在心里响起了。“为什么这么确信呢？难道真的就凭一个，质地难得?”我怀疑，深深怀疑。不知道，所谓的“质地”到底是什么东西，也不知道我的“质地”又是怎样的形状重量，它怎么就难得了？心里的声音只有自己和黑夜能听到，可是黑夜哑巴，你把问题抛给它，便如石沉大海，它广阔，深刻，似乎能藏下这世界所有的问题，不过也只是做到照单全收为止了，它哑巴，不会为任何作答。显然，眼下这刻，我不能找到自己刚提出的问题的答案，更不能撕开黑夜的封口，让它为我难得说话。所以结果就是没有结果，至少今夜应该就这样了。恰好不远处火光冲天，不用想就知道，是那些妖怪在杀“我”，正杀得热闹呢。我笑笑，从跪垫上起身，轻轻拍一下衣服，其实衣服也不脏，所以就是单纯想做拍一下的动作。我走到佛像背后，见那小洞口子还没封死，就拿两顶蜡烛，穿过去后山了。

这次好像就没那么害怕了，或许是因为黑夜里动作本就与视线无关，全凭感觉。或许是因为我知道了，这洞里黑不永恒，也会有终点。所以即使蜡烛光在行至黑洞一半时候就灭了，我也没有表现出过分慌张，甚至没有打乱自己脚下节奏，继续一步一步照原摸索。过了一会儿就走出山洞，用时与之前所差不多，唯一不同的是，这次在洞口处并没有大亮等我，却是一片看起来就更深更广的黑暗。我站在黑里，面前一片旷野铺开，不久前的一幕幕浮现。原来我就是通过了五关五重，才得以又回到寺庙，取走定魂珠的。这么听起来，看起来，好像是关联的，穿过五门考验与定魂珠浮现之间，二者是有关联。可是，仔细想，那珠子难道不是一早就在佛像眼眶里好好放着吗，即使穿过这虚幻五门，依旧没有谁把它真正摆在我面前，搁手里，最终还得我自己领悟了去找。所以，究竟有无意义呢？这游一幻梦和精神上经历一遭。我也不知道了。

踏一步，就在旷野里行走。开始还怕再遇到新的五重门，又得重温噩梦，可是好像什么都没有，那些巨大石像就像凭空消失了一般，再也不见了。按说即使黑夜真能掩盖一些渺小细微的东西，也难藏住那样的大物。可是，如果真的不见了，短短时间里，又有谁能移走它们呢？我心里很清楚，绝非人力所为，有能力移走它们的，或许也只有最初创造又把它们放在这里的家伙。

通过旷野，很久很久，少了五根顶天门框，就显得格外宽阔。我脚下重复，竭力向前，也是花费很久才到尽头。事实上，出了洞口的那一刻，天好像就黑极致了，往后在旷野里每走一步，都在一点点变亮。等真的站在旷野的边缘，天已经完全亮了。虽说仍不及大亮的程度，却也够照明一切了。我爬上一块大石头，旷野的尽头有这么一块大石头。在垫高的顶上，回头望，无际的旷野果然什么都没有，没有柱子石器，没有树木鲜花，甚至连可见的杂草都没有，只有泥土地。我好像不知道这一片荒芜存在的意义是什么，是隔绝？还是过渡？我相信，它就是提供人与动物简单穿梭，再单纯让它们消耗一段时间的工具。太阳出来了，光也出来了。可是它为什么可以这么红和鲜艳呢？天的那一头，红得刺眼，像是谁在天上点了一把火，火烧开了烧痛了，鲜红血液也就完全蔓延开了。这么亮吗？我看着那团红色痴迷，却有一个念头突然在脑子里弥生："是不是真有人点了一把大火?"紧接而来的胡思乱想是，"难道这把火就是意图杀死我，烧在寺庙禅院的火?"

摇摇头，这当真是胡思乱想了，四个妖怪，只是想烧死我一人，不至于弄出那么大的动静。况且看这天色，如果真是一场火所致，所需的燃料别说只是一间禅院了，那得不止一整座寺庙和山了。不管怎么样，不管这天是为什么红，又是谁点的火，烧了什么灰烬，都是背后景色，与我也无关了。我最后一眼深深地看这片旷野，深深又那么久地看一眼，像是在把一切都记住。可是，下了石头，走一步，什么都忘干净了。人生好像就是这样的，你要向前轻盈走，就丢背后景色和记忆，丢得越多能走越远。舍不得，就原地累了，禁锢，爬走不动道。

"再见。"

旷野之后就是后山，很多树。下山的路稍有些陡峭，我扶着树小心地走，不长的路，走了很久。不知道是不是时间还早，山里的走兽都没醒，出来，我这一路也没见到什么畜生，听到多少动静。可就在下降高度，快接近绝对平面的时候，面前却突兀地出现了一座茅草屋，它破旧，顶都秃了黄草稀薄，随时都可能被大风掀掉。有扇门半挂着，也晃悠悠地大开着，透过它一眼往里望去，茫茫漆黑无内容。应该是某个山野樵夫砍柴后的歇脚地儿吧，我想，于是也没逗留，绕过去就走。直到下山以后很久，才想到。

那就是鸡鸣寺。或许也是真正唯一的鸡鸣寺。

找了间客栈，先吞下两大盆白米饭。而后安心睡下，沉睡之间日夜几个更替，不知也不顾。人在混沌之中飘荡，死透了一般。醒来，我算好账又退了房间，走在大街上。平而结实的地面，拥挤热闹的人群，恍如隔世。

“听闻了吗？”擦肩而过的两人，俱是戴两顶布帽，脸也是大众长相，不值得有姓名的过客。其中一人说，显然是这则消息传达的一方。“山上起了大火，烧了一座香火鼎盛的庙。”

“哦？庙没了？”另一人表现出不多的兴趣。想来也是，一场山火，不会死几个人，在这每日都有成百上千事发生的繁华京城，甚至都算不上什么值得一提的新闻。

“没了，还烧出了一个黑色的大洞。”报道者兴致盎然，一边吊高嗓门说着事，一边在手上夸张地比画。

“多大的洞？”

“嗯。”沉思一下，然后两只胳膊都很尽力地往两边拉，最大限度地怀抱一个圆圈。“一定有这么大。不对，应该远比这么大还要大。”

“好吧。一个大的洞。”依旧没有过多兴致。我却跟着这两人，一路听。刚才那山上下来，也知道火与自己有关，即使过往的事该抛在脑后，可是如果不费什么力，就能知道个最终结果，也是好与必要的。

“不仅大，而且深。”神神秘秘，我看笑了，这人真是深知讲故事之道，话不一次说完，遮掩还藏。这碰上对话题感兴趣的人，一定大适用。可惜，身边这人一直兴致阑珊。他一定不知道，自己身后还悄悄跟了第二个听众。第三个，如果把他自己也算上。对所有说故事的人而言，自己都是自己最得意的听众。

“有多深？”

“有这么这么深。”好好走在马路上，他就突然停住，一个深蹲，吓坏我了。“听人说，这洞可深可深了，一直深到地底的另一面。”

“夸张了。”不感兴趣的观众显然不太给他面子，听不下去，就忍不住出言反驳。

“不夸张不夸张。”

“好吧好吧，不夸张。所以，一场火就留下了一个黑洞？”

“当然不是。”那人露出一个神秘笑容。我压抑住想从后面冲过去揍他的冲动，这说话说一半的毛病不再是可以忍受的小情趣了，太令人讨厌。我想，另外一个人也是如我这般想的。因为他也抱怨了。

“那到底是什么嘛？你话能不能一次说完。就好比一根屎挂在屁股头，你难道不夹一下断掉它，还很享受它的藕断丝连，在空中晃晃悠悠吗？”

怼一下，终于老实了，我也得以听到了故事的最后结局。

“蚯蚓。有人发现，一只巨大像怪物一样的蚯蚓烧死在了山上。”

“那怎么办呢？”观众惊呼，我第一次对这个无聊故事有了兴趣。

“人是搬不走了，不论多少人都难搬走。更何况，这样的奇观毕竟不祥，朝廷也不想太多人知道。要说，也可惜，火只是烧焦烧死了那怪物，却没让它的体积变小一点。太大了，你是没见到，真的太大了，大得都快顶到天了。”

“那怎么办呢？”重重地提醒一遍问题。

“就只能等了。”我们爱故弄玄虚的讨厌叙述者，浮夸地叹了一口气。好像这件事真的与他平凡无趣的生活，又有多了不起的关联一样。“等一只足够大的鸡，得比蚯蚓还大的鸡，吃掉这只蚯蚓。”

“鸡鸣寺，鸡鸣寺，说来也好笑。现在，看来现在要想寺回来，真是需要一只真正的鸡了。”

“可不好笑吗。往日去寺里有求佛祈雨的，有求降子、续姻缘的，现在一座城的人再拜，都得求天下一只鸡了。”

“大。这鸡还得足够大。”

“要这么这么大。”那人又开始之前的比画了，两只手又怀抱出一个大形状。不过显然，远不够。这次，他的同伴也被逗笑了。

“要比这么这么大，远远还大。”

两人对视，一齐大笑。

就这样了吧，有关释空和尚和鸡鸣寺的故事，到这儿。

也就这样了吧，不然呢？

第二十章　末，还刀珠

我在长安一待就是几十年，每日见繁花、车马、人潮。听酒醉诗人歌，绿柳河畔红衣浅唱。人在寻常烟火里，在不眠城灯里，也在盛世里。几十年就这么过去，每日翻新，也照旧，说来奇怪，那些怪力乱神，值得一提的事好像全发生在我刚刚离开沙漠进城的时候，也都完整记录与诸位分享了，不知道为什么，自那以后就风平浪静，再无大事出现。我想，或许是时间抹去了我身上的沙漠味道吧，一点点，越来越少，越来越淡了，离奇的事就不再找我。某一天，我照照镜子，好像自己突然就长成了一个长安人。盛世之下，长安里生活，就没有也不该有鬼怪了。只能这么解释，我不知道，没有离奇幻梦发生，见不到妖魔鬼怪，就这么脚踩大地，真真地活在现实里，究竟算好事还是坏事。不管是好事还是坏事，时间走快马，一晃，几十年也这么过来了。

我以为，也不止一次对自己说，就这样了。在沙漠里，即使每天都无趣，都在重复，我也很少说这话，总觉得未来一日，天也会眷顾荒芜，流沙里涌清泉，深漠开鲜花。然而，进了又活在长安，却总爱说:就这样了。就这样吧。好像世事凡事就该如眼前发生的一样,认了,接受了就好,无意争辩,争辩也无益。直到那一天真正来临以前,我都是这么想和以为的。直到那天以前。

那天也是寻常一天,如果说真要找出点与一年中的其他百日不同的地方,它就是长安一年一度的花灯节。花灯节,顾名思义,就是放花灯的日子。是日,长安举城百姓,男女老少,携家带口,都来河畔放花灯。长安有条护城河,绕城一周,到了花灯节傍晚,人就沿着护城河放下刻有自己心愿的花灯。花灯顺水漂流,都往河中间靠拢,待万灯齐聚,河心大亮,就犹如湖面白日,虽是假的,却也有一时耀眼过真太阳。

其实,花灯节于百姓,看灯是次要,放飞愿望也只是顺手所为,热闹才是最重要的。虽说长安一年夜都灯火不眠,这晚却更热闹。集市无宵禁,就放无数吃食、玩具摊铺出来,吆喝叫喊声连一片天。平日里深居宅院的达官贵人也乘车马出来,混没在寻常百姓处,与民同乐,或许是高处太寒,偶尔也需要吸点烟火气息。我来了长安后就独居,几十年来,没结交什么至亲好友,也无一挂妻儿。只是举沙漠里攒下的全部积蓄,择城中不大一幽静小院,住下了就住下了,自己与自己处,一日三餐,身体力行,不可说不好。不知道是不是沙漠里养成的习惯,我喜清净,或许也正因如此,很大程度地制约了与院子之外世界的往来。可是,一个人久了,也念热闹,这是人的本能,群居动物的特性,我不免落俗,更无法也无意摆脱人性根子。所以,时不时,就会上街走走,或买一碗甜汤、馄饨,人来人往小食摊里坐着吃。或弄串冰糖葫芦,走集市,走一路,吃一路。久而久之,脚下和嘴都有数和默契,街头拿的葫芦,走到街尾正好吃完,多一步不多，少一步不少。然而，花灯节，我却是极少参加的。一来是没有心思做自己的花灯，二来是这热闹也太热了，拥挤起来也太挤了，都远超一个年迈老人的承受范围。按理说，今年也该如此，屋外灯火遮天，孤寡老人就该独坐小院的角落，饮一壶热茶，享自己的清净。然而，或许是因为一连阴雨几日，好久没出门头皮发痒，手脚也难受，又或许是这晚热闹格外勾老人，我突发奇想，也要凑凑热闹，当机立断，就推门去了。

门一开，一个新世界，大世界。整座城的人好像都出来了，我看着面前穿梭的动态，两只眼睛也很难捕捉每一具身体过去的瞬间。人都颜色幻影，叠在一起飞快闪过就眼花缭乱，我只觉得人不是人，在宇宙里更渺小了，一个一个堆着、挤着、碰撞着，都不像独立又具体的人类，更像是可以一概而论、消除自身特殊意义的立体形状和轮廓。我撑老腿站立一会儿，猥琐脑子都晕了，还找不到空隙，插进同类人群，混入热闹其中。或许终究难做同类吧，生于长安的人，与大漠里长大又在京城变老的孩子，看着都相同，身上却覆盖了一层不同介质，温柔擦肩却坚硬隔绝。当然，这可能，也大概率是孤寡老人自作多情的错觉，把人与人之间肉体接触的瞬间，下意识地错开，或许只有我一个人这么相信，也只有我一个人这么觉得吧。事实真的是这样，因为就当我好容易下定决心，往人群之中插了一脚，又被推挤着随波逐流时，没有人投射好奇或厌恶的眼神，大家好像都忙着尽力在拥挤潮流里保持自己身体平衡和双脚着地，没人顾得上发觉和提醒我的不同。这就放心了，我心满意足，加入了今夜的热闹，缓慢跳动的苍老心脏也孩童般雀跃，第一次深刻领悟到大热闹的好处，组成的量多了，个体就更渺小也更容易被忽略。

大热闹的好处，是我可以更自在地动作，可以肆无忌惮地观察来往行人，也不用注意回避交汇眼神。坏处是，平日出街的习惯都不能有了。路边摊子加了几张凳子，依旧坐满了食客。冰糖葫芦早卖光了，就只能眼睁睁看小孩含化了我也喜欢的红甜圆球。热闹突然就变得毫无意义了，我手里没花灯，怀里没愿望，嘴里没糖葫芦，也喝不上一口热汤，不知道被人群要推带着去哪，自己又该主动做什么。种种扫兴结合，最后的结果就是，我好像上了辆无人挥鞭就自动行驶的马车，一路被带到了某不知名巷子跟前。我转头看那巷子虽然窄小蜿蜒深黑，却好像难得没什么人，就不再犹豫，立马以自己一具老身残躯横冲直撞那坚固人墙，努力半天，才挤进了那条巷子。行将深入前，我无意瞥了一眼它口子门匾，借热闹灯光，老眼昏花，勉强见上面随笔信书，潇洒写着“须臾”两个字。“须臾”，印度经书里说法，意味极短一瞬间。我不明白，为什么一条街要用时间长短去形容，不过人老了也能接受，不明白的事太多也正常，所以，就这样吧。看，说得没错，我长安生活几十年，真的是越来越善用这句话说服自己了。先说服自己才能说服别人。当然了，独居老人，好像也并没什么别人说话和说服。

我沿着蛇形蜿蜒的黑路走一会儿，果真冷冷清清，一个人都没遇到。实在奇怪，今夜灯火节，按理说都倾城而出了，该没有哪处地方是没人的。可是，这里真就空荡荡，像不知道为什么就被所有人默契遗忘，又如同隔离热闹世界之外，独立存在的特殊介质。突然，我在想，会不会就是异类，这条巷子和长安城，就如我与长安人一样，之间夹层看不见的隔绝薄膜，融入无能，共存却抵触。更简单的说法是，别人都看不见它。至于我，为什么能看见？就不知道了，如果不是误打误撞的巧合，就一定有特殊的可以解释的原因。却不急现在就一定要弄清楚，老人的知觉告诉，这个原因会随着我在这条街探入更深，一点点自己浮现。

越深越窄，窄街幽巷的口子蜿蜒到最后就锁死了，再无路可走。我只得后退，可是一回头，却发现后路竟然也封上了口子，比这更糟的是，甚至它还在肉眼可见地向这里一点点靠拢逼近。眼下形势突然就变得有些紧张了，前路一面墙，后路也堵死了，如果再不想点办法，可以预见，很快我这个腐朽老头就会被碾成一摊臭烂肉泥。脑子飞速旋转，在四周有限空间里寻找办法。终于，在地下找到了一口井，几乎是在眼睛见到的同时，脑子就立马反应了，一个声音浮现。熟悉而陌生的声音，在风平浪静的几十年后又再度出现了。即使是现在，我依旧不能确定它是应急反应，来源身体内部的自救，还是其实外界某暗处有一双眼睛一直在注视，它总会出于好心或者其他目的，在危险时做提醒。尽管不知道声音的来源和来由，不过能时隔如此久时间再度听到它，这件事本身也足够让我开心了。它说：

“有一个洞，就别挑剔了，赶快先进去吧。”

空间还在一点点地不停缩小，我心里很清楚，这声音是对的。不知道为什么，“井”这物件在我进城后的故事里，出现太多太多次了。多，以至于在我眼里，它好像也不再具体，却更像一个抽象概念。一对老眼看一口井，井不完整，而是分解成两块：“形状”和“内容”。形状是一个圆形的口子，至于内容，就要探头伸进那口子，看漆黑不见的探地深度。圆的形状和漆黑深度合起来，就有井的意义：沟通时空。“有一个洞。”我听这话忍不住笑了。什么时候开始，井不再叫井了，却笼统概括成一个黑洞。

“快跳吧，死老头。”见我笑，那声音好像不乐意了。

我叹一口气，左脚先搁在井檐边上，右脚还在地面犹豫。可是缩窄坚硬的路口很快就触碰挤压到那只脚了。只能把右脚也放上，两只脚都在外圈了，就好像已经身处圆的内部。

闭上眼，进洞。为什么要闭上眼呢？是想和洞里的黑也更默契些，融为一体吧。

进洞。坠落，在闭眼的黑暗，与洞深的黑暗里，沉沦，沉沦。其实，每次投井的感受都相似。进去的瞬间先把身体交给黑暗，灵魂穿梭，等个结局。等一个血花绽放，头骨碎裂，或者柔软着落，在新一时空重生。黑暗大嘴嚼不烂的身体会再交还给你，嚼透烂的，就继续嚼，继续嚼，一直嚼到比尘埃还小，比黑暗里最微弱的介质还弱。

这条井格外长，所以他在黑暗里坠落很久，却心里平静。平静地等和接受这一次属于自己的结局。无论好坏，也没有好坏。

他刚进沙漠的时候，只想着找那座城。即使是虚无缥缈的传说，即使所有人都说它或许不真的存在，他依旧一意孤行，决心进沙漠。就在一只脚踏入黄沙的时候，他没带水壶，没带把刀剑武器，甚至没去理会已然乌云密布，黑暗深刻的天空。好像一具男儿身体足够了，够了去抵抗漫天风沙，无际干涸。果然，没走几个时辰，风云突变，沙尘暴就来了，他好像不惧，面无表情，与其说是不畏惧死亡，那冷峻轮廓，侧面看去更让人觉得是有意求死。一步，一步，沙漠里刚踩出的脚印，很快又被风带沙子隐去。他行了很多路，却没留下任何来过又存在的印迹。如果，就这么突然倒下了，也没人发现和知道吧。他不想这些无聊的问题，只是简单纯粹地重复自己的节奏，自己的脚步。风沙好像也惧活死人，至少是尊重，这一场没带走他。很快，风云又变化，天光大亮，一片沙漠白白的，炽热而刺眼。

不远处，好像有一座摊子。他不敢肯定，只是见着有那么一轮廓，像是，不过，沙漠里为什么在这儿突然就设了摊子呢？万一海市蜃楼，他这么想，却依旧走过去。终于，脸色变了，不再是冷酷无表情，而是慢慢的，也面露喜色。是一座真的摊子。不仅是个摊子，还是茶摊，要知道沙漠里茶摊有多难得。一对桌椅，背后一间简陋构建的茅草屋子，最醒目的还是沙地里插了一根大旗子，上有一个字："茶。"是茶摊没错了，他快步过去，茅草屋里正好出来一个老人。

"求杯茶。"是个不会说话的人，他涨红了脸，脑子里搜刮词汇，最礼貌也只能说出这三个字。好像一个"求"已经是男人最大程度的放低姿态了。老人看他一眼，没说什么，只是转身回去了。没有答案，他就站着等，有点倔强，脸不知道是热得，还是羞得通红。一会儿，老人又出来，手里已经多了一个小茶杯，还有满满一勺。

"坐吧。"老人说。他就坐下来了。

"没有钱。"依旧是三个字，依旧脸红。老人却摇摇头，示意没事。

小杯子放桌上，杯底触木头，脆脆一声。他听着，喜欢这一声，只想开口赞叹。不过，也不知道该赞好杯子，还是好木头，纠结，想得脑袋都疼，最后还是决定不说好。老人让那勺悬在杯口上一点，然后一个倾斜角度，其中的内容就缓缓流下来，流淌顺畅。水过杯半，匀一个回正，淅淅沥沥的声儿就戛然而止，老人把那杯在桌上轻轻一推，不偏不倚，飞滑一道，正落在他跟前。他低头看，半杯清水，上有几叶子浮沉。抬头又见老人笑，一挥手。

“请喝茶。”

他点点头，两只手指夹住杯子下沿，先仰脖子，再凶猛起杯子，杯子跟紧了脖子，里面的茶水就一饮而尽。说来也怪，水虽清澈，却半杯也不多，可是一入肚里，就迅速散去，弥漫开广阔凉意。嘴巴干涩也消除，渴也不渴了。

“深入大漠，都有故事。”老人看他喝完茶，欣慰笑笑。“我不问你具体故事了，问了你或许也不愿说。有什么可以帮你的，孩子？”

他想想，低头看杯底，里面的水已尽了，只两片泡软的茶叶，紧紧贴着杯底。抬起头，眼神却不呆滞，放光了。他说：“给我一把唐刀。”

老人又笑了，这次的笑意变了，好像有些深：“盛唐都去很久了，哪来什么唐刀。”

“就想要把唐刀。”

“如果，没有唐刀怎么办呢？”怕是感受到了笨拙里的执拗，又或者轮廓里的果决坚毅，老人也不笑了，一双老而浑浊的鹰眼，对准了他的那对射出认真凝视，又看穿透过一切的寒光。

“就以自己作刀。”他说。听了这句话，老人只觉得病体残躯里，又有热血沸腾，涌动了。

“什么刀？”明知故问。

“唐刀。”故问也答。

两人相视，齐笑。一老一少，笑得风云大变。

沙漠的尘暴又起了，地上无数渺小金黄升腾，在矮空里震颤厉害。那面印着“茶”的破洞旗子，在风里凶猛摇晃，像是战争的最后号角被吹响了，千军万马前，一只看不见的大手力拔山兮，举起又摇开了一个字的大重量。

“好茶。”他站起身，鞠一恭。就往那团黑色风沙里走。

“盛唐真的还在吗？”老人对着他的背影大吼，这一吼，耗尽了风烛残年，仅存的最后气力。

“在。”他站住，没回头。“如果真不在了，就再造一盛唐！”

大漠之中，老人开了这间茶铺几十年。一桌一椅，一间屋，一面旗，一壶一勺，一条茶叶一条河，就有了这间茶铺。为什么沙漠里凭空就起了清澈一条河呢？他也不知道，只记得某夜做场梦。梦里一白衣男子，走到沙漠之间，让他画条圆圈，指块地，他照做了。挥一刀向天，再重重落在那圆圈里，大地震颤，裂开，就有了一条河。第二日醒来，梦依旧清晰，他推开门，门前就有了一条河。真的水，真的流淌，真的清澈。

那人走进风沙，黑暗里，很快就消失不见。老人怎么不知道，他深入漠里，为了什么。是那座楼兰的传说吧，即使盛唐颠覆已久了，有关它的故事，依旧屹立、回荡千古天地里，吐纳、吐纳，气息轻悠却不绝。楼兰是传说，传说背后的传说是，这片沙漠隔绝天地时空，楼兰也被大千世界遗忘了，依旧独立沙漠里，作唐的最后一城。为了什么？无数信徒赶来，又睁眼死在沙漠里，只为了再见盛唐。把那个只字，去掉吧。老人想。

念念不忘，必有回响。

一阵风起了，无数沙子也就来了。

这事过去很久，久到老人记忆都模糊，记不清那人冷峻脸廓，直到一天早上，他照旧从屋里取那“茶”旗子，走出去，再好好地插在沙地里。才见到了一把刀，直挺挺地没于沙子里，在太阳下耀眼闪光。

拔出来，是唐刀。四下望望，无人。再眯着眼，仰头看那天，空荡荡的，什么都没有。没有云，也没有鸟飞过。什么都没有。

真的，什么都没有吗？

第二十一章　偶入仙境

我在井里一直飞速向下，坠落，很久。久到我都不期待结局了，只想尽快结束，无论死活，触地就好。也不知道在漆黑里具体沉浸了多少时间，终于，我的眼皮外一道强白光，睁开眼，就知道自己已经来了另一时空。

双脚落地，很稳也柔软，却好像踩在　团棉花上。这是一个极其光明的空间，所见人物皆是白色的。我低头一看，哪里是什么棉花，自己竟然站在大片云之上。重新再看那些人物，一个个仙风道骨，白衣长袖，都是神仙模样。我料想，自己穿过这一长洞真是不冤，竟到了极乐仙境。我站着，瞪大老眼，仔仔细细地打量周遭环境，有青云雕刻作桥，清泉甘露悬停空中，巨大的玉石牌匾横跨天中，劈它两半，其上刻随笔信书潇洒两大字："天上"。真直接。我感叹。左看看，又看看。大到环境的恢宏布局，小到仙人手上的金杯银器，看什么都新鲜，看什么都好奇。

"小孩，请跟我这边走。"一个仙女轻飘飘扭腰走来，轻声在我耳边吹气，湿漉漉的水汽，如云散了真身，水形现了，只弄得人耳根子又软又瘙痒。我见她容貌惊呆，语言难形容。只能说比凡间绝美还要再美上个百千倍。这人头顶鲜花，以晚霞轻纱遮面，细白柳腰上一条蓝紫巾飘荡缠身。绝美二字远不能形容她美之万一。我被迷住了，脑子就迷迷糊糊，恍惚感觉她方才的话不对，却难集中半点精神去想，到底是哪里不对了。

"小孩?"她温柔眼睛里有水，眉头轻轻皱一下，藏在轻纱里的红唇又吹一道风。喊我呢，我知道。可是，小孩？终于，我知道哪里不对了。我这一个行将就木，大半身子入土的老人，怎么就被叫小孩了呢？我看向仙女，却发现视线不对，她也不高，怎么自己仍然矮半截，平视难得，还需要仰头望。尽管觉得不对，不过那仙女要我跟着她走，照做就是了。我们穿过三桥，两门，沿途俱是金甲天兵，最终来到一座璀璨宫殿。走进去，我轻轻跨一步，竟然不够，这才看到自己的双腿已经缩短，伸开两手，也小。原来，在这个时空里，自己真的成了一个小孩模样。

得跨一大大步，我过门槛，进殿。方才引路的仙女已经站在最末列前，示意我的座位就在这儿，紧挨着大门，虽说按常理这算最差的位置，不过人游仙境本就是意外之喜，更何况如今我这小小受限的身躯，不用费力穿过那大殿也不失为好事，于是不计较，高高兴兴地坐下。抬头，一眼望去，不见边，长长列席，已经坐满了五花八门，形状各异的神仙。众人七嘴八舌，欢声笑语，只待宴起。

"开宴。"高座上的人轻声说。数天兵合力搬出一巨大红鼓，摆殿中。敲一下，沉闷如轰雷的声音就在殿里和整座天地布开。这鼓一响，立马就从屋顶上飞下几十具仙女，身披五彩薄纱，手臂上挂花篮。她们一边在空中翩翩动作，一边把篮中花瓣片片播撒在地上。

所有人都仰头，看那美人和花瓣轻盈共舞，鼓掌叫好。最后一片花瓣飘落，仙女就哄笑退散，五颜六色，布满地上。

“就这么落了可惜。”离我不远，一个末座小仙不无可惜地咂咂嘴。他身边同伴却没这闲心，忙不迭把满桌子琳琅往嘴里塞。看起来，即使做了叱咤一方的小神仙，如此宫廷盛宴，珍馐美味也难得，逮着机会，就一定要好好享受。

“没什么可惜，花开花谢，本就是佛祖设的规矩。”另一仙倒是看得开，不过看他长须飘飘，眉毛都雪白了，一定经历也多，应当是世间百态，早就见怪不怪了。“除非，你是说佛祖的安排错了?”老头阴阳怪气，功夫倒是一流。

“非也。”突然宫殿之外，远远传来爽朗大笑。先闻其声，而后见人。一个胖子上身赤裸，腰间挂一巨型酒壶，骑毛驴赶来。那驴看着普通，却凌空落蹄，即使没踩地上，踏的每一步，声音也结实，绝非寻常俗物。至于，胖人仙嘛，潇洒不羁，目中无人的态度，一定也是神仙传里有头有脸的人物了。“花开花落，不过须臾刹那。须臾里的事，刹那间的事，本就没什么可惜、不可惜之说。再说了，佛定屁规矩。”

“大仙来晚了。请上座。”门口守着的仙女见他来了，笑吟吟地说。大仙听到了也装没听到，两腿夹紧了驴，停也不停，就从她头上冲过去，呼起一道大风，惊吓得那可怜姑娘面色惨白，连连惊叫。

驴过花瓣，胖大仙取下腰间巨壶，拔了口子，就饮一大口。这一下，酒就把他嘴塞满。只见这胖子将酒在嘴里含一会儿，突然闭眼又运气，往地上猛的一吐。酒里有风，不是一团撒地上，却呈无数水汽，一点点均匀散落。众人都瞪大眼，看他动作。太真神奇，吐是一口喷，落下来，却一滴酒附一片花瓣，不偏不倚，一一对应。到了最后，一滴酒不多，一滴酒不少，都在花上呢。可是，静静的，什么也没发生。

“所以呢，这作法到底有何用呀？”邻桌，窃窃私语。殿前落座的胖大仙却笑了，他两只肥指夹一块肉，粗短脖子仰起来。

“不急。”长条肉放嘴里。“且等一会儿。”

话音未落，地上花瓣就有了动静。酒醉花瓣，一片一片，活了似的，竟然都动起来。我太好奇了，站起身不够，又伸长了脖子看，离自己最近的一片红色花瓣。只见她先是在地上蠕动，慢慢扭着，又勉强立了起来。接着，最不可思议的事发生了，谁能料到小小、只平面的花瓣，竟然膨胀起来，还折出了立体的形状。两只翅膀，一张嘴，哦？竟是一只鸟！再看地上其他的那些花瓣，也都如此，地上一下热闹了，全是活泼的鸟。不知道是哪一只扑腾翅膀，挣扎着飞空中，所有的鸟就一下子，全腾空。众人的眼睛都勾直了，一齐望向天。百千只鸟轻唱低吟，声音重叠起来也不冲突，相反意外得和谐动听。无数五颜六色的翅膀挥舞，我看呆也看入迷了，只觉自己深深掉入了美妙奇异的色彩世界，再难拔出眼睛。胖大仙见众人惊讶状，笑了，搓搓手，打清脆响指。一只一只鸟又瞬间炸开，化成比无数还多的色彩羽毛，至轻重量在空中起伏飘动，却不落地。胖大仙又轻轻吹口气，一阵微风就来，把五彩羽毛几片几片，聚拢一起。有的羽毛又变成了花瓣，只是看起来，形状更大了，一片紧贴一片，围绕一圈，组成一朵一朵完整大花。有的羽毛却成了叶子，平平摊开，托底大花。我这才看明白，是莲花。很快就有无数莲花盘旋，举目望去，一大片金莲盛开，气势恢宏。细看每一朵，都美极。席上又是几道惊呼夹赞叹，胖大仙这变幻之术可真真的使得熟练。众多莲花汇聚，一朵叠一朵，一朵复一朵，就又组成了更大一朵，最大一朵。那大莲花还在悠悠升空，像是要破了大殿的顶，天边去。真要去吗？离顶半寸却自觉停住，一声口哨，不用说，胖大仙吹的。没反应过来，大莲花便碎裂了，化作无数金黄树叶。只见胖大仙站起身，赤脚走在大殿。喝多了，东倒西歪，脚下步子却清醒得很，歪在一条笔直线上。他袍子中伸出二手，作勾爪状，随意就在空中挥舞。树叶就自成一缕黄色旋风，跟着手走。大殿之上，胖大仙从它的头，走到尾，那旋风也随他过堂，有始有终。在我面前站定了，胖大仙突然转头看我，油腻一笑，旋风在短暂空中停滞。很快，他两手空中甩，轻道一句。

“去。”大风便成无数条小风，一缕一缕，四面八方去，往大殿角落钻。有的风从仙头顶过，调皮掀帽子。有的从长胡子里穿，把柔顺一条，横冲直撞成分叉好几。有的还从裆下过，弄得众仙宝贝玩意凉。一时间，大殿热闹了，众小仙手忙脚乱，丁零当啷，弄翻了不少桌上器具。胖大仙乐了，躺在地上捂着肚皮大笑。我看着他乐，自个儿也偷偷乐，想来天神都高高在上，也严肃，哪知竟然也有这么好玩的仙儿。像是听到了我的心思，地上翻滚正酣的胖大仙，突然停下看我，眨一下眼睛，又大笑。太乐！

“谁敢在天宫殿内胡闹！”大殿之外，远远天边突然隔空传音。声威而震颤，众仙立马坐好。胖大仙却不改其乐，独乐。他笑累了，就卧在地上，轻轻闭上眼，摆一睡佛造型。很快，呼噜声就起了，太大，冲着屋顶，跺着地，整间大殿都在剧烈抖动。所有仙都各显神通，控制身前桌子不倒，我就惨了，哪知道什么仙术，只能将身体放桌子上，用重量压它。可是，一个小孩的重量能有什么大用，结果就是我的人和桌子一齐随着呼噜起伏，上下左右颠簸。

突然，从胖大仙宽大袍子里飞出一根狗尾巴草。那草先在空中悬停，一会儿又把脑袋伸进胖大仙的鼻孔里捣鼓。呼噜就止了，一瞬间很安静，安静得可怕。一瞬间，不用提醒，所有目光就都汇聚在胖大仙的鼻孔上，他闭眼，眉毛却紧缩，黑色的鼻孔几次伸缩又扩大，最终形成了可怕的足以吞噬一切的容量。他要是一个喷嚏下来，别说人和桌子了，大殿都要被掀翻。可是，谁也无法阻止，只能瞪大眼，看嘴张开，呼一口大气，肥硕肚子高高隆起，无尽黑洞就要释放。

却凭空现一只金色大手，捂住了他的嘴。气又咽回肚里去，喷嚏也消失无形。

“师弟，你可胡闹够了？”冷冷的声音。刹那间，大殿之上，圣光普照。原是至尊大佛来了。这时候，远远的，佛身还在天边。殿内的山珍海味，玉盘银器，众仙脸上，却多多少少，都带缕金黄。

地上躺着的胖大仙儿不见了，我寻找半天，才发现他竟然一瞬间，又回到殿上次席落座了。见那胖脸悻悻，好像没玩够，止不住闹动静，手指头伸进面前好好摆着的一顶玉壶，就在里面翻来覆去地搅拌。不知道是不是与这跟手指有关，风之前停了，这时却又轻动起来，也刮了地上的树叶。树叶一点点在风中枯了，又碎开，先是成了无数微小碎片，最后竟然变化成晶莹的白色雪花，漫天飘荡，落在殿内万物身上，又融化于无形。变化之术的最后，就是一个“空”，一切虚无。胖大仙的手指停住，壶里的水面就静止了。殿内满满的花瓣不见了，鸟不见了，莲不见了，黄叶不见了，雪也不见了，只剩下了空，可是空却也见不见。回想这变化的始末，我忽然惊觉，四种形状，好像分别代表了一年四季，环环相连就一个循环，轮回。又想，难道这世间循环的道理也是如此吗？从由虚无起，又终将落灭于虚无。经历了轮回一遭，却不留痕，像一切都未发生，见也不见。如此想，心里就沉重，好像一切失了意义。不过沉重，沉重，重到极致却消失了，心情意外一下开阔，也平静了。或许，也不是所有看得见的东西，都如我们肉眼所见。反过来，也不是所有空白，都不存在。我们所做，所见，所经历，其实都不用向谁说明，留下标记吧。只需要自己相信就好了，自己相信，那就空不了。

“圣佛到。”我正琢磨事儿，忽听到重门外，天兵通报。一门人传一门人，一门声换一门声，声过重门，回音几道，最后才通报到大殿这里。众仙闻声，又往殿内首席一望。佛身已然端坐上面，声与身完全同时，早一刻不早，晚一刻不晚。说实话，从圣光普照的那时候，我就一直很期待亲眼见佛身。方才仅仅是隔空传音，就气势恢宏，真要身也来了，得是如何盛况？可是，却着实有些失望，轻悄悄来，不声不响，就坐位子上，没什么动静，甚至连之前的金光都不带一束。身材不大，模样也难称惊奇，仙都不像，更似寻常人。

“师弟，云游几年还没玩够呢？今日再见，这一身混账劲儿也不少半点。”那佛对席下幽幽地说，递胖大仙话儿却也不看他。只是垂眼看自己杯中茶，端起来，却不喝，只在手上稳稳拿着，杯中不起一点儿涟漪，死了一般。

“哈哈哈哈，混账，混账。兄长这摆谱端架子的臭毛病也没改呀。可不混账，混账。”胖大仙好像丝毫不畏自己这位师兄，随手就接他重话轻放，再以嬉笑怒骂回之。那两句“混账，混账”说得可好，也不知道是顺藤摸瓜，嘲笑自己，还是骂那佛呢。大殿之上，众仙面前，公然被怼，可以见到佛的脸色并不太好，他轻轻放下手里的杯子，没发出一点声儿，我却清楚看见，那杯口裂一小块角儿。

“百年前，就是在这金殿之上，师父传我佛位。你可知为什么？”这一次，佛拿正眼看胖大仙。他看，就自眼睛射一光，光如深渊，以深渊凝视对方，或者说把仙人放进深渊里。

“因为老头儿喜欢你。”依旧笑，笑里无所谓，甚至洒脱。

“错了。师父最喜的是你，向来说你灵巧聪慧，悟性极高，在整个仙界里都难得。”佛说。“最后却传位于我，只是因为我素来沉稳威严，话也不多，更像佛祖的形象。”

“是像佛有用，还是，是佛有用？”

“像了，就是。”

“好威严。威严拿来何用？”

“立规矩。”

“给谁立规矩？”

“给天地立规矩！”这一声震大殿。这次不见也难，声音散去，众仙桌上，每个杯口都裂一角儿。

“笑话，世间万物自有道理，需要你立规矩？”

“放肆！”真怒了。金色佛光一下在他背后升腾，慈眉善目形象不见，就肆无忌惮释放至高之位的威严肃穆，极强的压迫感，在空气中不断攀爬扩散，很快笼罩了殿内所有。众仙都害怕屏息，我翻白眼，两只手掐着喉咙，几乎喘不过气来。盛怒之下，那温柔圣光好像也变得通红了。

“放肆？”胖大仙却硬生生顶着压力，站起来。不过显然，这么做也不轻松。只见他几孔都流血，本就庞大的身体又肿了一圈儿，眼眶也向外绷开了。“我倒是刚刚听见，有谁放了一大屁!”

“好好好，今日，就在这大殿之上，我让你看看佛是怎么立规矩的。”佛笑了，冷冷一笑，身后暴怒金光立马消散。众仙轻松，我也活了，赶忙是大口咳嗽，大口呼吸。

佛脚踩一片云，飘在大殿之上。他手轻轻一挥，地面就透明。隔着稀薄的云，我能看见长安，密密麻麻的人，五颜六色的绚烂花灯。当然，还有那城自带的不眠烟火。都是盛世的灯火。踏踏实实踩在泥土地上时，我曾仰望着天，憧憬云彩之上的景象。可是，现在真在高处坐着，我却觉得凄冷，只想尽快回到地上，混进拥挤热闹人群，找生气。

“规矩，就是这样的。”佛摊开手掌，又轻轻一握。

瞬间，降漫天黄沙。我瞪大眼睛，张大嘴，忍不住大口大口急促呼吸，却依旧见着轻轻的沙子重重连一片，不停落也砸在脚下长安。灯火很快暗淡了，渺小的人在奔跑、哭号，却一个一个，还是被沙子凝固成形态各异的死雕塑。为什么，为什么，我跪在地上，太难接受这突然而至的惊天巨变，为什么活埋一座城，葬了盛世？就这么，毫无理由啊。难道，是谁失礼了佛吗？可是，我分明见着，盛世之下香火也鼎盛啊。我分明见着，无数虔诚信徒，每日早晚寺庙里，顶礼膜拜。

“为什么立规矩?”佛说。“因为，我能。”

胖大仙不说话了，脸上的笑也不见了。他只是拔开自己的大壶塞口，然后轻轻地往地上一倒，即使倒干了巨大葫芦里最后一滴酒。真落在人间，也只是降一场小雨，或者说降一场无力的悲伤，而这些在滔天的黄沙灭世面前，都显得太渺小而微不足道了。

“师兄，可记得成年礼上，师父命我俩斗法，论什么是佛之慈悲。”葫芦空空，胖大仙也喝不了酒了。天知道，为什么他需要那么大一个葫芦，哪来那么多忧伤去醉。可是眼下，可以肯定的是，他醉不了了，得以真真的，清清楚楚的精神去面对。

“怎么不记得。”佛悠闲落座，方才发生的事好像在他眼里都轻飘飘，手掌一摊开，又一握罢了。过去就过去了，他伸出修长两指，握了茶杯，又闭上眼，舒服嘬两口。“给天下立法，立理，立规矩。有法可惩，有理可循，有规矩可守，三界太平，不乱，这就是佛之慈悲。也是至高至上之大慈悲。”

胖大仙摇摇头：“你还是这么想的吗，还是这么坚持的？我说，只拿眼儿，看着却不理，这才是慈悲。你明理，明规矩，却不知，理不创万物，是天地造万物。不是先有道理，才有万物，而是世间万物，自有道理，万物共生，自成道理。慈悲就是看。拿眼看就好，不动双手，不干预。可是，你总说规矩规矩，道理道理。我请问你，降一旨，屠一城，就说人恶，恶是罪滔天。可是，人善是人道理，恶也是他道理，怎么你定了规矩，他就错了呢？”

“小善愚昧，怪不得成不了佛。”佛摇摇头。

“如果大善看也不见，无影无形，那要它又有何用？”

“别说了。就这样吧，且吃菜品酒茶，再不吃，都凉了。”佛只轻轻说一声，不想聊这话题，这话题就得停了。很简单，聊什么，说什么，做什么，全凭他兴致。自己先轻轻提一木筷子，满座银筷子就一阵响儿，都提拉起来。要吃饭了吗？杀人后吃饭，这就是神仙操作？只有我没提筷子，实在支不起手上这力气。

“小孩，你怎么不提筷子呢？”佛突然看向我，恢复了昔日的慈眉善目，笑吟吟。所有目光就又落在我身上，压力，我只觉得难受。

“法不明，理不清！”胖大仙救我，突然大吼一声。焦点又转移到他身上去了。“说万千道理，斗百丈佛法，不如打一赌好了。”

“赌什么？”佛也不看我了，把笑又对胖大仙。

“就赌这小孩。”真的救我吗？好容易所有目光都移走，胖大仙又胖手一指，落在我身上。这下可好，关注不降反增。再也难躲闪了。

“好啊，正好我也对这小孩感兴趣。方才他调皮，不动筷子。”佛笑着同意，好像因为我，两仙相斗的焦灼场面也难得缓解、和谐。“你想拿他赌什么？”

胖大仙看我一眼，这眼凝缩成一道精光，直直穿过我的身体，我只觉得自己内部翻腾涌动，又骤然静止，像是在被审视、检查，最深藏的本质都被戳穿看透。难受的空隙，我还有空想起来，几十年前，老和尚在鸡鸣寺庙里佛前对我说的话。“质地不错。”胖大仙笑了，眼神也就自然拔出来。我整个人呆愣了很久，心里空空荡荡的，却出奇寒冷。

“赌他。”胖大仙和佛说，却笑看我眼睛。每一字，每一句好像都是在对我说的。“赌他能不能跳出三界之外！”

这后半句话的威力大。一时间，大殿沸腾，众仙纷纷议论开了。作为焦点中心，我如一尊雕像，保持姿势。开始震惊意外，恐惧，不过慢慢却好了，整座长安都颠覆，生活于其中的我一人又多么渺小呀。渺小就该平静，平静地接受不可抵抗的命运。或者，我回望胖大仙，他依旧对我笑。这笑却真实，有晚风轻抚的柔软，也有夏日正午的热烈,有秋日萧瑟,也有冬日寒冷寂清。有那么一轮回,有空。或者,再小小的,微不足道地抗一抗命?

“若你输了呢?很显然,你是一定会输的。”佛笑了,这才难得舒展眉毛,开怀。我看着他,平平静静地看着他。不仰视,直视,我发现只有是真的开怀笑时候,他才慈悲。不过,能让他开怀的事好像也不多。

“若我输了,就去我仙名,散我百年修为,让我转世做一头猪好了。”这每一个字,都是天地间最重的严罚,从胖大仙嘴里出来却显得轻松。大殿里动静更大了,都在议论胖大仙为什么打一个必输的赌,又为什么把自己的全部都搭进赌注里。“若我赢了呢?”他却笑。

“你赢了?哈哈哈。你想要什么我都与你。”

“我要你还一盛唐来。”猪认真地哼哼唧唧,说。好吧,一字一句,我都听清楚了。我也清楚了,为什么自己这时候来到这仙境,又被胖大仙挑选做赌。或许是他天资聪慧,真的大智,看出了我“质地不错”?老和尚和木鱼敲击的清脆声儿又在我耳边回响。

“可以。出来吧,孩子。这一刻,整座大殿都交你,众仙看你表演。”佛挥挥手,桌子尽撤,众仙各自腾云,悬天上。这一刻,大殿之内,了了的,空无一物。我一小步,一小步,走到正中,接受无数灼热的注视,却不知道自己该做什么。豆大的汗珠从空小额头冒出来,又呼溜溜顺着脸颊淌下来,钻进衣服里,很快就弄得全身都湿津津的。

“呼吸。”声音,我又听到了熟悉的声音在说话。得听他的,尤其是完全手足无措的时候,于是我连忙大口、急促地呼吸,更快更剧烈地换气循环,尽管也不知道这么做到底有什么用。

“错了。”没呼吸几口，那声音又说。这次有点不高兴，责备的语气。“你闭上眼。慢一点，不是呼吸。是呼，是吸，再连一起，呼……吸……呼……吸。这个呼吸。”

我闭上眼，就一片黑。汗还直淌，可是黑暗却不理会这些，它需要你专心面对它。于是，我不理外界，尝试这么做，也就真的这么做到了。滚烫的汗立马就凉了，无数目光也消失在漆黑之中。静，太静了。好像周遭的一切都不在了。人不见了，仙不见了，长安城不见了，灯火也不见了，仙不见了，佛不见了。最后，天不见了，地也不见了，天地不见了。就让思想精神都浸泡在黑暗里，肆意蔓延开。我之前从来没有这么做过，或许是因为惧怕黑，怕它吞噬自己，这次却做了，把自己完整地真切地交到黑里。它接受了我的信任，也让我穿过它。我在黑暗里行走，穿梭，越走越黑。突然也明白了，穿过黑，它也没有尽头。或者说，有一个尽头，只不过黑夜的尽头，依旧是黑。天地都不见了，我来到了更深刻的黑暗处，站在它面前凝视，心里清楚，这就是天地开辟以前的最初混沌。

在黑暗里，再闭上眼，我又见到了黑里的黑。它是属于我的，我这个人的。闭上眼，我能清晰地感觉到，周围环境里的黑色都在往我眼皮底下，眼珠子里钻，汇聚在，凝练出一个最纯粹的精华。这下。

呼。我轻轻，又缓慢地吐一口自己气。

吸。又吮吸。混沌也好，黑也好，就是客观地吮吸，收取一口。

呼。

吸。

呼。

吸。

慢慢的，周遭突然一点点亮了起来。我即使闭着眼，却知道。天地裂一半，有了天，地。太阳出现了，河流出现了，花草树木，打破了黑白，绚烂颜色都出现了。接着，仙人牲畜，世间万物都来了。一切消失的，又重新一点一点浮现回来。我嘴角挂笑，等。依旧呼，吸，依旧耐心等。终于，有一刻，如破碎茶杯的一角，终于回来，穿过时间，规整。有一刻，说的就是完好无损，严丝合缝的那一刻。

我睁开眼，两只眼珠子里的白不见了，尽是一望无际，比天地间最深渊处还要深的漆黑。

佛惊了，即使身体也只是轻微起伏，我也感受到了。胖大仙笑吟吟地看我，他知道，我做到了。

“这就是你的表演吗?”佛强装镇定，冷冷说。“跳出三界，你是做不到的。”他突然重重挥两下袖子，刮起一阵磅礴飓风，风缠绕住胖大仙的身体，吹到空中。

“魂生而又灭，背后皆有因果。”胖大仙在空中对我说。“我是，你也是。所以，不用理会我，做完你该做的事。就地下见。”

“好!”我小身子大笑。“到时候，该怎么认你?”

“最胖的猪!”哈哈哈，好潇洒一胖子。转世做猪也要做最胖最大的猪。“又该如何认你呢?”

“任何黑色里，都有我。”

风一道剧烈旋转。佛忍受不得我俩若无其事的对话，他聚气凝神，两手合并，又重重一推，飓风便夹杂着胖大仙往殿外远处去了。就这么简单，天上少了一有趣胖仙儿，地上猪圈里多了一头肥美的大猪。

“该你了。他输了，你也输了。”佛又转向我，面目森森。这让我想起了鸡鸣寺里的那座青铜像，如此看来，比起别的庙金光灿灿圣光普照的佛，旧而生硬的墨绿颜色才是刻画最好，最逼真。

“且慢。”席上一小仙突然开口。我看去，正是开席前谈佛定规矩的迂腐老头。“佛祖慈悲，不如，再给这小儿片刻，看看还能折腾出什么风浪。”

“简直胡扯！你们这些仙，小儿黄口也信？肉体凡胎，怎么跳脱三界？”

“佛祖慈悲。”又一小仙说。很快，一声一声，“佛祖慈悲。”此起彼伏都出来。“佛祖慈悲”这话在今天殿上看来，都可笑，可是，却依旧是最好的利器，或者说唯一能制约至高权力的事物了。一声可以忽略，无数声就难。佛只得暂时放下凶手。

“要多少时间？众仙可没空等你。”冷冷道。

我笑，伸出一指。用手指顶天的那一瞬间，突然又想到胖大仙翻滚茶杯的模样。那自由，洒脱，天地之间无所拘束。或许，也并不是责罚，对于这样的灵魂，做一只猪，比当神仙有趣多了。不过，很快，我也会结束自己的故事，跳出圈儿，随他逍遥。

“一须臾。”我说。

第二十二章　后记：一须臾

抽出唐刀，只有一刀，就用在此刻当下。我挥那刀，在两眼之间轻轻一划。这动作用三分之一须臾时间。太快了，刀去眼珠就裂开缝，其中的漆黑就出来，以一道液体的形状，翻腾于空中。说时迟那时快，几乎是液体飞出来的同时，我从怀里掏出那定魂珠，往空中一抛。黑色就尽数钻进定魂珠中。做这，三分之一须臾。只有一刀，只能挥出一下，刀裂眼珠，破开漆黑，锋利自己也在快速裂开。我赶忙手腕一收，调刀尖一个回旋角度，赶在它钝碎之前，往自己胸口狠狠一戳。到这一刻，事儿就完全结束了。

须臾正好。一须臾。

地上一把碎刀，一具我尸体，一颗依旧在地上来回晃荡的定魂珠。

“他做到了？”一仙张大了嘴，不敢相信。

“肉身泯灭，不在三界。魂飞魄散，尽化而熔炼一道黑里了。”另一仙一字一句解释情况。

“那黑不算三界之内吗?”有仙异议。

“不算。”沉默佛突然开口，他难得叹口气。“太深刻了。这是三界出生，天地之前的黑。我怎么想，也没想到，如此凡人竟有此悟性，真能做到抛弃肉体，魂过三界，到又融化在一切开始以前。”

“那?”席下一大仙犹豫。

“如他所愿，还一盛唐。”

“还在哪儿呢?”大仙小心。

“这小孩从哪来的?”佛问。

“人间一沙漠里。”

“那便在沙漠里，还他想要的吧。”

佛挥挥手，我一直弄不清楚，他的滔天魔力到底是在掌心里，还是手指间，又或者是在那宽大袖子里？总之，他挥挥手，风云就又起，又变了。

这就是有关于我的全部故事了，到此为止，我就如一颗已然干瘪完全的鲜嫩果子，被榨干透了，再挤压不出半点值得品味的鲜美汁液了。故事开始，我从父亲手上接过一把刀，发展到中间，又幸得一枚传说中的珠子。到了故事的结尾，我还了刀和一刀，还了魂和定魂珠。也算是有始有终了吧。不知道，诸位喜欢故事这么结束吗？作为亲身经历的唯一主角，我是喜欢的。老实说，天上的珍馐是真好吃，一生得一口足矣。更不用说，我在地上等着老死的时候，却被拉到天上，又化身孩童。这跳脱时限的快乐，诸位应该穷极一生，都无能体会的。仅凭这两点，我也愿称自己善终了。关于我的故事是结束了，可是还有些后续交代。鄙人先鞠躬道别，再另起一页，诸位好奇的事，应该都在那里了。

沙漠里，有了盛唐。一切照旧，一切如新。所有畜生和旧人们，什么都不知道，什么都不记得了。好像漫长的昨夜里，什么都没发生过，什么也都没发生。醒来了，沙漠里有了盛唐，而他们，这些随时世大浪漂泊的人，在哪不重要，只要身在盛唐就够了。不过，沙漠里有了盛唐，很快，它就不是沙漠了。毕竟，长安在的地方，怎么都不算沙漠。相反的，很快，那座在花灯节被永久封印的城，世，荒芜了，就成了沙漠。其实，是这样的。繁华就是城，被遗忘的城，就成了沙漠。长安可以是楼兰，楼兰也可以做长安。是这样的，一直是这样的，世间万物或许从来都没变过，只是新旧变了。新旧变了，就好像一切都变了。

稍有些讽刺的是，我从沙漠里出来，是想去见盛唐。事实上，我也的的确确见到了盛唐一瞥，可是几个故事，却依旧无法透过，展示出全貌真容。我死了，为它死了。这繁华，却向我走来，走进了我出生又出来的地方。这讽刺吗，还是好事？就得看你是怎么理解的。

那为什么要说这故事呢？发生却消失的人物，又有什么意义呢？直到现在，在故事结束很久的这一刻，我问自己，好像依然给不出一个确切的，也能说服自己的答案。不过如果一定要我给一切编一个合理存在，又摆在诸位面前的理由。那我只能说它是希望。希望沙漠里真的有一个茶摊。希望当你想劈开一切繁杂的时候，手里就真的出现了一把锋利的刀。希望天下有情人终成眷属，英雄死战场上，百姓乐集市中。希望盛世不藏脏，佛庙里香火真鼎盛。希望，我们真的有足够的耐心，去看见和等待空白裂开，繁华自现。

或许，只有希望有了，才去相信。真相信了，哪儿不能是盛唐呢？